A BATALHA FINAL

TRONOS & OSSOS

A BATALHA FINAL

LOU ANDERS

Tradução
Jacqueline Damásio Valpassos

JANGADA

Título do original: Skyborn (*Thrones&Bones*).

Publicado mediante acordo com o autor através da Baror International, Inc. Armonk, New York, U.S.A.

Texto de acordo com as novas regras ortográficas da língua portuguesa.

1ª edição 2018.

Editor: Adilson Silva Ramachandra
Editora de texto: Denise de Carvalho Rocha
Gerente editorial: Roseli de S. Ferraz
Produção editorial: Indiara Faria Kayo
Editoração eletrônica: Join Bureau
Revisão: Vivian Miwa Matsushita

Dados Internacionais de Catalogação na Publicação (CIP)
(Câmara Brasileira do Livro, SP, Brasil)

Anders, Lou
A batalha final / Lou Anders; tradução Jacqueline Damásio Valpassos. – São Paulo: Jangada, 2018. – (Tronos & ossos)

Título original: Thrones & bones : skyborn
ISBN 978-85-5539-103-3

1. Ficção – Literatura juvenil I. Título. II. Série.

18-12962 CDD-028.5

Índices para catálogo sistemático:
1. Ficção: Literatura juvenil 028.5

Jangada é um selo editorial da Pensamento-Cultrix Ltda.

Direitos de tradução para o Brasil adquiridos com exclusividade pela
EDITORA PENSAMENTO-CULTRIX LTDA., que se reserva a
propriedade literária desta tradução.
Rua Dr. Mário Vicente, 368 — 04270-000 — São Paulo, SP
Fone: (11) 2066-9000 — Fax: (11) 2066-9008
http://www.editorajangada.com.br
E-mail: atendimento@editorajangada.com.br
Foi feito o depósito legal.

Ao meu mais antigo amigo,
Louis Nicholas Christian Glenos, que me levou à Grécia e me forçou a subir na garupa de uma bicicleta motorizada e viajar pelas colinas da Atlântida.

mpério de Uskir
Mar Sombrio
Naparta
aleza de Atros
Ithonea
Pymonia
Dêndronos
Éronos
Dodotara
ar Faiscante
Ruínas Pitirianas
Zapyrna
Montanhas Thronos
Starissa
Caldeira
Santuário de Empíria
Mereon
Labiríntia
Creos
Harmos
Lassatônia
N
O
L
S
THICA
0 100 500 1,000
Milhas

2
3
4
5
6
7
8
9
N
O
L
S

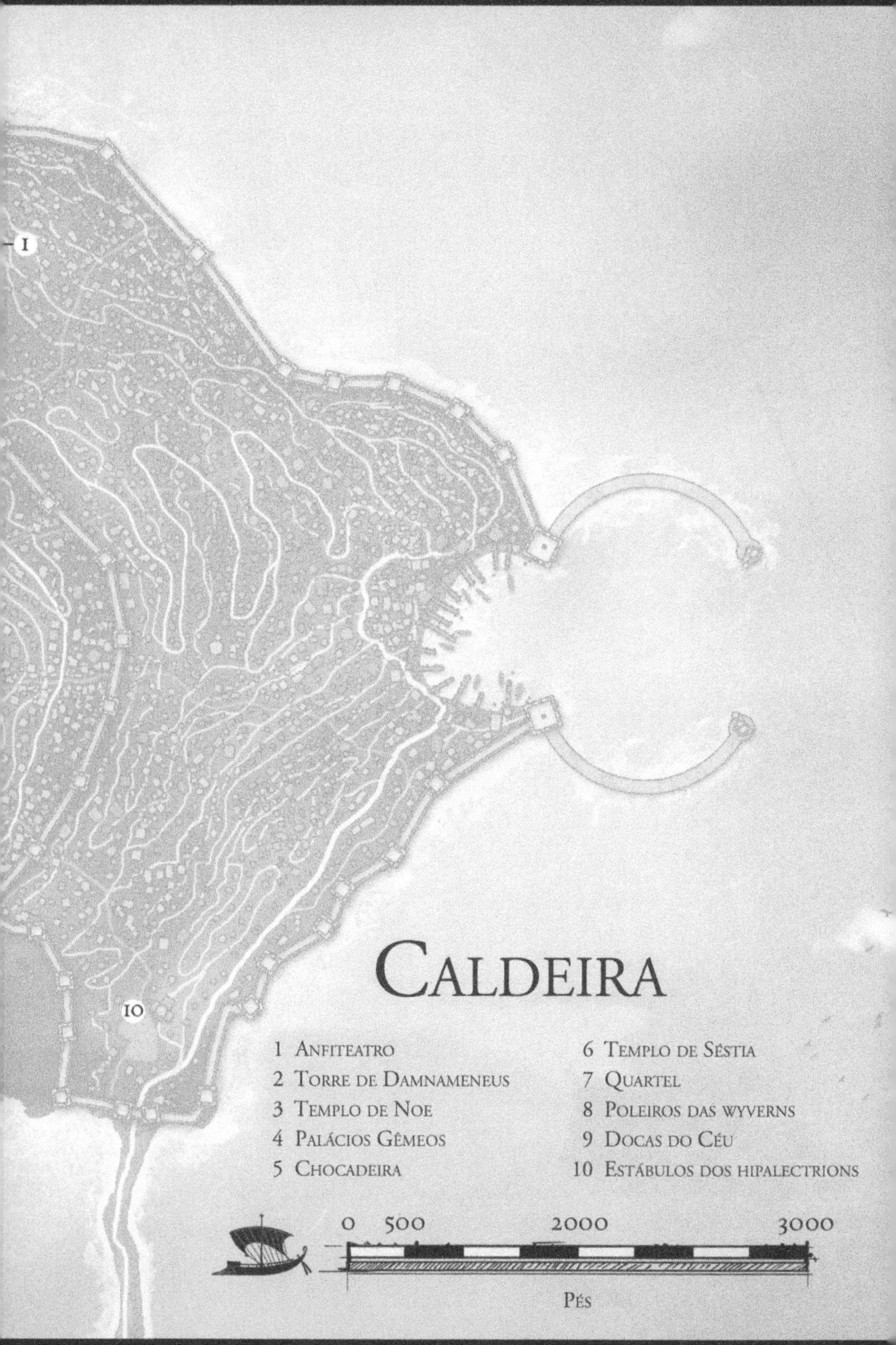

I
10
Caldeira
1 Anfiteatro
2 Torre de Damnameneus
3 Templo de Noe
4 Palácios Gêmeos
5 Chocadeira
6 Templo de Séstia
7 Quartel
8 Poleiros das wyverns
9 Docas do Céu
10 Estábulos dos hipalectrions
0 500 2000 3000
Pés

SUMÁRIO

A BATALHA FINAL

CAPÍTULO UM

A Única Verdade

O dardo voou a uma velocidade letal. Um fino e longo mensageiro da morte num céu que, fora isso, estava azulzinho. Era veloz, mas Sirena golpeou-o ainda mais rápido. A espada da garota cortou ao meio a haste de madeira. As duas peças se chocaram contra as lajotas quadradas de mármore polido do pátio. Então, tudo ficou em silêncio, exceto pelo ruído distante das ondas quebrando nas rochas lá no fundo do grande penhasco, dos batimentos dos corações e do sangue correndo nas veias.

— Mandou bem! — parabenizou sua oponente.

Sirena estreitou os olhos castanhos.

— Claro que mandei — respondeu ela. — Nem precisa elogiar. Você não está me dizendo nada que eu já não sabia.

Sua oponente concordou de cara fechada e sacou a espada. Ela tinha mais ou menos o mesmo tamanho e idade de Sirena. Ambas trajavam uma couraça de bronze moldada aos contornos do tronco, por cima da túnica amarrada com uma faixa negra de couro. As duas portavam um escudo e tinham na cabeça um elmo de bronze decorado com orgulhosas plumas pretas.

— Sua mente é tão afiada quanto a sua arma? — a oponente de Sirena partiu para cima dela enquanto falava, as sandálias batendo na pedra lisa do pátio. — Qual a Única Verdade? — perguntou a guerreira.

Sirena mudou de posição para enfrentar o ataque.

— A guerra é a mãe de todas as coisas — ela respondeu, aparando a lâmina adversária com a sua própria. Com uma torção do pulso, Sirena abriu a guarda da guerreira, empurrando com força seu escudo contra o peitoral encouraçado.

Atordoada pelo golpe, a guerreira caiu no chão. Sirena encostou a ponta de espada na garganta da garota.

— Eu me rendo — anunciou a oponente.

Sirena hesitou antes de retirar sua espada.

— Você se *rende* — ela disse com nojo. A palavra parecia esterco em sua boca. Ela jamais a pronunciaria.

Sirena sequer se dignou a olhar para a garota outra vez. Ajustou a pegada em sua pelta, o característico escudo em forma de meia-lua das guerreiras caldeiranas. O sol quente a banhava enquanto ela endireitava os ombros pequenos, mas musculosos. Fitou por um momento as reluzentes colunas de pedra dos Palácios Gêmeos, que refletiam o sol do meio-dia, mas não olhou para as arquibancadas onde a plateia de uma só pessoa a assistia. Então, Sirena avançou para o próximo desafio.

— Qual é o teorema de Damnameneus? — Uma pergunta mais difícil de uma guerreira mais durona. Essa adversária era mais alta do que Sirena e mais velha do que ela, que tinha 12 anos. E não seria derrotada tão facilmente.

— O quadrado da hipotenusa — respondeu Sirena, enquanto mirava a lâmina no espaço de pele nua do pescoço entre o elmo da mulher e o torso encouraçado — corresponde à soma dos quadrados dos catetos.

— Correto — disse a mulher, saindo do alcance de Sirena e cortando o ar num movimento em arco com sua própria espada.

Sirena caiu no chão e rolou sob o ataque da mulher. Então, ergueu-se num joelho e enfiou sua espada entre as faixas negras de couro da túnica da guerreira, atingindo-lhe a coxa.

— Sei que está correto — disse Sirena. — Eu não preciso que você me diga isso. Só preciso que você caia.

Por incrível que pareça, a mulher não gritou enquanto sua perna era perfurada. Melhor ainda: ela não perdeu tempo com palavras de lisonja ou admitindo a derrota. Ficou caída ali imóvel, avaliando Sirena com o olhar duro.

Muito bom, pensou Sirena. *Ela é uma verdadeira guerreira. Eu me lembrarei disso quando for rainha. Ela deve ser promovida. Mas não a um cargo muito alto.*

— Descreva os pensamentos de Metarchus sobre a justiça! — Provocou-a a terceira adversária.

Sirena se virou a tempo de evitar um fogo abrasador. Ela saltou para o lado, aterrissando agachada.

— Nada é mais correto do que o que é correto. Nada é mais justo do que o que é justo.

Sirena permaneceu abaixada, correndo sob a longa lança de fogo e atacando a guerreira na altura das pernas. Tombaram juntas, mas apenas Sirena se levantou. Não podia negar que estava orgulhosa de seu desempenho. Filosofia, matemática, combate — ela dominava tudo isso. Mas faltava um pouco para garantir total sucesso. Pouco.

O pátio construído à beira do penhasco era disposto em quadrados, oito por oito, com as oponentes esperando em fileiras alternadas. Era um tabuleiro gigante para um jogo mortal. Agora, Sirena havia avançado além da metade do tabuleiro e tinha pela frente apenas mais um desafio.

— Quem disse: "Não há nada eterno além da mudança"? — perguntou a última guerreira.

— Lanera, a dramaturga, em sua primeira tragédia — respondeu Sirena. Desarmou a mulher em dois movimentos, atingindo-a no ombro com um terceiro.

— Mas ela era uma tola. — Sirena olhava para as arquibancadas agora, para sua única espectadora. Ela gritou através do espaço entre elas. — Caldeira é eterna. Thica é eterna. Nós as tornamos assim.

O som de aplausos ressoou sobre a colina.

— Bravo! — A Rainha Melantha gritou. — Bravo!

Sirena enfiou a espada na bainha, depois tirou o elmo e sacudiu os longos cabelos negros. E foi se juntar à sua tia, a Rainha da Terra de Caldeira.

— Sua mente e seu corpo estão em plena forma! — disse Melantha. — Você se saiu uma excelente campeã hoje. E dará uma rainha ainda melhor quando chegar a hora. Sua mãe teria ficado orgulhosa.

Sirena assentiu com a cabeça, com as bochechas vermelhas por algo mais do que o sol quente. Ela poderia recusar elogios de um inferior, mas, vindos de sua tia, ela aceitaria.

— Vamos coroá-la campeã de forma adequada esta noite, então — assegurou ela. — Mas vamos tomar um refresco juntas agora.

Sirena sorriu. Quase tudo que ela sempre quis tinha conseguido. Mas seu contentamento não iria durar muito.

— Talvez eu me junte a vocês nessa celebração — interrompeu uma recém-chegada. — Muito embora iremos erguer nossas taças para algo diferente do que vocês têm em mente.

Xalthea, a Rainha do Céu, saiu de entre as colunas de mármore. Juntas, Xalthea, a Rainha do Céu, e Melantha, a Rainha da Terra, governavam a ilha-continente de Thica. Uma comandava as forças do solo e a outra, as forças do ar.

— Boa sorte para você, Xalthea — disse Melantha. — Se tivesse chegado apenas cinco minutos antes, não teria perdido a vitória da minha sobrinha.

— Pouco importa — desdenhou a Rainha do Céu. — Algo muito mais importante aconteceu.

Sirena olhou para a comonarca. O que poderia ser mais importante do que o objetivo de sua vida? Desde a morte de sua mãe, sua tia a preparara para aquele dia e para todos os dias que se seguiriam a ele.

Ignorando os olhos irritados da moça, Xalthea virou-se para a Rainha da Terra.

— Ele foi encontrado — disse ela.

A princípio, Melantha não entendeu o que a Rainha do Céu queria dizer. Mas Sirena, sim. Ela sabia exatamente do que se tratava. A consciência do que era lhe ocorreu com a sutileza de uma pedrada.

— O Chifre de Osius — ela sussurrou.

— Sim — disse Xalthea. — O Chifre de Osius foi recuperado. Nosso império está seguro. — Ela se virou para Sirena. — Ou ficará. Se você fizer sua parte.

— Minha parte?

— Você é a parenta de sangue mais próxima — disse a Rainha do Céu.

— Não sei nada sobre o chifre — protestou Sirena. — Eu sou uma guerreira. Sou a Campeã da Rainha. Eu serei...

— Não mais — interrompeu-a Xalthea. — Minhas necessidades... nossas necessidades... são mais importantes. Você sairá do lado de sua tia e ficará do meu lado.

— Não! — protestou Sirena.

— Não? — disse Xalthea com voz mansa. Sirena congelou. Quando a Rainha do Céu falava assim tão calma é que ela era mais perigosa.

— Talvez haja outra maneira — interveio Melantha. Mas sua voz era hesitante. Não tinha a determinação da Rainha do Céu. Ela não tinha o mesmo ardor.

— Você sabe que não existe — disse Xalthea. — Ou você está me desafiando?

Sirena olhou para a tia, ousando ter esperanças. As duas rainhas de Caldeira raramente discordavam, mas havia um precedente para resolver disputas quando surgiam. Um precedente mortal.

Melantha baixou os olhos.

— Não — respondeu ela. — Não, claro que não.

Sirena sentiu frio apesar do sol do meio-dia. Como ela poderia apoiar a tia se a tia não a apoiava?

— Mas... mas... — ela balbuciou. — Mas isso é tudo?

— Thica é tudo — disse Xalthea. — Caldeira é tudo.

A tia de Sirena pousou a mão em seu ombro.

— Lembre-se das palavras de Lanera, a dramaturga — disse Melantha. — Encontre um pouco de consolo em seu conselho: "Da mesma forma que um navio não deve ser amarrado a uma única âncora, uma vida não deve ser amarrada a uma única esperança".

— Já disse que Lanera era uma tola — retrucou Sirena. Ela encontrou o olhar da Rainha da Terra. — Vá para os corvos!

Constatando o olhar arregalado e ferido de sua tia, Sirena quase retirou a imprecação ofensiva. Mas não havia como voltar atrás. Permitiu que Xalthea segurasse seu braço acima do cotovelo e a levasse para longe de tudo o que ela sempre quis, rumo a seja lá o que fosse sua nova vida.

Tal pensamento era uma traição, mas desejava que o chifre jamais houvesse sido encontrado. Gostaria que tivesse ficado perdido do outro lado do mundo. Mas como aquilo acontecera? Queria saber quem era responsável por estragar sua felicidade.

— Diga-me — perguntou Sirena enquanto entrava na ala de Xalthea nos Palácios Gêmeos —, como o chifre foi recuperado? Talária foi capturada, afinal?

— Aquela traidora morreu há muito tempo — esclareceu a Rainha do Céu. — Mas, ao que parece, ela pariu uma criança. Uma menina mestiça que soprou o chifre e nos alertou de sua presença. Minhas guerreiras estão atrás dela há alguns meses, e o chifre finalmente está voltando para nós.

Uma menina. Uma filha de Talária.

— Essa menina — perguntou Sirena —, como ela se chama?

Sirena queria saber seu nome, o nome daquela mestiça que, inconscientemente, arruinara a sua vida.

— O nome dela não é importante — respondeu a Rainha Xalthea. — Embora você possa achá-lo divertido. Um nome metade thicano e metade bárbaro. — A rainha riu. — Disseram que ela se chama Thianna, Nascida no Gelo.

— Pelos doces pés de Ymir! — exclamou Thianna, Nascida no Gelo, com um assovio quando deslizou do dorso da wyvern.

— Eu não sei se os pés *dele* são doces — Karn Korlundsson disse de onde estava, ainda montado no réptil. — Mas se os seus são um indício de como cheiram os pés dos gigantes do gelo, acho que eu escolheria uma palavra diferente. Agora, não fique parada ai e me deixe descer também.

Thianna riu ao se afastar e estendeu a mãozona para ajudar seu melhor amigo a desmontar. Eles ficaram parados ali na encosta, lado a lado, e olharam para as luzes da cidade costeira diante deles, embora, por ser metade gigante, Thianna fosse uns quarenta centímetros mais alta do que Karn.

— Thica é uma terra um bocado grande para se encontrar um chifre — observou Thianna. — Gostaria que tivéssemos tido tempo para nos inteirarmos um pouco mais sobre o que nos espera.

— Desta vez, você não vai enfrentar tudo sozinha — Karn respondeu.

— Acha que eu não daria conta? — Seus olhos tinham aquele brilho que sempre aparecia quando considerava a possibilidade de um desafio. — Não se preocupe — ela disse, caindo na risada —, aprendi a lição.

Thianna estava se referindo às suas recentes aventuras, em que tinham lutado contra elfos negros e outros perigos em uma corrida para encontrar o chifre perdido de Osius, uma arma poderosa que agora se achava em mãos inimigas em Thica. Ela partira sozinha numa missão para encontrar o chifre, a pedido do dragão Orm. Então, Karn fora enviado para resgatá-la. Agora, juntos, eles iriam recuperá-lo.

— Nada de aventuras sem meu fiel garoto norrønur — ela continuou. Karn era de Norrøngard, por isso o apelido. Era melhor do que "tampinha", como ela também o chamava.

— Ótimo! — ele respondeu. — Mas não sou apenas eu a acompanhá-la. Não se esqueça de que agora contamos com a ajuda de Desstra, também.

Os olhos escuros de Thianna se nublaram.

— Eu não sei quanto ela vai ajudar — resmungou a gigante.

— Você não pode estar falando isso a sério — disse Karn. — Ela já provou do que é capaz.

— Talvez para você.

Karn estremeceu. Era bem verdade que a elfa negra estivera do lado oposto a eles durante a maior parte da missão, e até mesmo enganara e traíra Karn em obediência a seus superiores na sinistra organização conhecida como Ardil, mas quando mudara de lado no final, tinha sacrificado tudo para salvá-los.

Karn pensou em dizer mais alguma coisa, mas então a sombra de um morcego gigante se abateu sobre sua cabeça. A montaria de Desstra, Morcegão, pairou até uma árvore próxima, onde agarrou um galho e se pendurou de cabeça para baixo. Karn observou enquanto Desstra saltava da sela para aterrissar no chão. Ele se perguntou quanto de sua conversa os ouvidos aguçados da elfa haviam captado.

Apesar dos sentimentos de Thianna, Desstra provou ser muito útil para chegarem lá. Escolhendo uma noite em que a lua e seu satélite estavam invisíveis, seu morcego gigante os tinha guiado na escuridão até aquela cidade litorânea. Mas agora que estavam em Thica, não podiam se arriscar a sobrevoar o território através de um céu dominado por guerreiras thicanas empunhando lanças de fogo mortíferas. Não que a mal-humorada wyvern fosse querer levá-los mais perto dos domínios de suas antigas mestras. E Morcegão não era grande o suficiente para carregar algo mais pesado do que uma pequena elfa. Eles teriam que fazer o caminho a pé a partir de agora.

A elfa passou a mão pela pelagem da sua montaria, que estava de ponta-cabeça.

— Sinto muito dizer adeus outra vez, garoto — ela disse ao morcego. — Gostaria de poder levar você comigo.

Morcegão guinchou triste, como se entendesse. E era provável que entendesse mesmo.

Desstra ficou na ponta dos pés para abraçar o animal.

— Não volte para Sombras Profundas — ela sussurrou, falando da cidade subterrânea dos elfos negros. — Não há nada lá para nós dois. Espero que você encontre um novo lar onde possa se entrosar, um lugar onde o tratem bem.

Os olhos do morcego disseram que também esperava a mesma coisa para ela. Desstra suspirou. Então deixou sua montaria e se aproximou de Thianna e Karn.

— O sol vai nascer em breve — disse ela. — É melhor entrarmos na cidade antes que isso aconteça.

— Sim, já sabemos disso — resmungou Thianna. — Notícia velha essa.

— Bem pensado, porém — observou Karn, olhando feio para a gigante. Thianna deu de ombros. Ao lado dela, a wyvern sibilou.

— Acho que isso é um adeus para você também — Thianna disse.

Se você espera que eu derrame lágrimas em nossa despedida, a criatura lhe disse por telepatia, *está redondamente enganada*.

— Eu sei que por dentro você está chorando — Thianna disse com uma risada. Então, ela surpreendeu o réptil abraçando seu longo pescoço.

Sai fora! Sai fora! Sai fora!, a wyvern gritou em sua mente. Ela inclinou o pescoço numa tentativa inútil de se livrar da gigante do gelo, mas, quando Thianna a soltou, a wyvern acrescentou: *Se isso vale alguma coisa, espero que tenham sucesso em seu plano biruta*.

— Tem certeza de que não quer vir com a gente?

Trazê-los até esta costa já foi bem arriscado. Vou embora agora, antes que amanheça. Tenha uma boa vida ou uma boa morte, Thianna, Nascida no Gelo.

Então, sem mais palavras, bateu as asas e alçou voo na noite. Morcegão guinchou uma vez e, então, também voou para a escuridão.

— Uma despedida triste? — perguntou Karn. Não tendo a capacidade de Thianna de se comunicar com os répteis, ele só tinha ouvido a metade da conversa da gigante do gelo.

— O que você acha? — ela respondeu. — Ainda assim, acho que essa wyvern estava tão emocionada quanto esses bichos conseguem ficar — Ela riu. — Acho que estou ocupando um lugarzinho cada vez maior no coração dela.

— Tipo bolor no queijo? — provocou Karn.

Thianna deu um soco no ombro do amigo e, depois, guiados pela visão noturna de Desstra, os três companheiros começaram a descer a colina.

Eles sabiam, graças à experiência de Karn estudando mapas do mundo, que a cidade era chamada Ithonea. Escolhê-la como seu ponto de entrada em Thica fazia com que evitassem a rota mais óbvia e direta e, ao mesmo tempo, não se desviassem demais do seu caminho. Eles se esgueiraram na cidade justo quando ela estava acordando. Não havia guardas ou portões para impedir o seu avanço. As embarcações que não fossem thicanas eram mantidas afastadas pelo Raio Letal de Damnameneus, um grande espelho parabólico que aproveitava os raios do sol para projetar um feixe de luz que ateava fogo nos barcos. Espelhos semelhantes haviam sido erguidos em torno de toda a costa de Thica.

Thianna já havia visitado meia dúzia de cidades desde que deixara sua montanha no ano anterior. Uma era diferente da outra da mesma maneira que qualquer cidade era muito diferente de uma aldeia de gigantes do gelo. Ithonea não era exceção. Era uma cidade de ruas tortuosas e estreitas que serpenteavam por entre casas pintadas de branco, cobertas com grandes telhas de terracota. Estendia-se sobre uma colina, separada em bairros por muro antigos e fortificações em ruínas que ainda restavam da época da conquista do Império de Górdio. Os degraus pavimentados que subiam passagens estreitas eram pintados de um verde azulado. De relance, pareciam fontes derramando-se sobre pedras. Ao mesmo tempo que

Ithonea ganhava vida, o mesmo acontecia com o entusiasmo de Thianna.

— A pátria da minha mãe — ela declarou, maravilhada. — Nunca imaginei que iria vê-la um dia, mas aqui estamos.

Embora a gigante mestiça fosse mais alta do que todo mundo ali, as pessoas ao redor dela tinham a mesma tez azeitonada e cabelos escuros. Até mesmo os não humanos que via entre a multidão pareciam mais seus parentes do que os gigantes do gelo entre os quais ela crescera. Aquela era de fato a terra de sua mãe, e ela sorvia tudo com avidez. Ao lado dela, seus companheiros haviam vestido capas e capuzes para esconder sua pele pálida e, no caso de Karn, os cabelos louros. Desstra também usava óculos de lentes de quartzo para proteger os olhos do sol.

As narinas de Thianna se abriram ao sentir cheiro de cordeiro grelhado.

— Comida! — disse ela com entusiasmo. — Ei, o que eles usam como dinheiro aqui?

— Dracmas — respondeu Karn. — Eu ficaria surpreso se eles aceitassem nossa moeda estrangeira. — Ele tocou o anel de prata em sua mão esquerda. A face da joia era moldada para lembrar os anéis de um tronco de árvore. Era o símbolo da sociedade secreta conhecida como a Ordem do Carvalho. — Eu me pergunto quanto isso vale...

— Você está pensando em penhorar? — Thianna ficou surpresa. — Raiz Verde não disse que o anel faz de você um amigo da Ordem, e talvez lhe abra portas?

— Certamente não aqui — respondeu Karn, mas ele deixou o anel em seu dedo.

Eles seguiram o mercado colina acima. Thianna observou que as lojas pareciam mais caras quanto mais alto subiam.

Também notou que eles começaram a atrair olhares dos habitantes, alguns deles hostis. Apesar de sua altura, no entanto, a maior parte dos olhares eram dirigidos para baixo, em direção às suas pernas.

Ela parou de andar quando um garotinho bloqueou seu caminho, olhando para ela boquiaberto. Thianna franziu o cenho para ele, prestes a lhe dizer algo rude.

— Que demais! — ele disse, e seu rosto se iluminou com admiração.

— O quê? — perguntou Thianna, surpresa.

O garoto apontou.

— Minhas pernas? — ela perguntou. — O que há com minhas pernas?

A criança estendeu a mão hesitante para beliscar o tecido de suas calças de lã.

De repente, a mãe do menino correu para perto dele, com uma carranca de desaprovação.

— Afaste-se dela, Pôgos! — ralhou ela, afastando o filho de Thianna.

— Estávamos apenas conversando — defendeu-se a gigante.

— Não me importo se os jovens acham o máximo vestirem-se como bárbaros — disse a mãe da criança. — Mas seus pais deveriam se envergonhar.

— Do que você está falando? — respondeu a gigante do gelo, seu rosto vermelho de raiva.

— Suas calças! — A mulher disparou com desprezo. — Olhe só você, desfilando por aí como um selvagem de calças compridas!

Dito isso, ela se afastou rápido, arrastando o filho junto.

Foi então que Thianna percebeu que eles eram os únicos na cidade que usavam calças. Todo mundo usava vestes longas ou, como uma concessão ao calor, túnicas na altura do joelho, amarradas na cintura. Ninguém além dela mesma, Karn e Desstra tinham algo envolvendo as pernas. Pensando em Desstra, Thianna percebeu que a garota havia desaparecido.

— Onde está a elfa? — perguntou a Karn.

Ele olhou ao redor e deu de ombros.

— Não sei.

— Talvez ela tenha mudado de ideia, afinal de contas — disse Thianna.

— Ou talvez tenha ido pegar o café da manhã para vocês — corrigiu Desstra, surpreendendo-os ao aparecer entre eles. Ela passou para Karn e Thianna sanduíches de pão pita com fatias de cordeiro grelhado.

— Como você conseguiu isso? — perguntou Karn.

— Dracmas — respondeu a elfa, balançando uma bolsa de moedas recém-roubada presa ao cinto. Karn fez uma cara feia para ela, repreendendo seu roubo "ocasional", embora reconhecesse que a necessidade era grande. E ao contrário de outros elfos negros que conhecera, ela não teria ferido ninguém por isso.

— Obrigado — disse ele, fulminando Thianna com o olhar para que agradecesse também.

— Precisamos encontrar a guarnição local do Império Thicano — ela respondeu, ignorando-o.

— Já cuidei disso — revelou Desstra. — Sim, eu sou mesmo assim tão perfeita — acrescentou quando Thianna ergueu uma sobrancelha. — Há uma antiga fortaleza a meio caminho da colina. — Ela indicou a direção. — Não é longe, é o tempo de caminhada que levará para vocês terminarem o seu desjejum.

De fato, quando Thianna e Karn já haviam terminado de comer e Thianna comprara e devorara uma segunda refeição, Desstra os havia conduzido até a guarnição. Eles viram várias guerreiras descansando diante do portão.

— Este parece ser o lugar — disse a gigante do gelo.

— Sim — concordou Karn, reconhecendo a característica armadura de bronze e couro preto. — Mas será que todas as guerreiras em Thica são mulheres?

De fato, todos os guerreiros ali eram mulheres. Assim como todas as guerreiras thicanas que tinham encontrado em suas aventuras.

— Acho que vamos descobrir em breve — disse Thianna. — Estão prontos?

— Se é preciso mesmo... — disse Karn.

— A única saída é bater de frente — ela respondeu. — Vamos lá, fazer novas amizades. — Então ela marchou em direção ao portão, sua altura e seus estranhos companheiros atraindo os olhares das guerreiras.

— Parece que chamamos a atenção delas — observou Karn.

— Só há um jeito de termos certeza — respondeu a amiga.

Thianna deslizou a espada da bainha. Ao lado dela, Karn também puxou a dele, a Clarão Cintilante, e Desstra preparou um par de seus dardos delgados. No mesmo instante, as guerreiras ficaram em estado de alerta, colocando espadas, lanças e as mortíferas lanças de fogo a postos. Elas gritaram por apoio e correram para posições defensivas.

Thianna deixou que elas se reunissem, e seguiu reto até a fileira de armas ameaçadoras.

— Eu sou Thianna, Nascida no Gelo — ela anunciou. — E estes são meus companheiros. — Ela empunhava sua espada. Então, deixou-a cair no chão a seus pés, onde a arma retiniu alto sobre a pavimentação de pedra.

— Nós nos rendemos — disse Thianna.

— Vocês o quê? — perguntou uma guerreira, confusa.

— Você é surda? — respondeu a gigante. — Nós nos rendemos. Então, o que estão esperando? Capturem-nos e levem-nos ao seu líder, já. Nós nos rendemos.

CAPÍTULO DOIS

De um corvo ruim...

— Porcaria idiota e inútil!

Você está falando de mim ou do objeto em suas mãos?

Sirena olhou do chifre que estava segurando para a velha wyvern acorrentada às colunas de mármore no canto do aposento. Sombras dançavam por toda a pele coriácea da besta, projetadas pela solitária tocha apoiada numa arandela na parede.

— Você escolhe — ela respondeu. — Vale para os dois.

A wyvern fez um ruído de tosse. O barulho ecoou pelas paredes de pedra. As faces de Sirena esquentaram quando percebeu que a criatura estava rindo dela.

Furiosa, ela pressionou o bocal contra os lábios apertados e soprou com força, apesar de não sair som algum. Foi gratificante ver o animal estremecer.

Cuidado, advertiu a wyvern em sua mente. *Você não sabe que tipo de criatura vai despertar com isso.*

— Não me importo se o seu poleiro inteiro acordar gritando.

Eu não estava falando sobre eles. Sopros fortes chegam muito longe.

Sirena ficou em silêncio. A besta estava certa. Ela sabia agora que fora uma soprada potente e descuidada do chifre o que as havia alertado sobre sua presença no último ano. Um dia, todas as wyverns em seu poleiro no penhasco berraram ao mesmo tempo. Elas tinham escutado o chamado silencioso do Chifre de Osius e souberam que aquela coisa desaparecida havia retornado ao mundo.

Você preferiria que o chifre permanecesse desaparecido, não é?

— Fique fora da minha mente — reclamou Sirena. Mas a wyvern tinha razão. Na ocasião, ela não sabia disso, mas todos os seus problemas atuais tiveram início no dia em que Thianna soprou o chifre.

Uma coisa tão pequena, uma ferramenta tão poderosa! Todas as mulheres caldeiranas eram ligeiramente telepáticas. Elas podiam enviar orientações simples à mente das wyverns — alçar voo, voar para o norte, voar para o sul, aterrissar —, mas não havia comunicação real, de fato. O verdadeiro contato de mente para mente que ocorria tanto das mulheres para as criaturas como das criaturas para as mulheres só era possível para membros da família de Sirena. E apenas quando elas estavam em poder do chifre. Além disso, o chifre permitia que a pessoa que o controlasse impusesse a sua vontade às criaturas, para obrigá-las a prestar obediência. No entanto, as wyverns estavam envelhecendo, e o feitiço lançado pelo chifre ao nascerem estava perdendo a força. Rebeliões poderiam se levantar. E a nova geração eclodiria dos ovos em breve. Se Sirena não conseguisse dominar o chifre até lá, não seria a única a ser atirada da montanha. O modo de vida caldeirano também iria pelos ares. Para preservá-lo, no entanto, havia pouca coisa que ela não estaria disposta a fazer.

Ah, mas você estava a caminho da glória. Quão alto poderia ter chegado!

— Rainha — disse Sirena com os lábios apertados. — Eu estava sendo preparada para ser Rainha da Terra. — Seu olhar endureceu. — E então aquela garota bárbara foi lá e arruinou tudo.

Se ao menos a gigante mestiça Thianna não tivesse alertado o povo de Sirena de que o chifre havia sido encontrado depois de treze anos! Era verdade que não se tratava do mesmo chifre. Em acontecimentos intrincados que ainda não tinham sido totalmente esclarecidos, um outro Chifre de Osius havia sido recuperado em Gordasha. Mas Thianna tinha sido a responsável por começar tudo aquilo, virando de cabeça para baixo o mundo de Sirena. Agora, a Rainha do Céu possuía outra vez um chifre. E a Rainha do Céu precisava de uma sopradora de chifres mais do que a Rainha da Terra precisava de uma sucessora. Sirena havia sido conduzida àquela cela no dia anterior, passara todo o dia e toda a noite anterior treinando para dominar o instrumento mágico. Sentia-se tão prisioneira quanto a criatura diante dela.

É uma interessante posição a que você ocupa, a wyvern continuou. *Sobrinha tanto da Rainha da Terra como da Guardiã de Keras...*

Keras significava "chifre" na língua de Thica. Guardiã de Keras era o título tradicional dado à escolhida para controlar o chifre. Era considerada uma posição de honra.

Quando o chifre desapareceu, a balança começou a pender para um lado, prosseguiu a wyvern. *Quando ele foi encontrado...*

— Vá para os corvos, seu lagarto velho! — ela praguejou.

Sirena deu outro sopro furioso só para ver o animal se contorcer.

— Gosta disso? — ela perguntou.

Gosto da sua frustração, respondeu a criatura quando se recuperou. *Embora eu devesse preveni-la mais uma vez sobre o perigo de soprar o chifre com tamanho vigor.*

— Foi mais fraco do que você merece. Se você não tivesse fugido com Talária anos atrás, nenhuma de nós estaria neste aposento escuro agora.

Ela olhou para a criatura diante de si. Um ano antes de Sirena nascer, o réptil havia sido encontrado no extremo norte, sem amazona e sem o chifre. Elas a haviam arrastado de volta para Thica, acorrentando-a àquela parede durante todo esse tempo. Suas asas agora estavam em frangalhos, com cicatrizes de queimadura e buracos rasgados na asa direita. Seu dorso estava curvado devido aos anos de cativeiro. Outras cicatrizes pontuavam sua pele coriácea, algumas delas mais recentes.

— Por que ficou de boca fechada por tanto tempo? — perguntou Sirena. — Por que você nunca contou a elas o que aconteceu?

Um corvo não arranca os olhos de outro corvo.

— O que isso significa?

Em breve, minha espécie ficará livre de vocês. A magia do chifre está se esvaindo. E você não está mais perto de dominá-lo hoje do que estava ontem. Você consegue nos causar dor, mas não consegue nos obrigar a prestar obediência. A Grande Eclosão se aproxima.

Como se Sirena precisasse ser lembrada disso. A Grande Eclosão seria a época em que todos os ovos de wyvern se abririam ao mesmo tempo, uma geração inteira de répteis nascidos em um único dia. A música encantada do chifre, inaudível aos ouvidos humanos, deveria então ser tocada. Suas notas silenciosas teceriam uma canção na mente das wyverns recém-nascidas que duraria anos. Executada de forma correta no momento em que viessem ao mundo, a canção imprimiria os laços da servidão em sua psique por décadas. Mas só se fosse feito da forma correta.

Se você não o dominar até lá...

— Se eu não o dominar até lá, voltarei aqui com uma lança de fogo e queimarei suas asas.

Você teria dado uma Rainha da Terra corajosa. Pena que tal ferocidade seja desperdiçada numa mera Guardiã de Keras, zombou a wyvern.

— O que um animal sabe?

A wyvern moveu a cabeça para encará-la com um olhar penetrante.

Você me vê como um animal? Uma besta? Você é uma tola, então. Animais não conversam como nós estamos fazendo.

— Alguns monstros falam.

Sim, falam sim. A wyvern olhou por sobre o ombro de Sirena, em direção à porta do aposento.

Sirena virou-se.

— Espero não estar interrompendo. — O sorriso de Lêta era frio e sarcástico. Suas passadas eram irregulares quando adentrou o aposento sem ser convidada. Embora estivesse manca, a guerreira havia sido promovida a chefe da Guarda de Keras quando retornou de Gordasha trazendo consigo o Chifre de Osius.

— O que você está fazendo aqui?

— A Rainha do Céu quer ser informada sobre os seus progressos.

— Diga a Xalthea que o domínio do chifre é difícil, mas que estou fazendo progressos.

A wyvern produziu um ruído sibilante em sua garganta. Mais risadas.

Lêta olhou para a criatura. As cicatrizes em seu rosto repuxaram-se em desagrado quando ela franziu a testa.

— Isso é tudo culpa sua, criatura desobediente. Sua e de Talária. E depois de sua filha mestiça. — Lêta fechou a cara. — Essa família sempre foi um problema.

De um corvo ruim, um ovo ruim. A wyvern riu de novo. Lêta virou-se para Sirena.

— Estou aqui para falar da Grande Eclosão, que será daqui a cinco dias. Se você não dominar o chifre até lá...

— Não preciso que você me lembre disso.

— Talvez precise. O que está em jogo é muito mais do que apenas a sua posição.

Sirena encarou a presunçosa guerreira. Como uma guarda insignificante ousava ameaçá-la? Isso a enfurecia. Assim como aquela wyvern também a enfurecia rindo dela, apesar de seu cativeiro.

— Vão para os corvos! — resmungou ela. — Vocês duas.

— Acorde, Thianna, você vai querer ver isso.

A gigante do gelo gemeu e tentou se virar, fazendo com que o transporte oscilasse de forma perigosa. Ela esfregou os olhos e levantou-se.

— Cuidado! — reclamou Karn. — Você está balançando a nossa gaiola.

— Para uma gaiola, até que essa é legalzinha — observou Desstra. — Não que eu esteja empolgada por estar nela.

Os três haviam sido colocados no que os seus captores chamavam de *phoreion*, uma espécie de liteira com cortinas que era suspensa por cordas e transportada por quatro wyverns. Era ornamentada e bem digna de transportar indivíduos da realeza, não fossem suas grades e trancas.

As wyverns haviam voado por um dia inteiro e durante toda a noite, levando Thianna, Desstra e Karn mais ou menos na direção oeste. Embora todos os três estivessem fascinados com as paisagens que se sucediam logo abaixo — uma vasta floresta, antigas ruínas, uma notável cordilheira —, eles logo foram tomados pela exaustão e acabaram, um a um, entregando-se ao sono.

Em determinado momento durante o voo, as guerreiras os transferiram para outra patrulha. Talvez elas não quisessem correr o risco de que os prisioneiros fugissem ao aterrissar. Ou talvez houvesse outra razão para se apressarem. Qualquer que fosse o motivo, os três pouco podiam fazer, a não ser olhar a terra passar por baixo deles.

Thica, como se revelou, era enorme. Quando saíram das montanhas, Thianna teve um vislumbre de vastas planícies ao sul e do mar a leste.

— Cruzamos todo o continente — exclamou ela.

— Não admira que elas queiram de volta o chifre — ponderou Karn, sempre o estrategista. — Não daria para controlar um território desse tamanho sem as wyverns. Se não tiverem o pleno domínio do ar, elas não têm um império.

— Então, ele acrescentou: — Sabe, eu duvido que algum norrønur já tenha viajado a terras tão distantes como estas.

— Nem tampouco um ymiriano, isso é certo — disse Thianna. — É uma verdadeira proeza, não é?

— Sim, viajar não é mesmo uma coisa maravilhosa? — observou Desstra com ironia. — Sempre algo novo para ver, novos lugares para visitar, novas comidas para experimentar, pessoas novas e interessantes tentando matar ou capturar você.

— Há bem pouco tempo era você quem estava tentando nos matar, elfa — Thianna jogou-lhe na cara.

— Pelo menos dessa vez trata-se apenas de uma captura — disse Karn. — E nós estamos do mesmo lado.

— Ainda é cedo — zombou Thianna. — Tenho certeza de que alguém tentará nos matar lá pela tarde.

Thianna ficou em silêncio quando se aproximaram de uma enorme caldeira, uma depressão em formato de tigela que ultrapassava com facilidade mais de 150 quilômetros de diâmetro. Tinha sido formada por um vulcão, que havia inundado quando um lado desmoronou e permitiu que a água do oceano fluísse para dentro.

Um pouco ao sul do centro havia uma ilha, com um afloramento de rocha escarpado que era bastante íngreme em uma face e um pouco menos dos outros lados. Uma estreita ponte de terra se estendia desde a costa da caldeira até o lado sul da ilha. Na costa ocidental, um impressionante cais era guardado por dois quebra-mares de pedra, cada qual com uma estátua colossal nas extremidades. Uma cidade estendia-se pelo aclive do afloramento, desde edifícios construídos tão juntos que pareciam estar empilhados uns sobre os outros nas docas a magníficos palácios e templos no ponto mais alto da ilha.

O ponto mais alto era obviamente o destino deles.

Thianna teve uma sensação estranha, como vespas zumbindo ao redor de seus ouvidos. Ela bateu com as mãos, mas a sensação não estava no ar. Estava em sua mente. Não demorou muito para identificar a causa.

Wyverns. O espaço sobre a cidade estava repleto de wyverns. Elas circulavam pela ilha, partindo e pousando constantemente de uma saliência no topo do precipício. Não havia dúvida de que estavam se aproximando do centro do Império Thicano.

Quando Thianna encontrara pela primeira vez o Chifre de Osius, ele havia despertado sua habilidade de comunicar-se telepaticamente com os répteis. Estar na mente de um dragão tinha aumentado ainda mais essa capacidade. Ela olhou para cima, para uma das quatro wyverns que as carregavam.

"Olá!", pensou ela.

O quê?

O jeito como a cabeça do réptil girou foi quase cômico.

É você?

"Sim. Estou dizendo olá."

Não, quero dizer. É você? *A mestiça que encontrou o chifre. Aquela que chamam de Nascida no Gelo.*

"Sou eu."

Karn reconheceu a expressão de concentração no rosto de Thianna. Ele cutucou Desstra e apontou primeiro para a gigante do gelo e depois para a wyvern. Desstra assentiu com a cabeça.

O motivo e a solução dos nossos problemas. Dizem que você destruiu um chifre. Veio para destruir o outro?

"O plano é esse."

Se não se importa que eu diga, até agora você está fazendo um trabalho extraordinário.

"Ah", pensou Thianna. "Vejo que você se expressa de modo tão caloroso e gentil quanto as outras wyverns que conheci".

A criatura sibilou para ela.

Eu não preciso ser caloroso. Não tenho sangue quente.

"É um bom argumento. Que lugar é este?", ela perguntou.

Os humanos a chamam de cidade da Caldeira.

"Porque está na caldeira de um vulcão... Bastante óbvio, não acha?"

Vocês não estão entre as espécies mais imaginativas. Ficam ocupados demais furando uns aos outros com bastões pontudos para fazer outras coisas.

"Fale por si mesma."

Estou falando por mim mesma. De que outra maneira eu falaria?

"Outro bom argumento. E aí, quem são esses caldeiranos?"

Desta vez, a wyvern resfolegou.

Quem são os caldeiranos?, indignou-se ela. *Por acaso o que você tem de grande também tem de ignorante? Você é uma caldeirana!*

— Oh! — disse Thianna em voz alta.

— Quer dizer que temos de ir lá em cima?

— Lá em cima é exatamente para onde iremos — respondeu seu pai.

Asterius contemplou a cidade diante dele. Parecia bastante povoada, sufocante, desorganizada e... bem, alta demais para o seu gosto.

— Uma cidade que se preze ficaria numa planície — disse o menino —, não equilibrada numa encosta, como uma cabra.

Asterius pontuou suas palavras bufando com força suficiente para virar a argola em seu nariz. Ele olhou em volta. Nenhum dos integrantes do séquito de seu pai parecia compartilhar de seu humor ou de sua preocupação. Ele raspou a terra com um casco, aborrecido.

— As coisas nem sempre são como em nosso lar — respondeu o pai com paciência. — Os caldeiranos vivem de uma forma diferente da nossa, mas dependem da agricultura de nossas planícies para sobreviver.

— Então, por que é que eles não vão até nós em vez de exigir que venhamos até eles? — Asterius questionou.

O rei soltou uma risada nervosa, então estendeu a mão entre os dois chifres de Asterius para acariciar a cabeça do filho.

— Você é orgulhoso, eu sei — disse o pai: — E isso é uma coisa boa. Mas lembre-se de que as mesmas virtudes que tornam um minotauro grandioso podem levá-lo à sua ruína. É um enigma fascinante.

Asterius balançou a cabeça para afastar a palma de seu pai. Ele não queria uma aula de ética. E não queria ser tratado como uma criança. Queria uma espada e um escudo, como os homens-touro e as mulheres-vaca ao seu redor. Logo faria 13 anos. Estava na hora de tratarem-no como um guerreiro.

Ele regurgitou seu café da manhã. Em geral, ruminar o ajudava a se acalmar, mas hoje mastigar o macio alimento regurgitado nada fez para apaziguar sua agitação.

Os minotauros tinham viajado lá de sua cidade nas pastagens do sul para estarem ali. Eram um pequeno rebanho de apenas dez — seu pai (que era o rei de Labiríntia), oito dos mais confiáveis conselheiros guerreiros do rei (não era possível ser um sem ser o outro) e seu filho (com relutância). Era a primeira viagem de Asterius à capital de Thica. Até o momento, não estava impressionado.

As coisas ficaram de fato interessantes, no entanto, quando chegaram à ponte de terra que os levaria sobre o lago da caldeira até a cidade insular. Um grupo de talosianos havia chegado um pouco antes deles. Asterius nunca tinha visto antes os autômatos de bronze. Perguntou-se como seria jamais ter que comer ou dormir. Será que sequer sentiam o sol e o vento no rosto? E será que era mesmo verdade que eles tinham molas e engrenagens de relógio em vez de sangue e ossos? Como tais criaturas poderiam viver?

Mais viajantes se juntaram a eles quando atravessavam a faixa estreita de rocha e entraram na cidade propriamente dita através de seu portão sul. Asterius conteve um arrepio quando começou a passar por entre as altas construções e o chão começou a se inclinar para cima. Ele lançou os chifres para trás e endireitou os ombros. Se nenhum dos conselheiros-guerreiros de seu pai demonstrava medo, tampouco ele o faria.

Analisava tudo enquanto caminhavam. As ruas ali não eram tão amplas quanto as da sua cidade e estavam bem menos conservadas. Era fácil torcer um casco se você não fosse cuidadoso. E enquanto o coração de Labiríntia estava em seu centro, como era correto e desejável, aqui ficava claro que edifícios e pessoas adquiriam importância conforme se escalava a rocha. Ele olhou para o rosto dos habitantes que os encaravam pelas portas e janelas de residências e lojas. Eram, em sua maior parte, constituídos de humanos e anões, embora apenas os anões portassem armas.

— Então esses são os caldeiranos? — perguntou ao pai. — Eu pensei que eles tivessem uma aparência mais belicosa.

— Oh, não — respondeu o rei. — A maioria dessas pessoas não é caldeirana.

Asterius sacudiu a cauda, confuso.

— Mas esta não é a cidade da Caldeira? Quem são todas essas pessoas?

— Pelo menos metade dos que você vê aqui é o que se chamaria de hilotas — explicou o pai. — São uma classe de escravos, de propriedade do Estado. As mulheres caldeiranas não são autorizadas a ter outra função senão a de guerreira. Assim, seus comércios e indústrias são supervisionados pelos homens e operados por seus escravos. Mas os hilotas têm permissão de ficar com parte do que produzem, e só podem ser mortos em certas épocas do ano.

Asterius bufou de novo.

— Ah, isso é muito melhor do que ser um escravo comum.

— E há também os perioikoi — prosseguiu o pai, ignorando o sarcasmo do filho. — Homens e mulheres livres que servem ao exército como ferreiros, vigias e tropas auxiliares. São na maioria dáctilos. Os anões sempre foram bons como ferreiros e na arte de moldar metais.

— Então, onde estão os caldeiranos? — perguntou Asterius. Seu pai apontou para cima.

— Os caldeiros em si compõem menos de um quarto da população — disse o rei. — E desse número, somente as mulheres têm permissão para ocupar qualquer posição ou posto. É um sistema em forma de pirâmide, como a própria cidade, com poucas pessoas no topo apoiadas por blocos maiores embaixo.

— Isso é loucura! — indignou-se Asterius. — Como é possível existir uma cidade onde quase ninguém é um cidadão de verdade?

— Admito que parece estranho — reconheceu o rei. — Suponho que poderíamos dizer que é outro enigma fascinante.

Asterius bufou.

— É apenas estranho — corrigiu ele. — Espere até que eu conte aos meus amigos quando chegarmos em casa.

— Em casa, sim — disse o pai. O rei Asterion olhou para o filho como se tivesse algo mais que quisesse dizer.

— O que foi, pai?

— É melhor não especular sobre o que não sei ao certo — retrucou o rei. Asterius o teria pressionado a dizer mais, mas, então, chegaram ao ponto mais alto da colina e ele ficou boquiaberto demais para conseguir falar.

O *phoreion* desceu em direção a uma plataforma de pouso circular. Era uma de cinco, cada qual no final de uma passarela que se estendia sobre o penhasco.

— O que é aquilo? — perguntou Karn. Thianna seguiu seu dedo até o que parecia ser um tabuleiro de jogo em tamanho natural, com arquibancadas para espectadores em lados opostos. Era composto por lajotas de mármore no meio de um pátio entre dois palácios, pelo que dava para perceber de onde estavam.

— Ora, vejam só! Parece que vai encontrar por aqui alguns fãs de jogos como você.

— Com sorte, alguém que possa representar um desafio de verdade, para variar — ele respondeu.

— Acho que isso me ofende — protestou a gigante do gelo.

— Me ofende com certeza — acrescentou Desstra.

Karn continuou a olhar para o tabuleiro de jogo "tamanho gigante" com curiosidade e fascínio até que, conforme se aproximavam do chão, as construções circundantes bloquearam a sua visão. As wyverns os depositaram em uma plataforma, depois voaram para as plataformas adjacentes, para que os servos pudessem cuidar das guerreiras que retornavam e de suas montarias. Uma guerreira destrancou o *phoreion*.

— Saiam — disse ela de modo rude.

— Só se disser "por favor" — brincou Thianna.

— Agora! — ordenou a guerreira.

— Mas estávamos nos divertindo tanto! — zombou a gigante, escorregando até o chão. Enquanto endireitava o corpo até atingir toda a sua estatura, sorriu ao testemunhar os olhos da mulher se arregalando.

A vista das laterais da estreita passagem poderia ter sido assustadora para qualquer um, exceto para um ymiriano. Thianna olhou distraída para uma encosta íngreme que descia por centenas de metros até onde as ondas quebravam em pedras pontiagudas, nas águas lá embaixo. Qualquer outro se sentiria intimidado, mas ela apenas se sentia aliviada por estar esticando as pernas depois de um dia e uma noite de confinamento. Karn caminhava ao lado dela. Seu semblante nada deixava transparecer, mas ela sabia que ele estava estudando todos os ângulos de seu novo ambiente, buscando suas vantagens e fraquezas. Karn conseguia avaliar territórios como as casas quadriculadas do jogo de tabuleiro Tronos & Ossos. Desstra seguia atrás deles, silenciosa e alerta. Quaisquer que fossem os pensamentos da elfa, estavam escondidos atrás de suas lentes de quartzo.

Um número impressionante de guerreiras, todas com lanças de fogo apontadas na direção deles, aguardavam sua chegada. Uma mulher com o rosto totalmente coberto por um elmo vestia uma capa preta sobre os ombros, como um sinal distintivo de sua posição mais elevada. Ela deu um passo à frente. Thianna percebeu que a mulher se movimentou com um leve manquejar.

— Não teremos nenhum problema com vocês desta vez — disse ela num tom autoritário.

Thianna sorriu.

— Parece que você já ouviu falar de nós — retorquiu ela.

— Ouvi falar de vocês? — A mulher pareceu surpresa. — Vocês não sabem quem eu sou?

Desstra falou.

— Não, por quê? — ela disse. — Você se esqueceu? — Apesar de sua desconfiança com relação à elfa, o comentário fez a gigante do gelo sorrir. O mesmo não poderia se dizer da guerreira. A mulher franziu o cenho diante do sarcasmo. Ela encarou a elfa e, então, levantou o elmo.

— Agora vocês me reconhecem?

— Sim, infelizmente — disse Thianna, apertando o punho. — Você é aquela mulher que vai se arrepender de ter me provocado.

Ao lado dela, Karn e Desstra também se enrijeceram, mas suas armas haviam sido tiradas deles. É claro que todos reconheceram a cara marcada da guerreira no instante em que seu rosto foi revelado — a causa de seus problemas atuais. Ela havia sido a única da equipe de Sydia a sobreviver à aventura em Norrøngard. Tinha seguido Thianna primeiro até Castelurze e depois até Gordasha. Disfarçada de feiticeira errante, os havia ajudado em sua missão. Entretanto, quando alcançaram seu objetivo, ela tomara o chifre deles em seu momento de triunfo, forçando Thianna a trocá-lo pela vida de Desstra.

— Meu nome é Lêta — explicou a guerreira. — Pelo histórico que temos juntos, é justo que vocês saibam disso.

— Lêta — disse Thianna com vagar, saboreando o nome do inimigo pela primeira vez.

— Você foi promovida desde a última vez que a vimos — observou Karn, erguendo o queixo para as fileiras de guerreiras atrás dela.

A mulher sorriu.

— Tenho que agradecer a vocês dois por isso; a vocês três, na verdade. Se não tivessem se importado tanto com a vida dessa elfazinha...

As orelhas de Desstra caíram. Sentia-se envergonhada por ser lembrada disso. E por Thianna também ser. A gigante do gelo ainda se ressentia de ter sido forçada a desistir do chifre para salvar uma antiga inimiga.

— Quando retornei com o Chifre de Osius — prosseguiu Lêta —, fui recebida com celebração. Tornei-me Chefe da Guarda da Guardiã de Keras.

Thianna deu de ombros.

— Eu poderia fingir estar impressionada. Mas não sei o que é uma Guardiã de Keras.

— É aquela que soprará o chifre na Grande Eclosão. A Guarda de Keras protege a Guardiã de Keras.

— Ah, um nome inventado e pomposo para "guarda-costas" — provocou Thianna. — Bom para você.

— É bom, sim— Lêta respondeu. — Embora não o seja, creio, para vocês três. As rainhas querem conhecê-los.

— Rainhas? — questionou Thianna. — Você não quis dizer *rainha*?

— Quis dizer rainhas, no plural — disse Lêta. — Vamos, por aqui. No mínimo, acho que será instrutivo que vejam quem vocês têm desafiado. — Ela gesticulou para várias guerreiras, que logo cercaram os três companheiros.

Karn, Thianna e Desstra foram levados para fora da plataforma de aterrissagem. Viram que os dois palácios à frente eram alas separadas de uma estrutura maior, composta por três edifícios. As magníficas paredes de mármore eram cobertas de esculturas elaboradas e cercadas por altas colunas que suportavam telhados triangulares. Diante de um dos palácios havia a estátua de uma wyvern. Na frente do outro, uma criatura estranha que parecia ser metade cavalo, metade galo. Eles estavam sendo conduzidos para a construção do meio, que unia as outras duas.

— Bem-vindos — disse Lêta — aos Palácios Gêmeos e à Corte da Terra e do Céu.

CAPÍTULO TRÊS

A Corte da Terra e do Céu

— É uma espécie de casa comunal de um Jarl, lá onde vivo — observou Karn, olhando ao redor da Corte da Terra e do Céu e comparando-a com as construções de madeira e turfa de sua própria terra. — Um amplo salão aberto, exatamente como lá em casa... Confere! — De fato, o salão era enorme, com colunas de mármore sustentando um telhado arqueado. — Braseiros... Confere! — Dois grandes braseiros redondos ardiam acesos. Sua fumaça serpenteava para cima até buracos no teto. — Um trono numa extremidade. Bem, na verdade, dois tronos... Confere e confere! — Havia dois tronos de mármore em cima de um único estrado na extremidade da sala. A cada qual se chegava por sua própria escada a partir do chão. Outro par de escadas descia de balcões de ambos os lados. — É a casa de um Jarl. Como lá em casa.

— Claro — respondeu Thianna, olhando em volta, para as elaboradas estátuas esculpidas e a estranha variedade de seres que enchiam o salão. — Só que construída em mármore. Pintada com cores chamativas. Cheia de criaturas estranhas. E governada por nossos inimigos.

— Ok, talvez não seja beeem como lá em casa — concedeu Karn.

— Sei não... — disse Desstra. — Líderes com sede de poder pressionando todo mundo ao redor. Parece um lar para mim.

Os três assistiram à reunião dos vários grupos de pessoas e criaturas dentro da corte. Além dos seres humanos, Thianna notou pessoas estranhas, de pele cor de bronze, e criaturas grandes, de um só olho, que pareciam gigantes deformados. Ela viu as pessoas com chifres e cascos chamados sátiros, e até coisas mais estranhas.

— Olhe — indicou Karn. Ele apontava para um grupo de seres que pareciam mulheres humanas, mas tinham fogo de verdade no lugar do cabelo.

A escolta fez uma pausa. Lêta se virou para encará-los.

— Vamos esperar aqui até a rainha... desculpem, até as rainhas... chamarem por nós — disse ela. — Mas, estou avisando, não nos dê problemas. — Ela olhou feio para Desstra. — Especialmente você, elfazinha.

— Eu só quero que você saiba — Desstra retorquiu, sorrindo docemente — que um dia você vai me pagar.

A mão da Chefe da Guarda da Guardiã de Keras baixou para o pomo da espada.

— Provavelmente, não hoje, no entanto — Desstra apressou-se em acrescentar.

Lêta relaxou a mão e se virou para a frente da sala.

— Saúdem suas Majestades! — gritou um arauto diante dos tronos. — Rainha Xalthea e Rainha Melantha se aproximam.

— Duas rainhas — disse Karn.

— Uma sobressalente, caso a outra enguice? — perguntou Thianna.

— Você saberia isso se sua mãe fosse leal — disse Lêta por cima do ombro. — Embora eu suponha que você não existiria, então. Caldeira é um matriarcado diarcal.

— Isso é apenas uma maneira extravagante de dizer que têm duas rainhas — disse Desstra.

— Então, por que ela não disse isso? — perguntou a gigante. — Ganham pontos por usar palavras difíceis?

— Xalthea é a Rainha do Céu — Lêta continuou, ignorando-as. — Melantha é a Rainha da Terra. Juntas, elas governam toda a Thica.

— E se elas se desentenderem? — indagou Thianna. — Quem ganha?

— Ah, nós temos um sistema maravilhoso para lidar com isso. Talvez lhe mostremos algum dia. — A guerreira olhou para Karn. — Você, em particular, apreciaria, acho.

Karn estava prestes a perguntar por que apreciaria, mas então duas figuras saíram para os balcões flanqueando os tronos e toda a atenção se voltou para elas.

Thianna achou notável como as duas mulheres podiam ser tão parecidas e tão diferentes ao mesmo tempo. Ambas andavam com um porte régio, ambas tinham os cabelos escuros e a pele azeitonada do povo thicano, ambas atraíam a atenção. Mas a mulher da esquerda tinha um ar cruel. Para a gigante do gelo, a Rainha Xalthea lembrava um pouco Sydia, sua inimiga que acabou morrendo com o primeiro chifre na bocarra do dragão Orm, enquanto a mulher à direita parecia menos dura. Se não bondosa, pelo menos a Rainha Melantha não deixava transparecer de forma tão óbvia sua crueldade.

— Suas monarcas agora aceitarão seu tributo — anunciou o arauto.

Um grupo de sátiros se aproximou. Eles presentearam as rainhas com buquês de flores moldadas em ouro. Nenhuma das duas monarcas pareceu muito impressionada, mas a Rainha da Terra agradeceu-lhes. Em seguida, as estranhas pessoas de metal deram às duas rainhas um mecanismo para calcular as marés, conforme explicaram. Karn achou que o aparelho parecia útil e desejou poder vê-lo melhor. A atenção de Thianna, no entanto, estava por toda corte.

— Será que a minha mãe — sussurrou ela — um dia esteve aqui mesmo neste salão?

O problema começou quando o grupo de mulheres de cabelos flamejantes — eram chamadas de "empusas" e Thianna deduziu, pelos olhares que estavam despertando, que sinalizavam encrenca à vista — tentou apresentar uma estátua para as rainhas como presente. Era uma escultura em pedra extraordinariamente realista que representava um homem com cabeça de touro. Ele segurava um grande machado de duas lâminas com ambas as mãos, preparando-o como se estivesse prestes a atacar.

— Isso é um minotauro — explicou Karn. — Eu ouvi histórias sobre eles.

— Mino o quê? — perguntou Thianna.

— Minotauro.

— Parem com essa torpeza! — rugiu uma voz.

— Quem ousa falar? — O arauto examinou a assembleia buscando a fonte da interrupção.

— Eu, rei Asterion. Uma grande figura abriu caminho por entre a multidão, parando em frente aos tronos e ao lado das empusas. Thianna viu que era uma versão viva da estátua: um homem enorme com cabeça de touro. Ele carregava seu próprio machado de duas lâminas. E pela forma como batia os cascos e resfolegava pelas grandes narinas, estava muito zangado.

— Correção — disse Karn. — Isso, sim, é um minotauro.

— Isso não é uma estátua — continuou o rei. — É o meu primo, Tappos. Ele desapareceu na caverna das górgonas há duas semanas e nunca mais saiu de lá. Eu lhe disse que não valia se arriscar ao olhar delas para procurar cogumelos. Mas ele não quis ouvir. Era um idiota, admito, mas não uma estátua.

— Agora é — disse o arauto.

O minotauro bufou de raiva.

— Então, deixe-me levá-lo de volta para casa, em Labiríntia. Ele deve descansar entre companheiros minotauros nas pastagens, não ser exibido como um troféu no topo de uma colina qualquer.

— Cuidado, Asterion — disse a mais cruel das duas rainhas. — Os deuses podem ter sido expulsos de suas montanhas, mas as deusas não. Não as ofenda, nem a mim, ao lançar ofensas à nossa cidade.

— Peço desculpas, Rainha Xalthea — disse o rei minotauro, raspando o casco no chão, nervoso. — É uma cidade linda a que vocês têm aqui, sem dúvida. Se vocês apreciam lugares elevados. Eu só quis dizer que Tappos não é uma obra de arte.

— Ah, mas ele é — continuou a rainha chamada Xalthea. — E muito bonita por sinal. Entendo que vocês bestas possam não apreciar o refinamento da cultura superior, mas deixe-me assegurá-los de que Tappos é agora é uma escultura das mais primorosas.

— No entanto, eu exijo que o devolvam a nós — insistiu Asterion.

— Você exige? — Xalthea ergueu uma sobrancelha. Embora seu tom fosse suave, Thianna observou como todos... até mesmo a outra rainha... de repente ficaram tensos.

— Ou... — balbuciou Asterion — aceite-o como *nosso* tributo, não *delas*.

— Absolutamente não! — gritou uma das empusas, e o fogo em sua cabeça elevou-se uns trinta centímetros no ar. — Nós nos arriscamos na caverna das górgonas para recuperar a estátua. É nosso tributo e apenas nosso.

— Ele não é tributo, é meu primo! — rugiu o minotauro, levantando o machado de forma ameaçadora. Ele bufou no rosto da empusa, ao passo que as chamas que se contorciam em torno da cabeça dela começaram a se espalhar até seus ombros e correr por seus braços.

— Basta! — gritou o arauto. Às suas palavras, as guerreiras nos balcões posicionaram as lanças de fogo. — Abaixe seu machado! Arrefeça suas chamas! Ou ambos irão torrar aí mesmo onde estão.

Resmungando, o rei Asterion abaixou lentamente sua arma. O fogo da empusa foi diminuindo até arder apenas em volta de sua cabeça.

— Estamos felizes em aceitar essa bela estátua. — A Rainha Melantha falou pela primeira vez. — No entanto — continuou —, faremos isso em nome de ambas as partes, como um presente conjunto.

Xalthea pareceu tão surpresa com as palavras de sua comonarca quanto o minotauro e a empusa.

— Sim, conjunto — disse Melantha. — Como Tappos era primo do rei Asterion, tenho certeza de que a empusa ficaria feliz em compartilhar o crédito por entregá-lo a nós. Ela olhou para a empusa com severidade. — Eu sugiro que você fique feliz.

A empusa curvou-se, embora suas chamas tenham trepidado quando lançou um olhar de esguelha para o minotauro.

— E você, Asterion — perguntou Xalthea. — Está feliz?

— Bastante feliz — respondeu o rei minotauro. — Afinal, ele é meu primo. Um enigma.

— Então, estamos satisfeitas com sua homenagem — continuou Melantha.

— Mas agora temos outros assuntos — concluiu Xalthea. — Todos trouxeram seus filhos conforme foram instruídos?

Houve murmúrios por toda a assembleia, mas as rainhas os ignoraram.

— Mandem os jovens para a frente.

Ninguém se mexeu para obedecer. Enquanto Xalthea mantinha seu sorriso falso, as guerreiras se deslocaram pela multidão, incentivando as crianças a irem para a frente.

— Nós temos uma oportunidade maravilhosa para vocês — continuou a Rainha do Céu. — Vocês todos virão morar no palácio.

Os murmúrios transformaram-se em gritos de alarme dos adultos e gritos de medo das crianças.

— Isto é ultrajante! — o rei minotauro rugiu, perdendo a paciência outra vez. — Já pagamos o suficiente em tributos. Agora vocês querem nossos filhos como reféns!

Xalthea franziu o cenho.

— Não como reféns — disse ela. — No palácio, eles serão convidados de honra. E receberão todos os benefícios da vida cortesã. Vamos dar-lhes a mesma educação que damos aos nossos cidadãos. Certamente nenhum povo bestial já teve o mesmo.

— Uma bela gaiola ainda é uma gaiola — sussurrou Thianna a Karn. A gigante do gelo tinha muita experiência com valentões, e ela sabia quando estava enfrentando um.

— Vocês serão todos cidadãos honorários de Caldeira — disse a Rainha Melantha, sorrindo em sinal de encorajamento para os jovens. — Com o tempo, irão apreciar essa honra.

— Não pense que não percebemos a razão disso — continuou Asterion. — Vocês temem não conseguir controlar a próxima geração de wyverns após a Grande Eclosão, por isso, tiram nossos filhos de nós para forçar nossa lealdade!

— Eu não quero — um jovem minotauro berrou de repente. — Pai, diga que você não vai deixar que elas me peguem!

O menino correu para o pai, que colocou um braço ao redor de seu ombro, de forma protetora.

No balcão, Thianna avistou várias lanças de fogo apontadas para a dupla. A multidão notou também e afastou-se dos minotauros.

— Asterion, você pode deixar seu filho aos nossos cuidados agora, ou sua guarda de honra poderá carregar suas cinzas de volta para Labiríntia em uma urna funerária. Uma bem pequenininha.

O rei baixou os chifres.

— Desculpe, filho.

— Não! — gritou o menino. — Lute contra elas, pai. Podemos lutar juntos!

— Não, filho. — O rei minotauro curvou a cabeça com vergonha e raiva.

— Por que você não vai lutar contra elas? — o filho perguntou num tom queixoso.

Uma guarda agarrou o braço do menino, mas ele o sacudiu.

Asterion se ajoelhou diante do filho.

— Hoje não é o dia — disse ele. — Um dia você vai entender.

Thianna viu a expressão do jovem minotauro desmoronar. Seus ombros se curvaram de decepção quando ele foi levado para se juntar ao restante das crianças reféns.

— Vamos mostrar-lhes seus novos aposentos — disse a Rainha Melantha às crianças, enquanto elas deixavam o salão. — Eu prometo, não será desagradável para vocês — ela acrescentou, embora o ar estivesse cheio de vozes lamentosas.

— Como todos esses pais puderam simplesmente desistir desse jeito? — Thianna perguntou.

— Eu não acho que eles tenham escolha — Karn respondeu. — Mas foi um erro.

— Pelos dedos congelados de Ymir que foi um erro! — concordou Thianna.

— Não, eu quero dizer um erro tático — esclareceu Karn. — O controle está escapando das mãos delas. Pressionando seus súditos dessa forma irão causar uma rebelião. Mais cedo ou mais tarde, alguém vai se opor ao comando das rainhas e derrubá-las com um golpe.

Thianna olhou para ele com um brilho de raiva nos olhos.

— Que façam fila atrás de mim.

Asterius lutou contra as lágrimas enquanto as guerreiras o levavam do aposento. À sua volta, uma variedade desconhecida de pessoas se movimentava. Alguns eram humanos — seus corpos eram familiares, mas suas cabeças pequenas e sem cornos lhe eram muito estranhas. Como eles conseguiam pensar com aqueles crânios tão minúsculos? Como lutavam sem chifres? Aliás, como a geringonça de bronze ao seu lado conseguia pensar? Pelo menos, os sátiros do grupo tinham chifres, mesmo que fossem embaraçosamente minúsculos.

Eles atravessaram a entrada para um grande espaço. Embora não desejasse, Asterius ofegou. Chamar o aposento de "opulento" sequer arranharia a verdade. Ricas tapeçarias pendiam das paredes, e cadeiras e sofás estofados com luxo estavam dispostos em torno do mosaico detalhado do chão. Uma mesa central estava repleta de comida. Várias das crianças mais novas gritaram animadas ao ver isso e correram para provar as iguarias. Asterius notou uma bandeja que dispunha uma variedade de gramíneas e trigo. Ele começou a se juntar aos outros, mas então seu orgulho voltou a imperar. Ele acabara de ser arrancado do seu pai. Não seria vencido com tanta facilidade. Isso não impediu que seu estômago roncasse enquanto observava os pequenos engolirem as iguarias. Ele cruzou os braços e regurgitou o que havia sido mastigado mais cedo para dar à sua boca salivante algo para fazer.

— Imagino que pedras sem vida não substituam pastos abertos — comentou alguém ao seu lado. — Ou uma floresta densa.

Asterius sobressaltou-se. Ele tinha confundido a criatura ao lado dele com uma planta decorativa. Mas, olhando melhor agora, percebeu que era uma espécie de garota. Ela tinha uma casca no lugar da pele, e o minotauro não conseguia dizer se sua roupa com aparência de folha era algo que ela usava ou algo que crescia dela. Os ramos recurvados para cima que brotavam da folhagem em sua cabeça pelo menos se assemelhavam a chifres.

— Você é um druso? — ele perguntou.

— Sou uma dríade — corrigiu ela, sorrindo com timidez. — Druso é como nós chamamos os garotos.

— Nunca conheci uma árvore que fosse gente — confessou o minotauro.

— Bem, Dêndronos fica muito ao norte — observou ela.

— E Labiríntia bastante ao sul.

— Acho que nós dois estamos bem longe de casa — disse a dríade. Ela sorriu com timidez de novo. — Meu nome é Daphne.

Asterius achou que ela parecia muito agradável. Mas então se lembrou de que ele era pouco mais do que um prisioneiro com regalias em Caldeira. Era seu dever ser infeliz e difícil. Fazer amigos ia contra isso.

— Asterius, filho de Asterion, príncipe de Labiríntia — cumprimentou ele, empertigando-se para que seus chifres se elevassem o máximo possível.

— Bem, se você coloca as coisas nesses termos, fique sabendo que sou Daphne, muda do Conselho dos Anciões, princesa do reino da floresta de Dêndronos.

— Florestas — ele bufou. — Tão ruins quanto esta montanha idiota.

— Muito melhor — disse Daphne. — Seja como for, tenho certeza de que é muito mais interessante do que uma planície monótona.

— O que uma planta sabe da vida?

Daphne bateu o pé e se afastou dele zangada. Asterius sentiu uma pontada de arrependimento ao observar suas folhas tremulantes enquanto ela se retirava. Não conhecia ninguém em Caldeira e ela havia sido gentil com ele. Mas não estava ali para fazer amigos. Na primeira chance que tivesse, iria escapar.

— Então esta é a gigante mestiça.

A Rainha Xalthea inclinou-se para a frente em seu trono, examinando Thianna com atenção.

— Sim, minha rainha — disse Lêta. — Seu pai era um gigante do gelo das terras de Ymiria.

— Temos gigantes aqui também — comentou Xalthea. Ela franziu o nariz enquanto falava, como se não suportasse o gosto da palavra *gigantes* em sua boca. — Bestas rudes e brutas que assolam nossas colinas.

— Vou lhe mostrar quem é rude — rosnou Thianna. Ao lado dela, Karn colocou uma mão em seu ombro. Eles já estavam em bastante perigo sem que sua amiga perdesse a paciência.

— Sim, é mais ou menos assim que eles se comportam aqui também — disse a Rainha do Céu. — Batendo o pé, rugindo e brandindo suas maças.

Thianna corou de raiva e embaraço.

— Mas devemos nos lembrar de que ela também é filha de Talária — interveio a Rainha Melantha com um tom de voz um pouco mais gentil. A Rainha da Terra dirigiu-se diretamente a Thianna. — Sua mãe viveu aqui durante algum tempo, criança. Ela ocupava uma posição de grande honra.

— Até que jogou isso fora — recriminou Xalthea com desdém. — Para viver com bárbaros em um deserto congelado.

— Ainda assim, Xalthea — disse Melantha —, se esta menina não tivesse recuperado o Chifre de Osius, nós não o teríamos agora. É graças à sua inteligência e desenvoltura, mais do que às de nossas próprias guerreiras — ela lançou um franzir de cenho a Lêta neste momento —, que o chifre retornou para o lugar ao qual pertence.

— Você está sugerindo que devemos ser gratas a ela? — questionou Xalthea. — Quando ela se opõe a nós sempre que tem uma chance?

— Tendo apenas como exemplo sua mãe, de que outra forma ela poderia agir? Mas deixe a jovem conhecer a nossa cultura, nossa grande civilização, e talvez possamos direcionar sua inventividade para um caminho mais apropriado.

Xalthea dirigiu-se a Thianna.

— Minha comonarca acredita que eu deveria agradecê-la. — O sorriso da Rainha do Céu foi tão acolhedor quanto o de uma serpente. — Mas eu não acho. Você nos causou muitos problemas, sem contar a perda de uma valiosa oficial.

— Sua definição de *valiosa* é bem distorcida se é de Sydia que está falando — observou Karn.

— Homens não podem se dirigir a nossas rainhas dessa forma — advertiu. — Muito menos homens bárbaros. Segure a sua língua ou vai perdê-la.

— É *você* que não pode sair falando com meu amigo dessa forma — grunhiu Thianna.

— E essa outra, a menina com palidez doentia, também é amiga sua? — quis saber Xalthea.

Thianna olhou para a elfa. Desstra encarou-a, esperançosa. A gigante virou-se para as rainhas.

— Ela está comigo — disse Thianna.

— Então, todos podem ir juntos para as prisões.

As guerreiras de Lêta avançaram para agarrar Thianna, mas Desstra de repente saltou. A ágil elfa agarrou a lança de uma guerreira e usou-a para saltar sobre a confusa mulher. Aterrissando, ela girou uma das pernas para derrubar a guerreira no chão com uma rasteira.

Thianna aproveitou essa distração para agarrar mais duas guerreiras pelo pescoço e chocar suas cabeças uma contra a outra. Seus elmos ressoaram alto quando colidiram. Aturdidas, as mulheres caíram no chão.

Karn logo aliviou as guardas derrubadas de suas espadas. Ele atirou uma para Thianna e guardou outra para si. A multidão recuou em torno deles. Em meio aos gritos de alarme, ele pensou ter ouvido várias pessoas aplaudindo. Com certeza havia uma exultante gargalhada que soava como o mugido de um touro.

Então, as guardas convergiram na direção deles por todos os lados. Na briga, Thianna conseguiu mais outra espada. Ela lutava com uma em cada mão. Karn descobriu que uma espada sem magia era mais difícil de manejar do que a Clarão Cintilante. Ele se defendia de forma admirável, mas não conseguia obter uma vantagem. Em outro ponto do salão, Desstra combatia várias guerreiras. Ela estava em desvantagem, mas a elfa era rápida demais para que a pegassem.

As duas monarcas assistiam a tudo isso do estrado, de forma impassível.

— Viu só? — comentou Melantha — Ela é uma jovem habilidosa.

— Talvez seja — disse Xalthea. — Pena, então, que seja mestiça.

— A mestiça está fazendo nossas guerreiras de bobas — observou Melantha.

— A multidão lhe proporciona uma vantagem. Ela é apenas uma criança. Se estivesse lutando ao ar livre, estaria reduzida a cinzas a esta altura.

— A multidão parece gostar dela — Melantha destacou.

De fato, algumas pessoas da plateia estavam aplaudindo de forma aberta a gigante enquanto ela lutava contra seus opressores. Eles podiam não ter coragem de se rebelar, mas ficavam felizes em ver alguém fazer isso.

Thianna ria enquanto lutava contra dois adversários. Ela chegou a pensar que realmente poderia fugir. Então, uma sombra a engoliu. Ela levantou os olhos a tempo de ver apenas a pesada tapeçaria que revestia uma parede cair sobre sua cabeça. Com um grito de "estrume de troll!", ela foi levada ao chão pelo peso da tapeçaria. Os golpes choviam sobre ela através do tecido, enquanto mais guerreiras a chutavam e a socavam em sua prisão aveludada.

— Ok, ok! — ela berrou. — Eu desisto.

Quando a tapeçaria foi retirada de cima dela, Thianna viu Karn e Desstra cercados por lanças de fogo apontadas para eles. A plateia recuou, dando a seus inimigos plena visibilidade para mirar. A luta tinha acabado por enquanto. Mas Thianna também viu outra coisa: uma menina, mais ou menos da sua idade, embora, é claro, não com o seu tamanho, que a encarava com uma satisfação zangada no rosto.

Thianna se deu conta de que fora aquela garota que tinha rasgado a tapeçaria que pendia da parede e a jogado sobre ela. Ela era a única no salão inteligente o bastante para deter uma gigante do gelo. Quando as guerreiras a levaram para fora da corte, Thianna deu uma rápida assentida para a garota, para que ela soubesse que a gigante a tinha marcado. Elas se encontrariam de novo, Thianna tinha certeza, e a gigante do gelo jurou que, da próxima vez, ela teria o controle da situação.

CAPÍTULO QUATRO

Conexões importantes

— Foi divertido enquanto durou — observou Thianna. Eles estavam se deslocando por corredores, provavelmente sendo levados para onde os prisioneiros eram mantidos. Desstra seguia um pouco atrás deles.

— Você precisa confiar nela — disse Karn. Ele falou de propósito na língua dos norrønir para que as guardas não pudessem entender.

— Não estaríamos nessa enrascada se não fosse por ela — acusou Thianna.

— Bem, estamos nisso agora — Karn disparou. — E precisamos trabalhar como equipe se quisermos sair dessa.

De repente, as guardas pararam.

Outro grupo de guerreiras estava no corredor diante deles. E alguém as acompanhava — a Rainha Melantha.

— Para onde vocês estão levando esses três? — questionou a rainha.

— Para as celas da prisão — respondeu uma guarda, perplexa.

— Estes não são prisioneiros comuns para serem alojados em celas comuns — disse a Rainha da Terra. — Temos de encontrar melhores acomodações para eles. Por ora, vocês os acolherão na ala do palácio onde estão instalados os príncipes e as princesas reféns.

— Mas as nossas ordens...

— Vieram de uma rainha e agora vêm de outra.

As guardas fizeram uma reverência. Entre as duas governantes, era óbvio que não queriam aborrecer a que estava diante delas.

A Rainha Melantha aproximou-se de Thianna.

— Eu não posso ir contra a minha comonarca, a Rainha do Céu — disse ela. — Mas posso atenuar o golpe. Vocês ficarão mais confortáveis enquanto decidirmos o que fazer com vocês.

A rainha virou-se de súbito e partiu com a sua guarda.

— O que significou isso? — perguntou Karn.

— Não sei — respondeu Thianna.

— Uma amiga?

— Acho que não. Mas talvez não seja uma inimiga.

Melantha refletiu sobre a filha de Talária enquanto se afastava. A garota era incomum, não só pelo tamanho avantajado. Mas havia uma força nela, e força não deveria ser desperdiçada ou desrespeitada. Não quando poderia ser aproveitada.

— Isso foi tolice.

A Rainha da Terra olhou para cima. Ela não estava acostumada a ser desafiada. Então, viu quem tinha falado com tanta audácia. Sua sobrinha apoiava-se contra uma parede. Pobre Sirena. Ela parecia muito menor, muito mais jovem sem armadura, escudo e espada.

— Você estava espionando sua rainha? — Melantha disse com um sorriso triste.

— Fiquei surpresa de encontrar minha tia — respondeu a garota. — Eu não esperava encontrar você. Só queria dar outra olhada nos bárbaros.

— Com que propósito? — perguntou a rainha.

— Para entender meu inimigo — respondeu Sirena.

Melantha suspirou. Ela sentiu pena de sua antiga protegida, arrancada dela pela Rainha do Céu quando o chifre foi encontrado. Ela se sentia melhor mentora do que Xalthea, se é que a Rainha do Céu se via nesse papel. Mas se conseguissem domar a menina bárbara, talvez as coisas pudessem ser como eram.

— A mãe de Thianna era caldeirana — observou Melantha. — Isso faz dela uma de nós.

— Eu não acho que ela veja as coisas dessa maneira.

— Não, eu também não acho — concordou a Rainha da Terra. — Mas talvez possamos fazê-la entender nosso modo de vida.

Sirena bufou de escárnio.

— Ela tem as costas duras. Não acho que bater nela irá fazê-la se curvar.

— É verdade — concordou Melantha. — Mas há outras maneiras de persuasão. A espada é apenas uma arma entre muitas, Sirena.

— O que quer dizer? — perguntou a sobrinha. Sua mão instintivamente baixou para a cintura, buscando uma lâmina que não estava lá.

— Diga-me, quem não lamberia seus dedos se eles estivessem cobertos de mel?

A maior parte da comida estava pelos ares.

Sopa de grão-de-bico salpicada contra as paredes. Um polvo grelhado acertou de cheio a cara de um jovem sátiro. O autômato de bronze estava de pé em uma cadeira e arremessava conchas de mexilhão em cabeças desprotegidas com mecânica precisão.

— Uma guerra de comida? — Thianna olhou para o caos sendo instaurado pelos príncipes e princesas reféns.

— Você tem que admitir — disse Karn — que este comportamento não é muito pior do que o da realeza que conhecemos antes.

Um prato de queijo feta por pouco não atingiu o ombro de Thianna e se espatifou contra a parede. Ela franziu as sobrancelhas ao olhar o queijo aderir por um instante ao mármore polido, e depois cair no chão com um barulho alto e pastoso.

— Vou cuidar disso — adiantou-se Desstra, dando um passo à frente.

— Não — respondeu Thianna. — Deixa comigo.

Ela caminhou direto para o meio da balbúrdia. Não se encolheu quando as salsichas e pães voavam de um lado para o outro em torno dela. Ela simplesmente foi até o centro da sala. E respirou fundo. Karn viu e cobriu as orelhas para que Desstra pudesse ver e fazer o mesmo. Thianna podia gritar bem alto quando queria.

— Todos parados! — rugiu a gigante do gelo.

Toda a atividade no cômodo cessou. Os reféns da realeza ficaram boquiabertos com a enorme garota no meio deles. Um solitário pedaço de pão, lançado antes da briga terminar, voou pelo ar em direção à cabeça da gigante. Thianna pegou-o com a mão sem olhar, depois deu-lhe uma grande mordida.

— Hum... assim está melhor — ela disse com a boca cheia. — Agora, o que está acontecendo aqui?

Várias crianças falaram ao mesmo tempo. "Foi ele que começou" parecia ser a explicação dominante. Todos estavam apontando para o minotauro.

— Foi você? — perguntou Thianna.

— Eu não — defendeu-se Asterius. — Vocês, gente sem chifres, são muito sensíveis a críticas.

— Ele também começou — disse uma pequena figura emergindo debaixo da mesa.

— Gnomo? — perguntou Thianna.

— Anão! — corrigiu o menino. — Meu nome é Jasius, e eu sou um dáctilo. Só porque minha barba está demorando a aparecer não significa que eu seja um gnomo.

— Desculpe, eu...

— Seja como for, este aqui...

— Asterius, filho do rei Asterion — proclamou o minotauro.

— Filho de alguma coisa, tenho certeza — disse Jasius, o anão. — Seja como for, ele disse que era bom demais para comer com animais. Você pode acreditar nisso?

— Então, um dos sátiros lhe jogou um prato de queijo — explicou uma menina humana.

— A partir daí, as coisas desandaram — acrescentou um menino. — Mas foi divertido.

— Sim, foi divertido — concordou Jasius. Thianna lembrou que ele estava se escondendo debaixo da mesa.

— Mas vocês todos não deveriam tentar se dar bem? — perguntou Karn. — Quero dizer, todos vocês vão morar juntos. Estão no mesmo barco.

— Não estamos num barco — disse o autômato. — Estamos em um palácio.

— É uma expressão.

— Temos uma expressão sobre barcos também — comentou um sátiro. — Opiniões demais os afundam. Quem disse que precisamos da sua?

— Certo. Como se vocês estivessem se saindo muito bem antes de chegarmos aqui — disse Desstra.

— E que desperdício de comida — observou Karn.

— Vão trazer mais — explicou uma menina com chamas em vez de cabelos. — Nossos pais só concordarão com isso se formos bem tratados.

— Então eles penduram cortinas luxuosas nas paredes da prisão — resmungou o minotauro, puxando com raiva uma tapeçaria. — Não me diga que você gosta daqui!

— Então por que você não faz algo a respeito? — perguntou Thianna.

— Como o quê? — disse Jasius.

— Fugir — respondeu a gigante.

— Não teríamos chance sozinhos — argumentou um sátiro.

— Então por que não formam uma equipe? — perguntou Karn.

— Uma equipe? — perguntou o anão.

— Para agirem juntos contra as caldeiranas — esclareceu Desstra. — Se todos unissem forças, vocês as superariam em número.

— Unir forças? — bufou o minotauro. — Não com esses animais.

Thianna só teve tempo de rolar os olhos antes que a comida voltasse a voar pelos ares novamente.

Sirena segurou o chifre nas mãos. Não fez nenhum movimento para levá-lo aos lábios. Não esperava que ele soasse nem um pouco diferente à vez anterior. Então, por que repetir a mesma ação de novo e de novo? Não era essa a definição de estupidez?

A wyvern estava imóvel encostada na parede e a observava. Mesmo que a criatura fosse prisioneira e ela, a Guardiã de Keras, sentia que o animal tinha pena dela. Foram tantas as vezes que a fizera estremecer com um sopro alto e ainda assim sentia-se satisfeita. Se soubesse fazer algo mais com o chifre, não estaria nessa sinuca.

No dia da Grande Eclosão, se tudo o que ela conseguisse fazer fosse deixar os répteis bebês gritando de dor, ela não teria controle. Teria o oposto.

E sem o controle das wyverns, não haveria controle dos céus. Caldeira era apenas uma entre dezenas de grandes cidades-estados do enorme ilha-continente de Thica. Não se consegue governar tamanho território a menos que se possa voar. Sem um governo firme, os povos díspares entrariam em guerra tão rápido quanto aquele bando de pirralhos havia começado uma batalha de comida. Sim, ela ficara sabendo disso. Era só mais um exemplo de como aquelas terras precisavam desesperadamente da orientação de sua gente. Sirena sabia, sem dúvida, quanto estava em risco. Mas por que tudo isso tinha que recair sobre os seus ombros?

Ela ergueu o chifre outra vez e soprou de forma um pouco mais suave.

A wyvern balançou a cabeça como se estivesse afugentando um inseto. Sirena suspirou.

— Por acaso você não sente um desejo irresistível de me obedecer? — ela perguntou.

Não é esse o impulso que primeiro me vem à cabeça, ela disse.

— Não sente nem um pouquinho?

Suponho que poderia fingir, se isso a faz se sentir melhor. Devo me sentar e fazer truques? Ah, mas espere, você me acorrentou. Desculpe, acho que não posso ajudá-la.

— Eu não esperava que você fizesse isso. Não, acho que ninguém pode me ajudar. Vou ter que descobrir por mim mesma. Se aquela bárbara brutamontes consegue fazer isso, então...

Sirena congelou, uma ideia tomando forma em sua mente.

— Se aquela bárbara brutamontes... — repetiu ela. Lembrou-se das palavras da Rainha Melantha sobre mel nos dedos.

Você não está falando sério, está?, perguntou a wyvern. Estava lendo seus pensamentos outra vez. Mas não podia reclamar. A ideia era louca, Sirena sabia.

— Não tenho muitas opções — disse ela.

A garota bárbara causou todos os seus problemas.

— Bem, agora ela pode consertá-los.

O aposento ainda estava uma bagunça, com comida espalhada por todos os lados, mas a atmosfera estava bem mais sossegada. Os jovens sentavam-se sozinhos ou andavam pra lá e pra cá, frustrados. Alguns poucos até beliscavam o que havia restado na mesa.

Todos os olhos se voltaram para a porta quando ela se abriu. Uma guerreira entrou.

— Thianna, Nascida no Gelo! — gritou ela.

A gigante levantou-se de onde estava sentada.

— O que foi? — perguntou ela.

— Alguém quer ter uma palavrinha com você — respondeu a mulher.

— Uma das rainhas — Thianna conjecturou.

— Mas qual? — perguntou Karn.

— Acho que vou descobrir.

Thianna olhou para a berinjela e o tomate que manchavam a sua roupa.

— Eu não estou vestida para uma audiência com as monarcas — ela disse para a guerreira.

— Você não irá vê-las — a mulher respondeu. — Sua presença é solicitada por outra pessoa.

— Quem? — Thianna perguntou, mas a guerreira virou-se e voltou para o corredor, deixando a porta aberta para que Thianna a seguisse.

— Acho que também vou descobrir isso — disse a gigante. — Você segura as pontas por aqui, garoto norrønur? — perguntou a Karn.

— Não se preocupe — respondeu Desstra, astuta. — Nós faremos isso.

Thianna seguiu a guarda pelo corredor. Atrás dela, a porta foi fechada e trancada.

— Você acha que ela vai ficar bem? — perguntou Desstra. Doeu em Karn constatar o ar de preocupação no rosto dela, visto que sua melhor amiga se limitara a dar de ombros para a elfa como resposta.

— Ela é a Thianna — argumentou ele. — Se tiver qualquer problema, tenho certeza de que vamos ouvir o barulho daqui.

— A primeira coisa que faremos é providenciar uma banheira para você.

Thianna encontrava-se em um aposento grande e ricamente ornamentado, e quem a recebia era a garota que a vencera na Corte da Terra e do Céu. Não fazia mais de poucas horas que aquela garota havia puxado uma tapeçaria sobre a cabeça de Thianna, mas agora ela estava agindo de forma acolhedora e amigável. Por que essa mudança de atitude? As guardas haviam ficado do lado de fora da porta, é claro, mas ninguém as incomodava ali. Thianna olhou desconfiada para a garota.

Ela tinha olhos e cabelos escuros, e sua pele tinha um intenso tom azeitonado. Como todos os thicanos. Como a própria Thianna. Era provável que tivesse a mesma idade de Thianna também. Tinha mais ou menos a mesma altura de Karn, mas havia nela um autêntico ar de durona. Tinha a postura de quem sabe lutar. Dava para dizer pela forma como ela dividia o peso sobre os calcanhares. Pelo modo como ela se mantinha ereta. Como posicionava os braços. Mas havia algo mais naquela garota que lhe era familiar. Thianna não conseguia identificar o que era, mas a sensação a incomodava. Como se ela conhecesse a garota ou alguém como ela. Além disso, não estava tentando enfiar uma espada nela.

— Uma banheira? — perguntou Thianna. — Mas eu não estou com sono.

Sua interlocutora ficou perplexa. Não tinha como saber que Thianna ainda preferia dormir sobre um bloco de gelo, que ela produzia por meio de congelamento mágico da água em uma banheira.

— Você percorreu um longo caminho — explicou a garota. — Imagino que tenha passado muito tempo na estrada. Na estrada quente e empoeirada. — Ela falava devagar, enfatizando as palavras na esperança de que a gigante entendesse o recado. — No calor. Com a poeira. Na estrada.

— Na verdade, voamos a maior parte do caminho — disse Thianna. Ela imitou o tom da garota. — No céu. Na brisa. Com as nuvens.

— Com as mesmas roupas?

Thianna franziu o cenho. Ela estava começando a entender.

— Trocamos de roupa uma vez — disse ela, na defensiva.

— Só uma vez?

— Foi apenas algumas semanas atrás, em Gordasha. Eu também tomei um banho naquela ocasião. Por acidente. — Thianna sorriu quando se lembrou de sua entrada na cidade, caindo de um aqueduto em uma piscina particular. Ali, eles haviam trocado seus trajes do norte por roupas mais apropriadas para a cidade, embora tivessem mantido suas calças.

— Algumas semanas atrás! — A garota revirou os olhos.

— Sim — confirmou Thianna.

— Bem, nós fazemos as coisas de maneira diferente por aqui, nos Palácios Gêmeos. Vamos lá, você se sentirá melhor depois de um banho. Pelo menos, irá cheirar melhor, disso eu tenho certeza. E você pode trocar essas — ela torceu o nariz com aversão — calças.

— O que há de errado com as minhas calças? — perguntou Thianna. — Por que todo mundo está tão irritado com as calças?

— Pessoas civilizadas não as usam. Somente bárbaros.

— Bem, o que isso importa? Sou uma bárbara.

A garota pensou sobre isso.

— Você não é uma caldeirana também? Sua mãe era caldeirana.

— Minha mãe era thicana.

— Antes de tudo, ela era um caldeirana. Os caldeiranos são os governantes de Thica.

Thianna franziu o cenho.

— É isso que você é, uma caldeirana?

— Sim, meu nome é Sirena.

— Sirena? — O nome a fez se recordar de Sydia, mas essa comparação não era a razão pela qual ela lhe parecia familiar.

— Por causa das sereias — prosseguiu Sirena. — As mulheres perigosas que cantam nas pedras em volta das ilhas dos Dentes de Sarn e hipnotizam marinheiros com sua voz. Minha mãe escolheu o nome. — Ela fez uma pausa para rir com amargura. — Ela tinha grandes expectativas para mim. Como a sua, ela também faleceu quando eu era muito pequena.

Thianna resistiu ao impulso de ressaltar que Sirena ainda era pequena, pelo menos se comparada a gigantes mestiças.

— Como você sabe sobre a minha mãe? — ela perguntou.

— Eu sei muito sobre você — respondeu Sirena. — Mas você pode me contar mais a seu respeito. Venha. Deixe-me tratá-la como uma compatriota caldeirana e poderemos conversar. Você vai gostar, eu prometo.

Thianna não tinha certeza de que gostaria, mas a sensação de familiaridade a incomodava, então permitiu que Sirena a conduzisse para outro aposento. Esse era dominado por uma enorme piscina com formato quadrado, embutida no chão e ladrilhada com mosaico de mármore. Duas criadas despejavam dentro dela água quente de jarros. Thianna olhou para a piscina, pensando que, se a congelasse, ela se transformaria em uma cama mais confortável do que as últimas banheiras em que havia dormido. Poderia ter espaço para se esticar desta vez.

A menina gesticulou para a banheira.

— Eu não vou entrar nisso — disse a gigante.

— Séstia, dê-me paciência! — murmurou Sirena.

— Quem?

— Deusa da guerra, do combate e... da estratégia — esclareceu Sirena. Então, ela se iluminou como se algo acabasse de lhe ocorrer. — É verdade que você pode fazer magia com gelo? — ela perguntou.

Thianna assentiu com a cabeça.

— Você pode me mostrar? — pediu Sirena.

— Por quê? — Thianna perguntou com cautela.

— Nunca vi alguém fazer magia.

Thianna não pôde deixar de sorrir. Ela compreendia esse fascínio. Ela mesma sempre ficara intrigada com a magia enquanto crescia e estava orgulhosa dessa habilidade que desenvolvia a passos largos.

— Acho que não há mal algum nisso — concluiu a gigante do gelo. — Eu só preciso de um pouco de água. — Ela caminhou até a banheira e esticou o braço para recolher com a mão um pouco do líquido. — Vou fazer algo pequeno. Talvez criar uma bola de neve — ela explicou. — Skapa kaldr skapa... — ela começou a entoar.

Sirena aproximou-se de onde a gigante estava ajoelhada, espiando a água em sua palma, quando o gelo começou a se formar.

— Incrível! — maravilhou-se. — Está mesmo começando a congelar. — Ela apoiou uma mão no braço de Thianna. Então, a menina de repente deslizou seu pé sob o da gigante e deu-lhe uma torção e um empurrão. Como Thianna já estava curvada, o golpe de luta livre funcionou e a fez girar e perder o equilíbrio. Ela caiu de cara na piscina.

E surgiu engasgando e cuspindo água.

Seu rosto estava zangado, mas Sirena soltou uma gargalhada.

— Você me enganou! — disse a gigante.

— Você tem que admitir que funcionou — respondeu Sirena. — E você estava mesmo precisando de um banho.

Thianna estava furiosa, mas depois assentiu a contragosto.

— Pelo menos, deixe-me esfriá-la — disse ela. — Não precisa ser tão quente assim.

Ela manteve as palmas das mãos acima da água e entoou o feitiço de congelamento. Uma fina camada de gelo formou-se por sobre a superfície da piscina, embora tenha começado a derreter de imediato.

— Assim está melhor — disse ela. Thianna afundou-se na água, embora tivesse que se reclinar sobre os cotovelos para deixá-la no nível do pescoço.

— Está vendo? — observou Sirena. — Civilização não é assim tão ruim, não é mesmo?

Thianna ponderou sobre isso. Até que era agradável. E a banheira era grande o suficiente para que ela coubesse todinha dentro dela. Na maioria das vezes era necessário um rio para que ela pudesse fazer isso.

— Então, essa coisa de banho — ela disse. — Os caldeiranos fazem isso com frequência?

CAPÍTULO CINCO

Só jogos e diversão...

— Cadê o resto?

Thianna ficou olhando para si mesma num espelho. Para qualquer outra pessoa, ele seria considerado um espelho de corpo inteiro. A gigante teve que incliná-lo para trás para ver sua cabeça nele. Elas estavam agora em outro aposento da suíte. Por que aquelas pessoas precisavam de tantos quartos? Aquele ali parecia servir apenas para vestir roupas. Ela supôs que, quando se troca de trajes mais de uma vez por estação, é necessário um lugar para armazenar todas eles. Como suas próprias roupas estavam encharcadas, ela estava usando algo que os servos de Sirena tinham fornecido.

— Isso é tudo o que temos — disse Sirena. — Deveria bater na altura dos seus tornozelos.

— Mal chega aos meus joelhos — respondeu Thianna. O manto mais parecia uma túnica vestindo a gigante. Ainda bem que não tinha mangas, pelo menos assim seus ombros largos não ficavam confinados. Eles também tinham lhe dado um cinto de couro para que o amarrasse na cintura. E o maior par de sandálias de homens adultos que conseguiram encontrar.

— Agora sim você parece uma verdadeira caldeirana.

— Você quer dizer uma verdadeira *thicana*?

Sirena deu de ombros.

— Você parece civilizada. Se não no tamanho, pelo menos na forma.

Thianna grunhiu em resposta a isso. Mas Sirena gesticulou para ela em direção à porta.

— Aonde estamos indo? — perguntou a gigante.

— Há algo que eu quero lhe mostrar — Sirena respondeu.

Thianna não tinha certeza do que pensar sobre aquela garota. Não confiava em Sirena, sem dúvida. Mas como ninguém estava tentando enfiar uma espada nela, estava disposta a ver aonde aquela coisa toda iria dar.

Karn estudava o jogo de tabuleiro em cima da mesa. O campo de jogo era formado por uma grade de oito por oito, sem marcas especiais ou casas de cores diferentes. Cada equipe tinha oito peças de jogo. Seis delas não tinham como não serem peões. Os de um lado tinham formato de pequenas amazonas de wyverns. Os peões do outro lado montavam outra coisa, um estranho animal de penas que Karn não conseguia reconhecer ao certo. E havia também duas peças maiores de cada lado, uma alta guerreira thicana portando um escudo e uma peça ainda maior, que usava uma coroa. Estava desesperado para entender como o jogo era disputado.

Karn girava o anel de prata no dedo enquanto refletia. Então, satisfeito por ter memorizado o *layout*, começou a mover peças, fazendo experimentos. Queria ver se conseguia descobrir alguma regra apenas mudando as peças de lugar.

— Você está executando essas operações de forma incorreta – disse alguém ao lado dele. Karn se virou e viu o autômato de bronze espiando por cima de seu ombro. Embora fosse feito de metal, seu rosto até que conseguia demonstrar emoções. Assim tão perto da criatura, ele conseguia ouvir o ruído de minúsculas engrenagens trabalhando dentro dela, operando como alguns dos complicados relógios que ele lembrava ter visto nos mercados de Castelurze.

— Então me mostre — pediu Karn, afastando-se. — Embora eu ache que estava indo muito bem, considerando que nem sei o nome do jogo.

— Chama-se Campeã da Rainha — disse o autômato.

— Obrigado — agradeceu Karn. — E como chamam você?

Houve um suave clique quando o autômato ergueu uma sobrancelha.

— Sou um talosiano — respondeu a coisa. — Somos todos chamados de Talos.

— Todos vocês?

— Sim. Por causa do primeiro de nós, que foi forjado pelo deus Cratus, o Ferreiro, para ser seu melhor amigo. Eu sou o Talos Dez Mil e Cinquenta e Um.

— Há mais de dez mil de vocês? — perguntou Karn.

— Nunca mais do que trezentos de cada vez — respondeu o autômato. — Nós só formamos outro de nossa espécie quando um é destruído. Eu fui formado doze anos atrás, depois que o Talos Nove Mil Oitocentos e Setenta e Quatro parou de funcionar.

— Por que você parece uma criança? — quis saber Karn. — Quero dizer, já que você é... confeccionado.

— Porque eu sou uma criança. Quando for mais velho, serei atualizado com um corpo novo e maior.

— Uau. Isso é simplesmente... — Karn parou antes de dizer algo ofensivo. Os últimos meses de viagem tinham ampliado sua mente de forma considerável. — Interessante — ele concluiu a frase, e estava sendo sincero. — Meu nome é Karn Korlundsson — disse ele. — Fique na paz.

— Não compreendo o que você quis dizer — respondeu Talos.

— É apenas o que nós, norrønir, dizemos como saudação — esclareceu Karn.

— Então, por que não dizer simplesmente "olá"? Ou "boa sorte", como fazem os thicanos?

— Porque é uma coisa boa para se dizer. Deixe isso pra lá, você estava me ensinando as regras.

Talos explicou que todas as peças do jogo se moviam uma casa de cada vez em qualquer direção, exceto em seu primeiro movimento, quando era permitido avançar duas casas de uma vez. Quando uma peça pousava ao lado de uma peça adversária, podia desafiá-la. Isso era feito rolando um dado de seis lados. O jogador desafiador tinha a permissão de somar um ao resultado que saísse no dado, e o número mais elevado ganhava. A peça perdedora era removida do tabuleiro e o vencedor avançava para a casa dele.

— Por que usar dados? — perguntou Karn.

— Para simular a imprevisibilidade de uma luta de espada — explicou Talos. — Combates são o que há de mais importante por aqui, como você irá descobrir.

— E ainda assim ninguém desafia as duas rainhas.

Talos fez uma pausa, mas não falou.

— E essas duas peças? — continuou Karn, indicando as duas que não eram peões.

— A rainha e sua campeã — disse Talos. — A peça Campeã é a mais forte no tabuleiro.

— Tinha que ser.

— Quando em combate, lança dois dados de seis lados e pega o resultado mais alto para representar essa força. Além disso, se a Rainha for atacada, antes que os dados sejam rolados, ela pode exercer sua "Prerrogativa" e substituir a Campeã em seu lugar.

— Como se vence?

— O jogo termina quando a Rainha é derrotada ou quando todas as peças em jogo, com exceção da Rainha, são derrotadas e ela fica sozinha.

— Acho que entendi — disse Karn. — Vamos jogar?

Talos parecia surpreso com isso.

— Eu já joguei muitas vezes e você acabou de aprender as regras — ele disse. — Apesar do elemento aleatório que os dados trazem, é improvável que você vença.

— Não tenha tanta certeza — desafiou Karn. Ele podia sentir os músculos de seu próprio rosto se contorcendo quando o seu entusiasmo de jogador se apoderou dele. — Eu já tenho experiência com um ou dois jogos.

— Você gosta da vista? — Sirena perguntou.

— É legal — respondeu Thianna e, então, percebeu que a menina caldeirana provavelmente estava esperando uma reação mais entusiasmada. — Você tem que entender: quando se cresce em um platô na cordilheira de Ymiria, fica-se bastante exigente quanto a paisagens. Nada se compara. Mas, ei, deixe-me dar uma olhada em Caldeira.

Da torre, a gigante olhou lá para baixo. À sua direita, dava para ver os terrenos do palácio esparramando-se no cume da colina. À sua frente, casas agrupadas ao longo do primeiro dos dois muros interurbanos. De belas fontes fluíam riachos que corriam velozes por canais na encosta. Eles serpenteavam pela cidade até a base da colina, onde desaguavam no lago. Residências e outros edifícios acompanhavam todo o declive até as docas, enquanto as estradas ziguezagueavam precariamente do cume ao sopé. E, estendendo-se pelas águas, dois enormes quebra-mares protegiam o porto, com estátuas colossais que montavam guarda no final de cada barreira.

— Eu gostaria de saber o que há por lá — disse ela, indicando a parte mais baixa da cidade.

— Por que você iria querer saber? — perguntou Sirena. — É onde os hilotas vivem.

— Hilotas?

— Você os chamaria de escravos. Ou talvez servos. São propriedade da cidade.

— Sério? — Thianna sabia que a escravidão ainda era praticada em grande parte de seu mundo, mesmo em Norrøngard. Ela não aprovou, embora não se surpreendesse. Sirena passou a explicar a divisão em três níveis da sociedade caldeirana.

— Não é tão ruim assim — ponderou ela.

— Pergunte a um hilota e veja o que ele diz — retrucou Thianna.

— Muito engraçado — disse Sirena. — Mas por que você quer ir lá quando pode ficar aqui em cima? As docas são superlotadas, sujas e perigosas.

— Deixe-me dizer algo que aprendi da maneira mais difícil. A verdadeira ação nunca acontece no topo das montanhas.

Sirena assentiu com a cabeça.

— Eu imagino que o lugar onde você cresceu fosse muito pequeno. Quero dizer, pequeno para gigantes do gelo.

Thianna sorriu.

— Minha aldeia era apenas um punhado de pessoas.

— Deve ter sido horrível — disse Sirena. — Fria, sem árvores, monótono. — Seus ombros se contraíram como se estivessem querendo afastar um frio imaginário.

— De jeito nenhum — contestou Thianna. — As montanhas são magníficas. Elas se estendem até o "infinito". E lá não é monótono. Temos gigantes, trolls, e, bem, eles não são muito agradáveis. Mas as fadas do gelo são divertidas. Ainda existem alguns goblins da neve. Um par de linnorms. E quando o sol se põe à noite, o gelo brilha em tantas cores... — A gigante imaginou a cena em sua mente. Ela se surpreendeu com o tanto que sentia falta de tudo aquilo. — Eu diria que isso é algo e tanto para se ver — Thianna girou ao redor. A Rainha Melantha estava na entrada da escada da torre. Ela assentiu levemente para Sirena e depois para Thianna.

— Posso me juntar a vocês?

— Eu pensava que rainhas não precisassem pedir licença — disse a gigante.

Melantha sorriu de leve. Caminhou até a borda da varanda em que elas se encontravam e apoiou-se num gradil.

— Ambas queríamos que você visse a cidade daqui, para entender Caldeira. Queremos que você entenda nossa cidade.

— Por quê?

— Era a cidade de sua mãe também.

Thianna sentiu uma emoção no peito com a menção de sua mãe. Talária de fato tinha vivido ali, caminhado por aquelas ruas. Talvez até mesmo houvesse estado naquela varanda.

— Então, fale-me a respeito dela — pediu a gigante.

— Bem, para começar — disse Sirena —, estamos na Torre de Damnameneus. Sabe quem foi?

Thianna fez que não com a cabeça.

— Ele era um anão dáctilo. Um matemático. — Sirena olhou para cima, onde o enorme espelho parabólico se erguia acima delas. — E também um inventor. Ele construiu esses espelhos.

— Ele os projetou — corrigiu a Rainha Melantha. — Os primeiros foram construídos há treze mil anos, depois da guerra com Naga Rajya.

— Quem?

— Um reino a leste. Nós os invadimos, mas nosso exército se amotinou e fomos forçados a voltar atrás. Os espelhos foram concebidos para nos proteger de uma contrainvasão, e, por isso, eles só foram instalados na costa leste. Os Naga Rajya nunca vieram.

— Mas alguém o fez — disse Sirena. — Do oeste.

— O Império de Górdio — Thianna adivinhou.

— Você sabe deles, então? — Melantha perguntou.

— Sim, bem, graças ao Karn e às minhas aventuras, estou finalmente conseguindo entender essa história toda.

— Sim — disse a rainha. — Thica foi conquistada, então. Fomos apenas uma parte do império durante séculos, obrigados a adotar os costumes e a cultura gordianos.

— Eles nos impingiram os seus deuses — falou Sirena com raiva. — Seus exércitos. A moeda deles. A comida deles.

— Eu gosto de algumas comidas deles — observou Thianna. Sirena bufou. — Mas Górdio foi há muito tempo — acrescentou a gigante do gelo.

— Sim, foi — concordou a rainha. — E quando o império caiu, desmoronamos em cidades-estados em guerra.

— Fomos invadidos por um país após outro. — O tom de Sirena era amargo. — Bicando-nos como abutres enquanto lutávamos entre nós. Não faz mais de cem anos que Caldeira reuniu o Império Thicano.

— Então, construímos o restante dos espelhos — explicou Melantha. — Eles foram posicionados por toda a costa, como sempre deveriam ter estado.

— Não seremos invadidos novamente. Não seremos fracos — bradou Sirena.

— Descobri que há mais de uma maneira de ser forte — disse a gigante.

— Você não pode ser forte se não souber quem é — retrucou Sirena. — Essas roupas que estamos vestindo — ela tocou a bainha da túnica de Thianna —, era assim que os antigos thicanos se vestiam. Você entende? Estamos reconstruindo nosso modo de vida aqui. Tudo o que Caldeira faz é para nos tornar grandiosos outra vez.

Thianna olhou da menina para a mulher.

— E todas as cidades-estados estão de acordo com isso? — perguntou ela. — Eles não pareciam muito felizes por deixar seus filhos aqui.

Melantha desviou o olhar.

— Da mesma forma que pais lidam com os filhos, devemos ser firmes. Eles cairiam em guerra entre si no instante em que retirarmos a mão.

— Você não pode ter certeza disso.

A rainha fez uma pausa.

— Não é preciso ter certeza para estar preparado. Thianna, Sirena precisa entender como funciona o chifre.

Isso sim era novidade! Sirena não conseguia usar o chifre. Surpreendente. Mas também explicava por que elas estavam sendo tão amáveis.

— Por que não?

— Quando Osius construiu o chifre, ele ligou seu poder à sua linhagem.

— Sua linhagem — repetiu Thianna. — Mas se isso só funciona para seus descendentes, por que os elfos negros o queriam?

— Com o tempo, eles poderiam acabar aprendendo a usá-lo — explicou a rainha. — Mas não temos tempo. Precisamos do chifre dentro de apenas cinco dias. Sirena deve dominá-lo antes disso.

— Por que ela? — perguntou Thianna.

— Acredite em mim, eu tenho me perguntado muito isso nos últimos tempos — disse a menina. — Não é o que eu queria para mim.

A Rainha Melantha pôs a mão no ombro de Sirena.

— Sirena é minha sobrinha — explicou a Rainha da Terra. — Eu a estava preparando para ser minha herdeira. Mas, então, você soprou o Chifre de Osius, e as wyverns ouviram seu chamado lá de Ymiria. Soubemos então que ele tinha sido recuperado, e assim Xalthea tirou Sirena de mim e fez dela Guardiã de Keras.

— Minha vida sofreu uma reviravolta — lamentou-se Sirena.

— Sinto muito — disse Thianna, falando sério. — Mas eu ainda não entendo por que tem que ser ela.

— Agora já não precisa ser ela — observou Melantha. — Poderia ser você de novo, e Sirena poderia retomar seu lugar como minha herdeira. O império poderia permanecer unido; a paz poderia ser mantida. E você poderia se juntar à sociedade caldeirana.

— Eu? — espantou-se Thianna. — Mas não foi atrás disso que eu vim. Estou aqui para destruir o chifre.

— Nós sabemos — falou a rainha. — Mas agora nós mostramos a você a importância disso tudo. A sua importância.

— Mas eu ainda não entendo — disse Thianna. — Por que tem que ser Sirena se não for eu? Por que Xalthea lhe deu o cargo se ela não o queria?

— Porque o poder de Osius é mais forte através de sua linhagem — explicou Sirena.

— Sim, você explicou tudo isso — disse Thianna. — Mas por quê? — E então ela entendeu. — Espere! Linhagem. Você quer dizer... que ela... que nós...?

A gigante olhou para a menina que lhe parecia tão familiar, que sabia lutar, que tinha uma determinação tão feroz.

— Isso mesmo — disse a rainha. — Sirena é sua prima.

— Ganhei de novo — disse Karn.

O sátiro franziu o cenho.

Karn recuou e riu.

Todos os reféns se aglomeravam em torno do jogo. Eles tiveram que mover a mesa para o centro da sala depois que Karn derrotou Talos três partidas seguidas. Em seguida, Karn havia enfrentado uma sucessão de príncipes e princesas, nenhum dos quais tinha provado ser um verdadeiro desafio para o especialista em jogos de estratégia.

— Quantas vitórias tive até agora? — ele perguntou para Desstra.

— Sete — respondeu ela. — Mas não pare. Estou acumulando dracmas. — Ela tilintou sua bolsa de moedas, que parecia bem mais cheia do que antes.

— Você está apostando em mim? — Karn perguntou incrédulo.

— É melhor do que apostar contra você — respondeu a elfa. — Aprendi essa lição em Gordasha.

— Estou surpreso que você ainda esteja conseguindo apostadores adversários — constatou Karn. — Afinal de contas, eu não perdi ainda.

— São todos da realeza — disse Desstra. — Queridinhos de suas cidades-estados. Todos eles pensam que são os melhores em tudo e todos os outros são inferiores. Eu lhe digo: eu não conseguiria bater a carteira do bolso deles mais rápido.

— Preferia que você não fizesse isso — censurou Karn.

— Precisaremos dessas dracmas quando sairmos daqui — ela respondeu.

— Ok — concordou Karn. — Entendo aonde você quer chegar — Ele bateu no tabuleiro. — Quem é o próximo?

— Sou eu. — Era o menino minotauro, Asterius. Ele raspou o chão com o casco, como um touro.

— Você não é orgulhoso demais para jogar com animais? — perguntou Karn. Estava satisfeito consigo mesmo e não pôde resistir.

— Não há nenhuma vergonha em pisoteá-lo na terra — Asterius respondeu. Karn viu o brilho familiar nos olhos do menino-touro. O minotauro poderia ser um concorrente digno. O garoto norrønur sentiu um friozinho na barriga de expectativa. Foi então que algo mais lhe ocorreu. O minotauro tinha começado a guerra de comida. Ele era a pessoa mais desordeira do grupo. Mas talvez Karn pudesse usar o minotauro para unir todos aqueles nobres.

— Por que não tornamos isso mais interessante? — Karn perguntou.

Asterius deu de ombros e tirou uma dracma dourada do bolso.

— Não dessa forma — disse Karn. — Acho que Desstra já conseguiu moedas suficientes.

— Fale por você mesmo — retorquiu a elfa negra.

— Shhh — Karn censurou-a. — Estamos apostando por algo maior.

Isso silenciou o recinto.

— O quê, então? — perguntou o minotauro.

— Se eu ganhar, quando eu sair daqui você tem que me ajudar.

— Eu já lhe disse, eu não vou lutar ao lado de um animal. De qualquer maneira, você não ganhará.

— Então, do que você tem medo?

Asterius bufou ao ouvir a palavra *medo*.

— Não temo nada — protestou ele. — Mas e quanto a você?

— O quê? — perguntou Karn.

— Se eu ganhar, então teremos outra disputa. Uma disputa de minotauros.

— Como é isso?

— Cabeçadas — respondeu Asterius.

Karn olhou para o crânio espesso do minotauro e os dois chifres grandes crescendo dele.

— Karn... — murmurou Desstra, com uma nota de advertência em sua voz.

— Negócio fechado — arriscou Karn. Ele cuspiu na mão e estendeu-a para selar o acordo. Asterius olhou para a palma estendida por um momento, mas então compreendeu a intenção. Ele cuspiu em sua própria mão e ofereceu-a a Karn.

— Eu não estou gostando disso nem um pouco — disse Desstra. — Você não vai continuar vivo se for atingido por aquela cabeçorra.

Karn olhou de novo para o enorme crânio do minotauro.

— Então, eu vou ter que ganhar, não é?

A elfa encolheu os ombros.

— Façam suas apostas, todo mundo — disse ela ao grupo. — Parece que temos uma luta de verdade aqui. Quem quer apostar no minotauro? — Várias mãos se levantaram de imediato. Desstra lançou a Karn um olhar de pena. — Não parece que eles pensam que você tem alguma chance desta vez — constatou ela.

— Eu aposto. — O autômato deu um passo à frente. Uma moeda deslizou para fora de uma ranhura em sua palma e foi apanhada entre dois de seus dedos. — Aposto em Karn Korlundsson.

— Minha mãe e a sua eram irmãs — explicou Sirena enquanto caminhavam de volta para os Palácios Gêmeos. — E o irmão da Rainha Melantha era meu pai.

— Então, você é sobrinha da Rainha da Terra e da minha mãe. O que aconteceu com seus pais?

— Minha mãe morreu em batalha.

— Sinto muito — disse Thianna.

— Por que deveria sentir? — perguntou Sirena. Ela parecia surpresa de verdade com a compaixão de Thianna.

— Quando uma caldeirana vai lutar, nós dizemos a ela que deve retornar "com seu escudo ou sobre ele". Ela morreu lutando por seu país. Não há honra maior. — Thianna detectou uma nota de orgulho na voz da garota. E talvez uma pontinha de inveja. — É de mim que você deve sentir pena. Tomaram minha espada e meu escudo quando me tornei Guardiã de Keras. Eu nunca serei autorizada a morrer por Caldeira.

Thianna refletiu sobre isso. Não era o seu modo de pensar sobre as coisas.

— E o seu pai? — perguntou ela.

Sirena deu de ombros.

— O que tem ele? Os homens não têm permissão para portar armas nem governar. Ele supervisionava os negócios da minha mãe, morava longe de nós. Ainda mora, suponho.

— Você não sabe?

— Não importa. Eu estava sendo preparada para suceder Melantha, mas, como sua mãe era Guardiã de Keras, quando o chifre foi encontrado eu fui forçada a tomar o lugar dela. Meus aposentos, aquela banheira da qual você desfrutou, essa é a residência da Guardiã de Keras.

— Aqueles eram os aposentos de minha mãe também? — Thianna parou de andar, em choque. Claro, aquilo não deveria tê-la surpreendido. Mas sua mãe havia morado ali, no palácio. Havia se banhado naquela mesma banheira. Thianna só tinha débeis lembranças de sua mãe. Talária morrera quando ela era muito pequena. Sua mãe havia vivido ali, em meio à realeza, mas Talária nunca parecera outra coisa que não perfeitamente feliz em seu modesto lar numa caverna de gelo e pedra.

— Podem ser seus aposentos — sugeriu Sirena.

— Certo, imagine *eu* num palácio — zombou a gigante.

— Admito — confessou Sirena — que precisaria de algum tempo para se acostumar. Para todo mundo se acostumar. Tenho certeza de que Xalthea ficaria encantada.

Ambas riram disso. Sirena pôs a mão no braço da menina maior.

— Estou falando sério, Thianna. Você pode tomar outro banho na banheira da sua mãe amanhã. E posso lhe ensinar o que você precisa saber para se encaixar aqui.

— Eu não sei. Tem muita coisa acontecendo — Thianna sacudiu a cabeça como que para "esvaziá-la". — Não foi por isso que vim para cá.

— Eu sei — concordou Sirena. — Só mais uma coisa.

Thianna levantou uma sobrancelha.

— Outra coisa que eu quero que você veja — disse Sirena. — Pode ajudar na sua decisão.

Ela levou Thianna até uma porta onde duas guerreiras montavam guarda do lado de fora. As mulheres se afastaram para elas poderem entrar. Ao passar, Thianna surpreendeu uma delas olhando para ela, mas a mulher desviou o olhar. Como a Rainha Xalthea, Thianna suspeitou que a guerreira franzira o cenho por ela ser mestiça.

Entraram no cômodo.

Uma wyvern estava acorrentada à parede oposta. A criatura tinha um aspecto de dar pena. Sua pele pendia frouxamente de sua ossatura. Suas escamas estavam baças, seus olhos, vidrados. Havia cicatrizes em sua asa esquerda. O patágio estava serrilhado e tinha vários buracos horríveis.

— O que aconteceu com ela? — Thianna virou-se para Sirena, horrorizada.

— Está sendo punida — respondeu a garota.

— Punida? Por quê?

A wyvern se sacudiu de repente. Sirena saltou, mas a gigante não se encolheu. O animal aproximou a cabeça o máximo possível, olhando fixo para Thianna.

Talária?

— O quê? O que você disse?

Claro que não. Como você poderia ser? É muito maior também!

— Você conheceu a minha mãe?

Sirena olhou para Thianna boquiaberta.

— Você consegue falar com ela? — disse, espantada. — Mas você não está tocando o chifre!

Thianna percebeu que Sirena não conseguia ouvir os pensamentos da wyvern agora. As guerreiras que ela conhecera no ano anterior podiam enviar instruções telepáticas para suas wyverns, mas parece que, para terem uma verdadeira comunicação bidirecional, o chifre era necessário.

— Eu não preciso mais do chifre — explicou a gigante. — Acho que foi um efeito colateral de usá-lo pela primeira vez em um dragão. Entrar em contato com uma mente tão imensa parece que expande a sua cabeça. Posso me comunicar facilmente com répteis agora. — Ela se virou para a wyvern. — Como você conheceu a minha mãe?

Sua mãe?

Agora era a vez da wyvern parecer chocada.

— O que ela está dizendo? — perguntou Sirena.

— Calma — pediu Thianna. Ao réptil ela disse: — Talária era minha mãe. Ela caiu do céu sobre Ymiria. Meu pai a pegou.

Seu pai devia ser muito alto.

— Ele é um gigante do gelo.

A wyvern emitiu um som sibilante no longo pescoço. Thianna tinha experiência suficiente com os répteis para saber que estava rindo.

Aquela garota! E eu que achava que ela não guardava surpresas. Mas estou feliz em saber que ela sobreviveu. Para um ser humano, ela até que tinha bastante coragem. Como ela está?

— Ela morreu quando eu era pequena.

A wyvern baixou a cabeça.

Quem me dera ter morrido com ela. E agora eles têm você aqui. Minha longa provação foi em vão?

— O que está dizendo? — Sirena repetiu impaciente.

— Estamos falando da minha mãe — disse Thianna. — Como é que ela conhece a minha mãe? Por que você me trouxe aqui?

— Esse é o animal que Talária montava quando escapou — explicou Sirena. — Queria que você visse o que foi feito dele.

— Por quê?

— Para você ver como essa wyvern é patética. — Ela olhou para o réptil. — Para ver como seria melhor se ele nunca tivesse fugido. Se tivesse ficado aqui, com sua própria espécie. Ficar com sua própria espécie é a melhor escolha. — Pela segunda vez, ela tocou o braço da gigante do gelo. — Precisamos que você faça a coisa certa, Thianna. Para todos nós.

Sirena indicou a porta. Era hora de ir.

Thianna olhou de relance para a criatura maltratada que um dia carregara a sua mãe mundo afora. Ela havia se encolhido. Parecia murcha e resignada ao seu destino.

— Eu não estaria aqui se ela não tivesse fugido — respondeu Thianna. — Eu não existiria.

A wyvern ergueu a cabeça ao escutar isso.

O chifre está guardado em uma câmara atrás do trono da Rainha do Céu, ela disse. Apenas na mente de Thianna.

Karn e Asterius estavam ambos sem metade de suas peças do jogo. Nenhum dos dois havia perdido a Rainha nem a Campeã. Karn se perguntou se eles estavam avançando na direção de um impasse.

— Você poderia simplesmente desistir agora e acabar logo com isso — disse o minotauro.

— Ou *você* poderia desistir — retorquiu o garoto norrønur —, e nós poderíamos começar a procurar uma maneira de sair daqui. Eu não entendo. Por que os pais de todos vocês não unem forças e se opõem a eles? Há tão poucos caldeiranos e tantas cidades.

— Fogo no céu — disse o minotauro. — Se resistirmos, queimam nossas plantações. — Em resposta ao olhar confuso de Karn, ele explicou. — Nós fornecemos o trigo para Thica. Não teríamos comida.

— Eles também não precisam de pão?

— Eles se alimentam de outras coisas também. Coisas como peixe. — Asterius cuspiu no chão com nojo. — Um minotauro não consegue comer uma porcaria tão pegajosa e desagradável.

— Ei, eu gosto de peixe! — disse Karn. — De qualquer forma, parece que deve haver uma forma melhor de fazer as coisas. Se vocês cooperassem uns com os outros.

— Que pena que você nunca vai me mostrar, humano. Já que você não vai conseguir me vencer.

O minotauro avançou sua Campeã em direção à Rainha de Karn. Surpreendentemente, Karn não tentou fugir. Em vez disso, enviou um de seus peões em busca da Rainha de Asterius.

O jogo continuou por algumas rodadas tensas. Karn conseguiu alcançar a Rainha de Asterius primeiro. Como sabia que o faria, o minotauro usou o movimento chamado Prerrogativa para trocar a Rainha de lugar com a Campeã no tabuleiro.

Lançaram os dados. Apesar da vantagem da Campeã, deu empate. Em sua próxima jogada, Karn recuou de pronto.

Asterius riu e o perseguiu. Karn manteve o recuo por duas jogadas. Então, parou. Em vez disso, ameaçou a Rainha em seu novo local. Uma vez mais, Asterius executou a Prerrogativa. Após a troca, sua Campeã enfrentou um peão de Karn.

— Peão *versus* Campeã — observou Talos. — Um jogo desigual.

Karn olhou para Desstra.

— Você pode querer investir em um elmo — disse ela com um olhar significativo para a enorme cabeça chifruda do minotauro.

— Obrigado pelo voto de confiança.

Os dados foram lançados. Karn tirou um seis, mas mesmo com a vantagem de dois dados, Asterius só conseguiu um quatro. Asterius perdeu o desafio e sua Campeã também se foi.

Pior ainda, viu que, ao trocar sua Rainha por sua Campeã, ele colocara sua Rainha ao alcance da Campeã de Karn. Como a Rainha estava na borda do tabuleiro, com outras peças bloqueando possíveis rotas de fuga, escapar de Karn não era possível.

Karn não perdeu tempo e partiu para o desafio. Desta vez, sua Campeã venceu a Rainha de Asterius.

— Fim do jogo, então — anunciou Karn.

— Você recuou de propósito — disse Asterius. — Para me fazer persegui-lo e não prestar atenção na minha Rainha. Seu sujeito sem chifres...

Karn sorriu.

— De onde venho, bebemos em chifres — disse ele.

Asterius bufou pelas narinas com raiva.

— Vamos jogar de novo — exigiu o minotauro.

— Acho que já basta — disse Karn. — Nós temos outros negócios. — Ele deixou a mesa de jogo e caminhou até a porta, onde experimentou a maçaneta. Como esperava, estava trancada. Ele então se virou para a elfa negra. — Desstra, acho que é a sua vez.

— Só me dê um minuto — ela respondeu. Então, a elfa se curvou sobre os joelhos e enfiou um dedo na garganta.

CAPÍTULO SEIS

O peso da responsabilidade

Sirena e Thianna chegaram à porta da suíte dos reféns reais. Duas guardas estavam de vigia no corredor do lado de fora. Apenas uma das tochas na parede estava acesa. A iluminação podia ser fraca, mas ela viu que não eram as mesmas guardas que estavam lá antes. Sirena achou que era muito cedo para uma mudança de turno; essas questões de rotina, entretanto, não eram assunto seu.

Ela virou-se para a prima grandalhona.

— Você vai pensar no que a Rainha da Terra disse?

— Com carinho — assegurou Thianna. — Isso eu posso prometer.

Sirena assentiu. Ela parecia satisfeita com a resposta de Thianna.

— Conversaremos mais amanhã.

Sirena virou-se para ir embora. Então, ela se deteve. As guerreiras eram jovens e baixas. Uma delas estava tão pálida que até parecia doente. E a outra... a outra sequer era do sexo feminino!

— O que você está fazendo nessa armadura? — perguntou ela, mesmo quando a explicação óbvia lhe ocorreu.

— Fugindo — respondeu Karn Korlundsson com um sorriso.

Sirena respirou fundo para dar o alarme.

E a porta se abriu com violência. O menino minotauro saiu lá de dentro a plena velocidade, urrando como o touro que era. Sirena foi lançada para trás, chocando-se contra a parede oposta. Enquanto lutava para se levantar, o menino bárbaro e a menina com a palidez doentia a prendiam.

— Acho que esse é um jeito de se fazer isso — disse Thianna.

— Não é o jeito inteligente — observou Desstra. — Nem mesmo o jeito sensato. Mas é um jeito.

— Eu disse que faríamos isso "sem causar alarde" — Karn admoestou o minotauro.

— Isso *foi* sem causar alarde — respondeu Asterius. — Você quer ouvir um urro alto de verdade?

— Não! — respondeu Karn com firmeza. — Todo mundo de volta pra dentro.

Karn e Desstra arrastaram para a suíte de reféns a caldeirana que se debatia. Thianna os acompanhou.

— Você tem joelhos — comentou Karn, sorrindo e apontando para a roupa caldeirana de Thianna.

— Assim como você — disse ela, cutucando-o com afetuosidade. Então, ela perguntou: — Presumo que a Orelhuda aí não teve nenhum trabalho em abrir a porta?

— O que você acha? — respondeu Karn.

— Foi impressionante — adiantou-se um jovem sátiro. — Ela tinha um conjunto de ferramentas de arrombamento escondido na garganta! Botou tudo pra fora forçando o vômito e... Não sei como conseguiu mantê-las lá sem engasgar!

— Prática — esclareceu a elfa com um sorriso. — E também muitas refeições perdidas antes de pegar o jeito.

Karn pousou uma mão preocupada no ombro de Thianna.

— Você está bem? — perguntou à gigante. — Do que ela estava falando, sobre "pensar no que a Rainha da Terra disse"? E quem é ela?

— Pega leve nas perguntas — disse Thianna, tomando conta de Sirena para que seus companheiros voltassem a se vestir com suas roupas costumeiras. — Karn em sua túnica gordashiana e calças e botas de um norrønur, e Desstra em seu habitual couro preto e laranja. — Estou bem. Eles estão tentando me recrutar. E ela é a minha prima.

— Sua prima! — Karn encarou Sirena com novos olhos. Além dos traços típicos dos thicanos, ele achava agora que conseguia enxergar uma semelhança entre as duas. Claro, fazia sentido que sua amiga pudesse ter parentes ali. Ele se perguntou como reagiria Thianna ao saber que tinha uma família em Caldeira. — Ela não convenceu você, convenceu?

— Ela está tentando tirar vantagem disso — explicou a gigante. — Ela me mostrou a wyvern da minha mãe.

— Pelos deuses! — exclamou Karn. — Ela está aqui? Está viva?

— Eles a mantiveram acorrentada durante todos esses anos. Puniram-na por ajudar a minha mãe a escapar com o chifre. Ela me disse onde o chifre está guardado. — Então, algo lhe ocorreu. — O que aconteceu com as guardas?

Respondendo à sua dúvida, Karn apontou para o aposento. Thianna viu que várias das tapeçarias da parede haviam sido retiradas e usadas para amarrar as duas pobres guerreiras.

— Boa ideia — elogiou a gigante do gelo. Ela agarrou uma tapeçaria e arrancou-a com um só puxão. — Vamos amarrá-la com esta.

Enquanto enrolavam o pesado material em torno do corpo de Sirena, Thianna ajoelhou-se para encarar o olhar furioso da prima.

— Sei que esta não foi das melhores reuniões de família — ela disse —, mas você tem que entender que eu não tolero valentões.

— Valentões? — perguntou a garota, confusa.

— A forma como os caldeiranos tratam o restante de Thica.

— Você não estava escutando? Não ensinamos nada a você? Os caldeiranos *salvaram* Thica. *Você* é uma caldeirana.

Antes que Thianna pudesse responder, Desstra interveio.

— Precisamos ir andando — disse a elfa negra. — Tome, pegue isto. — Ela ofereceu a Thianna a espada que tinha tirado de uma das guardas. A gigante do gelo hesitou.

— Eu não envenenei o punho ou algo do tipo, pegue! — disparou a elfa.

Thianna aceitou a arma.

— Vamos manter o plano? — perguntou Karn. Embora estivesse contente por voltar para suas próprias roupas, ele ficou com a espada e o escudo caldeiranos.

— Sim — respondeu Thianna. — Vamos atrás do chifre.

— E eles? — Karn apontou para os príncipes e princesas que estavam como reféns.

— O que tem eles?

— Talvez eles também queiram fugir.

Thianna olhou para a estranha variedade de meninos e meninas. Pirralhos mimados, em sua grande maioria. Poucos deles pareciam ser de alguma utilidade em uma luta.

— Eles não são problema nosso — disse a gigante, embora uma sensação de mal-estar lhe dissesse o contrário. Ao longo dos últimos seis meses, ela havia se tornado uma pessoa que não ignorava aqueles que necessitavam de ajuda. Ela olhou para Karn. — Eles conseguem parar de brigar, trabalhar juntos e ficar quietos?

— Talvez duas coisas dentre essas três — calculou ele. — Não posso garantir nada.

Thianna suspirou.

— Então, quem vem conosco? — perguntou ela.

Para a surpresa de todos, somente Asterius e Jasius quiseram ir. Quanto ao restante dos reféns, eles estavam ou assustados ou preocupados com o que sua a fuga poderia causar às suas cidades. Karn não desperdiçou mais palavras tentando convencê-los, embora estivesse surpreso que o autômato de bronze se encontrasse entre os que preferiam ficar.

— Você não vem conosco? — ele perguntou.

— Não é o momento certo para isso — respondeu Talos de forma enigmática. — Mas eu estarei aqui se você retornar.

— Se as coisas correrem bem, eu não voltarei — observou ele, mas acrescentou: — Entretanto, boa sorte para você.

Talos o estudou de uma forma estranha.

— Sorte nem sempre é suficiente — disse a criatura de metal. Em seguida, Talos depositou na palma de Karn o dado de Aurigas com o qual o bárbaro ganhara todas as suas partidas. Não havia tempo para refletir sobre isso, já que Desstra e Thianna estavam reunindo seu pequeno grupo nos corredores.

Thianna voltou para o cômodo. Várias das crianças olhavam receosas para Sirena e para as guardas, enroladas como peixe em pão pita nas tapeçarias de parede. Thianna podia ver que elas estavam discutindo sobre o grande problema que teriam se as libertassem agora ou mais tarde.

— Não tenham pressa com essas duas aí — resmungou a gigante. — Se eu tiver que voltar para esta câmara de novo, vou ficar bem irritada. E vocês não vão querer ficar trancafiados com uma gigante do gelo irritada. — Ela então apontou para a prima. — Mas não se preocupem com esta aqui — disse a gigante. Ela ergueu Sirena, com tapeçaria e tudo, e a jogou em cima do ombro. — Ela vem conosco. — Então, deixou-os para que refletissem sobre a sua advertência.

Thianna guiou o grupo pelos Palácios Gêmeos. Eles estavam se dirigindo à Corte da Terra e do Céu, onde estava o chifre, segundo a wyvern capturada. Sirena resmungou por estar sendo carregada como um saco de batatas.

— Se eu gritar — ela disse —, vou fazer toda a guarda do palácio vir atrás de vocês.

A gigante do gelo sacudiu de forma ameaçadora a ponta de sua espada roubada.

— Você não me mataria.

— Sou uma bárbara desesperada — advertiu Thianna. — Você não sabe do que sou capaz.

O blefe deve ter funcionado, porque Sirena não gritou. Karn lançou a Thianna um olhar de alívio. Ele sabia que tinha sido uma ameaça vazia, mas, felizmente, a prima de Thianna não conhecia a gigante o suficiente para perceber isso. Ser vista como uma selvagem facínora às vezes tinha suas vantagens.

A sala do trono estava vazia quando chegaram lá.

— Fiquem aqui de olho vivo — pediu Thianna ao grupo.

— Leve Desstra com você — sugeriu Karn.

— Pra quê? — questionou Thianna, descontente com a ideia.

— Ela é boa em encontrar coisas escondidas.

— Eu também, ora bolas! — retrucou a gigante, mas ela não se opôs quando Desstra a seguiu pelo salão da corte. Karn, Asterius e Jasius permaneceram próximos à entrada, como vigias.

Thianna subiu a escada até o estrado, carregando ainda a prima nas costas. Não havia câmara alguma atrás de nenhum dos tronos. Ela se virou para a segunda escada, que conduzia à varanda.

Sirena se remexeu no ombro de Thianna. Será que ela tinha deixado passar alguma coisa? A wyvern dissera que o chifre estava em uma câmara *atrás* do trono da Rainha do Céu. Não acima ou ao lado dele.

Thianna caminhou até a parede atrás do trono de Xalthea. Desstra caminhou ao lado dela.

— Eu não preciso de sua ajuda nisso — afirmou a garota maior.

— Acho que precisa, sim — disse a elfa. Então, a ex-estudante da Ardil passou a mão pela parede.

— Encontrei! — exclamou ela, apontando para leves contornos de uma passagem que não eram mais do que uma discreta ranhura através do mármore.

A gigante e a elfa voltaram sua atenção para Sirena quando a ouviram praguejar.

— Bem, não importa — disse a caldeirana. — Ela só abre para a Guardiã de Keras. E eu não vou ajudá-las a abri-la.

Thianna pensou sobre isso por um momento. Então, enfiou sua espada no cinto e apoiou toda a palma contra a parede. Uma luz sutil brilhou ao redor da ranhura e, então, o mármore começou a se mover para fora.

— O que você estava dizendo mesmo? — zombou a gigante com um sorriso.

— Como você fez isso? — perguntou Sirena.

— Talária era só sua tia. Ela era a minha mãe, afinal de contas. Achei que, se funciona com você, então com certeza funcionaria comigo.

Thianna colocou a garota embrulhada no chão e, então, agarrando a tapeçaria, ela a arrancou. Sirena esparramou-se pelo chão. Thianna ergueu-a e apertou seus braços atrás das costas antes que ela pudesse dar-se conta de onde estava. Aí, deu um empurrão de incentivo em Sirena e juntas elas entraram no aposento, deixando Desstra do lado de fora. A câmara era pequena, tinha apenas uns dez metros quadrados. O Chifre de Osius estava em um altar de pedra na extremidade oposta. Thianna apanhou-o e encaixou-o no cinto.

Sirena a encarou, chocada com sua irreverente manipulação da relíquia.

— O que foi? — indagou a gigante. — Esses troços não trouxeram nada além de problemas desde que assoprei o primeiro.

— O que você vai fazer agora? — perguntou sua prima. — Você jamais vai conseguir sair desta ilha.

— É aí que você se engana — respondeu Thianna.

— Como vai fazer?

— Adoraria lhe mostrar, mas acho que é aqui que você sai de cena. Mas obrigada por me ensinar como tomar banho.

Antes que Sirena pudesse detê-la, Thianna correu para fora da câmara e fechou a porta de mármore. Ela só tinha alguns segundos antes que Sirena a abrisse do outro lado, por isso, foi até o trono de Xalthea e apoiou seu ombro contra ele. Empurrando-o com toda a sua força, a gigante derrubou o pesado assento de mármore, que caiu contra a porta, impedindo que se abrisse pelo lado de dentro.

— Adeus, prima — disse ela, triunfante. Mas, então, acrescentou: — Gostaria que tivéssemos tido mais tempo.

Sirena não desperdiçou momentos preciosos enfurecendo-se com as ações de sua prima bronca. Ela já devia saber que aquela bárbara não ficaria tentada pela superior cultura caldeirana. Se alguém não sabe o que está perdendo, talvez não possa reconhecer isso nem se lhe for entregue de bandeja. Ela pensou nas palavras da wyvern: "De um corvo ruim, um ovo ruim".

As wyverns. Era assim que Thianna planejava escapar. Da mesma forma que a mãe.

Sirena correu para a passagem e apoiou a palma contra ela para ativar a magia. A porta produziu um brilho suave, mas não abriu. Ela deu um empurrão e percebeu que estava bloqueada por algo pesado.

— Vá para os corvos, prima! — ela praguejou.

Mas o Chifre de Osius não era o único chifre que seu povo possuía. Eles não tinham conseguido reproduzir a magia que Osius utilizou quando forjou os três chifres, mas os caldeiranos haviam sido capazes de produzir outros chifres, menores. Todas as guerreiras que montavam wyverns os carregavam. Pequenos instrumentos que podiam transmitir mensagens simples a grandes distâncias. Ela puxou um do bolso no mesmo instante e soprou-o. Sua Guarda de Keras a ouviria. Com um pouco de sorte, viriam a tempo de impedir a fuga de Thianna.

Desstra assumiu a liderança à medida que o pequeno grupo avançava pelas ruas. Ela podia esgueirar-se melhor do que qualquer um deles, e sua audição aguçada os alertava para sinais de perigo antes que se deparassem com eles. Por duas vezes ela havia feito o reconhecimento do caminho à frente e, em seguida, voltara para orientá-los em outra direção para evitar dar de cara com alguma guerreira.

— Gostaria que tivéssemos conseguido convencer mais reféns a vir conosco — disse Karn enquanto esperavam que Desstra retornasse de sua última incursão. — Mas pelo menos assim não precisaremos de mais do que três wyverns para carregar nós todos.

— Voar não é jeito de viajar — bufou Asterius.

— Voar é ótimo! — disse Karn. — Prefiro uma wyvern do que uma carroça de boi.

— Cuidado — advertiu o menino-touro. Karn imaginou que referências a gado poderiam ser uma questão delicada para ele.

Felizmente, Desstra voltou para dizer que o caminho estava liberado. Juntos, eles se arrastaram para os poleiros das wyverns que estavam localizados perto das Docas do Céu, onde tinham aterrissado antes. Era uma construção grande, com uma cúpula central ladeada por duas asas e que perdia em tamanho apenas para o palácio. As wyverns tinham todas se retirado para dormir à noite e o contingente de guardas na porta era mínimo.

Mas, enquanto a equipe discutia qual seria a sua abordagem, as orelhas de Desstra se torceram. Eles espiaram e viram um grupo de mulheres marchando pela rua. Thianna viu Lêta e suas guerreiras no mesmo instante em que o grupo inimigo os avistou. Era óbvio que alguma coisa, ou alguém, havia alertado a Guarda de Keras sobre os seus planos.

— Estrume de troll! — exclamou Thianna. — Você de novo não!

— Eu poderia dizer o mesmo — respondeu a chefe da Guarda de Keras. — Ainda bem que isso é o mais longe que vocês irão.

— Moça, você sempre surge onde não é chamada — disse Desstra.

— Pelo amor de Neth! — praguejou Karn. — Esta pode ser mesmo uma fuga bem curta.

— Vamos tentar fazer com que isso não aconteça — disse a elfa.

Com isso, todos os companheiros se viraram e começaram a fugir.

— Atrás deles, suas tolas! — gritou Lêta. A Guarda de Keras berrou e iniciou a perseguição, com sua chefe manca seguindo logo atrás.

— Por que não lutamos? — reclamou Asterius, bufando enquanto corria.

— Até parece — respondeu Desstra. — Teríamos todo o exército caldeirano sobre nós num segundo.

— Você é covarde? — perguntou o minotauro.

— Não — disse a elfa. — Mas não sou imprudente.

— Mas você lutou hoje na corte — lembrou Asterius.

— Elas esperavam que resistíssemos — argumentou Desstra. — Mas não previram que eu arrombasse as fechaduras depois.

— E não está dando muito certo, não é mesmo? — criticou o menino-touro.

O grupo correu o mais rápido que pôde. Fugindo à borda de um penhasco íngreme, com guerreiras na sua cola e o palácio à frente, suas opções eram limitadas.

— Precisamos ir por outro caminho que não este desfiladeiro — disse Thianna a Karn enquanto corria ao lado dele.

— Concordo — respondeu ele, entre tomadas de ar. — Talvez eu saiba de um caminho, mas para apenas um de nós.

— O que quer dizer? — ela perguntou.

— A wyvern da sua mãe.

Thianna negou de imediato balançando a cabeça.

— Não vou deixá-lo aqui.

— Nós estamos com o chifre. Um de nós precisa tirá-lo daqui.

— Vai você, então.

— Eu não sei como ele funciona. Se levá-lo, terei uma esquadrilha de wyverns no meu encalço o trajeto todo e nenhuma forma mágica de comandar que pousem.

Thianna começou a objetar, mas Karn interveio.

— É a única maneira. Você sabe disso. Vamos cobrir sua retaguarda. Se lutarmos e conseguirmos escapar, levaremos os príncipes reféns e nos esgueiraremos descendo a colina. Será fácil nos escondermos na parte mais baixa da cidade, e podemos conseguir um barco e fugir. E, se formos capturados, assim que o chifre for destruído você pode voltar para nos resgatar.

— Não gostei disso — disse ela.

— Você se lembra do que me disse em Gordasha? "Se você realmente se preocupa comigo, então tem que se preocupar com o que é importante para mim." Você não gosta de valentões, Thianna. Essa é a única forma de destruir o chifre.

Ela não respondeu, mas sabia que ele estava certo.

Karn desistiu de correr. Atrás dele, Desstra, Asterius e Jasius fizeram o mesmo.

Relutante, Thianna assentiu. Ela se virou para a elfa.

— Só me prometa que Karn vai sair daqui em segurança.

— Vá! — disse Karn. — Ficaremos aqui ganhando tempo para você. — Então, ele se virou para enfrentar as guerreiras que se aproximavam.

Thianna correu sob o céu noturno em direção à wyvern capturada.

Karn olhou para os companheiros. Ele não sabia como os dois príncipes reféns se sairiam em combate; Desstra estava sem suas armas, e ele também não contava com a vantagem da magia do toque de dragão da Clarão Cintilante. Mas ele poderia fazer algo a respeito disso.

— Tome — ofereceu Karn, entregando a sua espada a Desstra.

— O que você vai usar? — perguntou a elfa.

Karn sorriu. Ele colocou as mãos em concha na boca, encheu os pulmões de ar e gritou o mais alto que pôde:

— Clarão Cintilante!

A espada de Korlund, hauld de Kolason, chegou voando pelo ar, sua lâmina de ouro avermelhado reluzindo. Desde que o dragão Orm lhe concedera uma energia mágica, a Clarão Cintilante vinha quando Karn a convocava. Karn estendeu o braço e a arma de seu pai acomodou-se de modo confortável em sua mão. Ele sorriu para Desstra.

Então, a Guarda de Keras estava diante deles.

O lastimável réptil ergueu os olhos quando Thianna entrou no aposento.

Onde estão as guardas da minha porta?

— Tirando um cochilo — respondeu a gigante.

O que está fazendo?

— Tirando a gente daqui — disse ela. Então, Thianna indicou o chifre em seu cinto.

Isso chamou a atenção da wyvern.

Você está com ele?, perguntou a criatura. Então, desabou de novo. *Mas eu estou acorrentada.*

— As correntes não são nenhum problema — assegurou Thianna. Ela deslizou a espada em seu cinto, ao lado do chifre, e posicionou as palmas das mãos nos grilhões. — Mas vou logo avisando que vai ficar um pouco frio.

Já senti frio antes, respondeu a wyvern.

Thianna assentiu. Essa era a criatura que havia carregado sua mãe até a cordilheira de Ymiria. Tinha sofrido muito desde aquela época, mas, desta vez, ela não precisaria voar para tão longe.

— Skapa kaldr, skapa kaldr, skapa kaldr — ela entoou o feitiço o mais alto que ousou. Uma camada de gelo se formou e se espalhou pelo metal. A wyvern mexeu-se no lugar, desconfortável, quando suas articulações começaram a esfriar logo abaixo das correntes, mas não gritou. Quando os elos de ferro assumiram um agradável tom de branco azulado, Thianna envolveu os dedos ao redor deles e puxou.

O metal quebradiço, por conta da queda de temperatura, despedaçou-se feito gelo. A wyvern ergueu-se sobre as patas e esticou as asas pela primeira vez em anos. Juntas, a menina e o réptil caminharam para fora da cela, sob a noite iluminada pela lua.

— Acha que vai dar conta? — Thianna perguntou.

Liberdade não é algo difícil de se dar conta, respondeu a criatura. Mas, quando Thianna subiu em seu dorso, suas pernas tremeram.

Eu conseguiria levantar um boi com mais facilidade do que você. Foi isso que você comeu no almoço? Um boi inteiro?

— Ei, faça apenas a sua parte para nos tirar daqui e cuidado com os comentários sarcásticos a respeito do meu peso.

Sibilando ou por aborrecimento ou por dor, a wyvern bateu as asas. As duas levantaram do chão, pairando por um momento, depois despencaram de volta ao solo.

— Vamos lá, pare de brincadeira! — reclamou Thianna.

Faz mais de uma década que não faço isso, resmungou a wyvern. *Se não consegue entender isso, então, que tal você vir aqui bater os braços e eu subir nas suas costas?*

— Pelas barbas de Ymir! — praguejou Thianna. — Por que é que toda wyvern que eu encontro pela frente é tão rabugenta?

Em resposta, o réptil rosnou e bateu de novo as asas. Dessa vez, elas conseguiram manter-se no ar. Devagar, começaram a alçar voo. Ambas, criatura e menina, inclinaram-se em direção à borda do penhasco e por sobre o abismo que havia além dela.

Sirena disparou pela porta no instante em que suas guardas removeram a obstrução. Xalthea não ficaria nem um pouco contente com o fato de terem virado seu trono, mas essa não chegava a ser nem a menor de suas preocupações.

— Vocês capturaram Thianna? — ela perguntou às mulheres.

— Não — respondeu uma das guerreiras. — Ela correu, mas pelo menos não vai pegar uma wyvern.

Sirena ia começar a falar, mas então uma alternativa lhe ocorreu.

— Venham comigo — ela convocou, saltando do estrado e dirigindo-se à porta.

— Para onde vamos? — perguntou uma guerreira.

Ela não se incomodou em responder, todos os seus esforços se concentrando em avançar o mais rápido que podia para a câmara onde a wyvern renegada era mantida.

Sirena parou de repente quando avistou Thianna no dorso do réptil.

— Detenham-na! — ela gritou para as guerreiras que vinham logo atrás dela. Lerdas demais, as mulheres apenas ficaram boquiabertas enquanto a debilitada criatura erguia-se no ar. Aquilo era ridículo. Antes de se tornar Guardiã de Keras, ela era uma guerreira melhor do que qualquer uma daquelas duas mulheres mais velhas.

Sirena apanhou a espada de uma das guerreiras que estavam paradas atônitas diante da prisão da wyvern. Então, estudou o subir e descer do animal no ar. Seus pés trotaram pela terra e ela saltou.

Ela agarrou a cauda da wyvern, logo acima de seus perigosos espigões. Então, escalou rápido pelo seu dorso e saltou em sua prima traidora. Thianna começara a se virar, mas Sirena caiu sobre a gigante.

Pesado, pesado, pesado!, gritou a wyvern. Sirena surpreendeu-se ao descobrir que quando tocava Thianna, que carregava o chifre, ela também podia ouvir os pensamentos da criatura.

— Continue voando! — gritou Thianna.

Está pesado demais!, resmungou de volta a criatura em suas mentes. O ar assobiava através dos buracos de sua asa esquerda danificada.

— Estou fazendo o que posso a respeito disso — disse Thianna, lutando para se desvencilhar de Sirena. Abaixo delas, a luta entre as Guardas de Keras e os companheiros de Thianna estava atraindo reforços. Luzes brilhavam por toda parte. Elas ouviram o som de pés correndo.

— Tire a gente desta montanha! — gritou a gigante do gelo.

— Você não vai a lugar algum — vociferou Sirena.

Sim, nós vamos sim! Para baixo! Vamos todas cair!

Elas atingiram o chão e as primas foram lançadas no solo. Sirena rolou, mas agachou-se, segurando uma espada em uma das mãos. E algo mais na outra.

Thianna se pôs de pé tão rápido quanto a prima. Ela viu o que Sirena carregava e seus olhos se arregalaram. Então, sua mão escorregou para o cinto e seus olhos se estreitaram.

— Devolva isso! — exigiu Thianna.

Sirena agitou o chifre em triunfo.

— Venha me obrigar, prima.

O time de Karn estava segurando a barra — ele dera condições para Desstra se defender e ele tinha a vantagem mágica da Clarão Cintilante, mas tinha visto Thianna e Sirena caírem. A Guarda de Keras também havia testemunhado isso, portanto, ambos os grupos estavam deixando de combater um contra o outro para tentar avançar em direção à gigante do gelo.

— Thianna está em apuros de novo — alertou ele. — Temos que ajudá-la.

— Por quê? — questionou o minotauro. — Ela nos deu uma oportunidade de escapar.

Karn olhou para o menino-touro. Ele era impetuoso e barulhento, mas também forte e corajoso. Se fosse em qualquer outra pessoa, ele teria apreciado tais qualidades.

— Você tem que *me* ajudar a escapar — lembrou-o Karn. — Esses eram os termos da aposta. Então, você tem que me ajudar seja lá como eu escolha fazer isso. E eu escolho ajudar Thianna.

Asterius soltou uma bufada de ar quente. Ele não gostava nem um pouco disso. Mas Karn sabia que o minotauro cumpriria sua palavra.

— Jasius, você não fez nenhuma promessa — disse Karn, olhando para o jovem anão. — Você não precisa vir se não...

— Ele logo parou de falar. O dáctilo havia sumido. Karn olhou em volta, mas não havia nenhum sinal dele. — Onde está Jasius? — perguntou.

— O que importa isso? — enfezou-se o minotauro. — Ele não serve para lutar. Lembre-se de que ele se escondeu embaixo de uma mesa, e era só uma guerra de comida.

— Importa — insistiu Karn, embora não soubesse dizer ao certo o porquê. Mas o anão tinha mesmo tomado um chá de sumiço. E a luta se intensificou. — Mas Thianna precisa de nós agora — disse ele.

Thianna desferia golpes contra Sirena, mas a garota menor era uma guerreira melhor do que a gigante suspeitava. A caldeirana bloqueava-os um após outro.

— Apenas me devolva o chifre — disse a gigante, franzindo o cenho. — Que eu prometo que a deixo em paz para sempre.

— Se fosse assim tão fácil — respondeu Sirena. — Mas não há mais volta.

A wyvern pairou no ar acima delas, batendo as asas com esforço e tentando encontrar uma forma de descer para que Thianna pudesse montar. Mas as guerreiras investiram contra o réptil em todas as suas tentativas de pousar. E outras mais estavam chegando correndo para se juntar à refrega. As coisas estavam ficando complicadas. Apesar de Thianna ter a vantagem de seu tamanho, logo ela seria dominada por conta do número de adversárias. Ela estava se esquivando de uma lança quando o tom dos gritos das guardas mudou. Thianna ofegou de surpresa quando uma mulher foi arremessada no ar, lançada para o alto pelos chifres de um minotauro.

Karn e Desstra vinham logo atrás de Asterius, correndo em seu auxílio. Thianna sentiu uma pontada de orgulho, mas também de remorso. Esperava que Karn estivesse a caminho da segurança. Não havia como todos eles escaparem agora. E mesmo se a wyvern conseguisse tirá-la dali, o animal jamais seria capaz de carregar também o norrønur. Não sabia ao certo como se sentiria a respeito de deixar a elfa para trás, mas com certeza não abandonaria Karn agora que estava no meio disso.

Ela arriscou um olhar para cima, na direção de onde a wyvern pairava com pouca firmeza.

"Saia daqui", ela pensou, enviando a mensagem à criatura.

Mas e você?

"Não tem sentindo nós duas sermos capturadas. Você não pode me ajudar."

Mas talvez isso não fosse verdade. Talvez houvesse algo que a wyvern pudesse fazer.

"Espere, talvez você possa."

Ela saltou para o ar, agarrando-se à wyvern na região próxima ao pescoço. Desequilibrando-se, a criatura oscilou e começou a cair em direção à terra.

Me solte!, gritou o réptil em sua mente, batendo furiosamente as asas, mas perdendo altitude. *Eu não consigo carregar você!*

— Eu não quero que você me carregue — Thianna sussurrou para o animal. — Só preciso que você carregue uma mensagem.

A wyvern lutou para permanecer pairando no ar enquanto a gigante falava rapidamente no que ela esperava fosse o ouvido do bicho. Ela não podia arriscar uma comunicação entre mentes. Sirena tinha o chifre em seu poder, o que significava que ela ouviria se Thianna trocasse pensamentos com o réptil. Mas a boa e velha fala era outra história. Quando Thianna reuniu o máximo de informação no mínimo de palavras que pôde elaborar, ela se soltou. Livre de seu peso, a wyvern disparou para o céu e a gigante do gelo aterrissou na terra.

CAPÍTULO SETE

Escorregadas e deslizamentos

Thianna observou a wyvern elevar-se no céu noturno. Então, as forças caldeiranas, furiosas, moveram-se para cercá-la. Mas quando se aproximaram, o mugido de um touro bravo preencheu o ar.

Asterius chegou com tudo. Com a cabeça baixa e berrando exatamente como Thianna esperaria que um indivíduo com cabeça de touro se comportasse, o minotauro chifrou uma guerreira incauta, atingindo-a por trás. O menino levantou a cabeça, lançando a pobre mulher ao ar. Então, ele balançou os chifres para fazer outra recuar.

Thianna desvencilhou-se das guerreiras surpresas e correu para encontrar Karn e Desstra.

— Eu não consegui — desculpou-se ela.

— Sim, já sabemos disso — provocou Desstra. — Então, não foi de muita ajuda.

— Mas o que vamos fazer agora? — perguntou Karn. — Precisamos de um novo plano para sair da cidade.

— Tenho uma ideia — respondeu Thianna. — Sigam-me.

Juntos, eles abriram caminho lutando e se livraram das guerreiras. Correram pelas ruas, Asterius emitindo um mugido alto e grave de tempos em tempos.

— Não consegue fazer com que ele fique quieto? — resmungou a gigante.

— Até agora, não — respondeu Karn. — Para onde estamos indo?

— Novo plano — revelou ela. — Algo que eu avistei da torre. Você se lembra da descida na água que fizemos em Gordasha?

Karn se recordava. Eles haviam deslizado a toda velocidade em um trenó de gelo pelos tubos de um aqueduto.

— O passeio mais rápido e mais louco de toda a minha vida — observou ele.

— Pois bem — Thianna prosseguiu —, isso vai ser ainda mais divertido.

— Isso não me traz muita confiança — ironizou Karn, mas ele estava sorrindo.

Thianna dirigiu-os a uma praça a céu aberto, na qual uma grande fonte jorrava água para o alto. A água caía em uma piscina e então desaguava em um canal escavado na rocha que cortava a cidade. Karn soube de cara o que ela tinha em mente. Seu estômago se contorceu de antemão.

— Quem vai primeiro? — perguntou a gigante do gelo. Então, Thianna estendeu a mão para a forte corrente de água e entoou num sussurro o feitiço da geada. Um bloco de gelo rapidamente se formou sobre a água, como um barquinho de pesca para um único ocupante. Ao lado dela, o minotauro testemunhava a sua magia com assombro.

— Ah, nosso primeiro voluntário — adiantou-se Thianna.

— O quê? Não! — protestou Asterius, mas a gigante já o havia içado para cima do bloco.

— Segure-se firme — disse ela, soltando a placa.

— Mas o meu traseiro está congelando! — objetou o menino-touro. Então, o pequeno barco improvisado disparou levado pela água, arrastando o minotauro velozmente pelo rio. Seu berro de pânico ressoou alto na noite.

— Você é o próximo — disse Thianna, com o segundo barco de gelo já confeccionado.

— Eu não vou gostar disso, vou? — perguntou Karn.

— Este passeio é ao ar livre — ela o confortou com um sorriso. — Muito mais emocionante do que disparar por um tubo de tijolos. Vejo você do outro lado, garoto de Norrøngard. — Ela deu um tapa na costas de Karn para liberá-lo pela correnteza e, depois, virou-se para Desstra. — Acho que só falta você, Orelhuda.

— Estou surpresa por se lembrar de mim — respondeu a elfa negra. Mas assim que ela tomou o seu lugar sobre a placa de gelo, gritos partiram da rua. As guerreiras as haviam alcançado. Desstra olhou na direção delas, hesitando. Com Karn e Thianna separados, ela não tinha certeza sobre qual dos dois proteger.

— Vai, vai! — instruiu Thianna. — Estarei logo atrás de você.

Thianna escorregou para a correnteza assim que sua prima acabara de virar a esquina. A gigante deu-lhe um tchauzinho alegre. A Guardiã de Keras praguejou e correu atrás da gigante. "Pela cabeça morta de Ymir", pensou Thianna, "a menina é rápida!"

— Vamos logo — Thianna apressou seu pequeno barco. À frente, no curso d'água, viu Desstra desaparecer por um buraco na base da primeira das muralhas interurbanas.

Sirena tentou agarrar Thianna, mas a gigante escapou.

Thianna começou a vocalizar uma espirituosa despedida quando sua prima saltou de novo. Desta vez, ela conseguiu atacar a gigante e quase a derrubou do barco de gelo. Sirena apertou-a com força, recusando-se a ser desalojada. Então, foi sua vez de passar por debaixo do muro.

A inclinação do curso d'água mudou de modo drástico quando o córrego alcançou a íngreme barragem. Elas balançaram no ar por um instante, Thianna e Sirena partilhando um olhar de pânico. Então, sua embarcação inclinou-se quase quarenta e cinco graus, e lá estavam elas deslizando rápido colina abaixo.

O vento açoitava o rosto de Karn enquanto o bárbaro lutava para manter-se sobre o bloco congelado e escorregadio. De fato, ele chegava a pairar sobre o curso d'água quando pequenas cascatas o lançavam brevemente no ar. Ele pousava espirrando água e sentindo um frio na barriga, como se seu estômago quisesse fugir de seu corpo pela boca.

Na dianteira, Asterius continuava berrando, mas o tom de seus urros parecia ter se alternado para algo mais animado, menos aterrorizado. O minotauro estava desfrutando do passeio.

Karn viu Desstra atrás dele. A elfa parecia estar passando por maus bocados, agarrando-se desesperadamente ao seu bloco como se sua vida dependesse daquilo. Então ele avistou wyverns sobrevoando a cabeça dela. Não ia ser nada fácil!

Karn passou por um homem parado na borda, confuso segurando uma jarra de barro, estarrecido por testemunhar a estranha procissão correndo ao longo de sua fonte de água potável.

— Fique na paz! — Karn gritou para o homem.

— Hum, boa sorte! — respondeu o homem, perplexo.

Então, o curso d'água virou para a direita. Estavam indo para a extremidade mais ao sul da ilha, perto do portão sul e da ponte terrestre que os conduziria à liberdade. Embora Karn não fizesse ideia do que fariam para ultrapassar as wyverns quando chegasse lá. Ele iria metafórica e literalmente atravessar aquela ponte quando a atingisse.

Thianna e Sirena lutavam em cima da embarcação de gelo. Nenhuma das duas teve tempo de puxar uma arma, então elas golpeavam uma à outra com seus punhos. Cada uma tentava permanecer sobre o bloco enquanto procurava derrubar a outra para fora dele. O pequeno barco balançava precariamente enquanto as duas garotas combatiam.

À frente delas, Desstra observava enquanto as primas lutavam. As construções eram tão concentradas aqui que as wyverns só podiam ser vislumbradas de forma intermitente entre os edifícios, mas estariam sobre elas em breve. Se Thianna caísse, estaria perdida.

A elfa olhou para Karn. Ele tinha ganhado uma excelente vantagem. E não era atrás dele que os caldeiranos, de fato, estavam. Karn também era esperto. Ele alcançaria a parte mais baixa da cidade e escaparia ou se esconderia até que pudesse fugir. A gigante do gelo cabeça-dura estava num apuro maior. Desstra tomou sua decisão.

Ela saltou com agilidade no ar, estendendo as pernas para aterrissar sobre a borda do curso d'água. Seu barquinho prosseguiu sem ela. Desstra curvou-se sobre os joelhos e ergueu as mãos em antecipação, observando Thianna e Sirena aproximarem-se dela a toda velocidade.

Seu salto teria que ocorrer no momento perfeito.

Desstra atirou-se contra Sirena. Ela atingiu com violência a caldeirana e as duas caíram, espirrando água. Deslizaram pela colina, mas sem a jangada de gelo não eram transportadas tão depressa pela correnteza.

A elfa afastou-se da garota e sentou-se a tempo de testemunhar a expressão confusa da gigante do gelo ao perceber o que Desstra havia feito. Thianna estava a salvo.

Não, a gigante estava em cima do bloco de gelo, olhando embasbacada para trás. E a última das muralhas interurbanas surgiu à frente.

— Abaixe! Abaixe! — Desstra gritou, mas Thianna não conseguia ouvi-la. Ela chochou-se contra o muro quando sua embarcação acelerou sobre ela. Thianna caiu sobre a borda do curso d'água e rolou para a rua. Desstra praguejou em voz alta pela estupidez de Thianna. Seu sacrifício tinha sido em vão. Nenhuma das duas conseguira escapar.

Thianna gemeu e ficou de pé, cambaleante.

— Idiota, idiota, idiota! — ela se repreendeu. O muro tinha roubado todo o ar de seus pulmões, mas ela o havia atingido em cheio. Parecia que não quebrara nada, embora com certeza tivesse doído um bocado. O que era pior: ela quase tinha escapado. E o que era pior ainda: ela tinha que agradecer a Desstra por isso. Se a elfa não a tivesse surpreendido com aquele ato arriscado, ela teria visto o muro se aproximando. Claro, Sirena poderia ter levado a melhor sobre ela se Desstra não tivesse se sacrificado.

— Ainda assim, foi uma coisa estúpida de se fazer — disse Thianna, querendo estar com a razão.

Mas não importava, agora ela teria que ir socorrer a elfa. Precisava apenas de um minuto para se recuperar. Ela sacudiu a cabeça para o atordoamento passar e recostou-se contra o muro. As pedras se moveram atrás dela quando uma seção da alvenaria caiu para dentro. A porção do chão em que estava de pé inclinou-se para cima, engolindo-a. Então, Thianna estava deslizando outra vez, através da passagem escondida recém-revelada, em direção ao coração escuro da ilha.

— Sua... sua... — Sirena hesitou, olhando para a garota que tinha arruinado sua vitória — criatura pálida e estúpida, seja lá o que você for!

— Elfa — esclareceu Desstra.

— Tanto faz — respondeu a caldeirana. — Você não vai viver o bastante para que isso importe.

Sirena partiu para cima da elfa, mas Desstra foi mais rápida. Girou para o lado, lançando uma perna e empurrando com o ombro. Sirena caiu de cara no córrego, espirrando água para todo lado. Ela espumou de raiva enquanto a correnteza a carregava rio abaixo. Desstra não esperou para continuar a luta. Precisava chegar até Thianna, e bem rápido. Mas a rota direta não era a melhor. Se tinha uma coisa que a elfa negra sabia era como se ocultar nas sombras. Ela se esgueirou para um beco antes que Sirena pudesse se recuperar. Então, movendo-se com agilidade, mas em silêncio, ela se encaminhou para o ponto onde a gigante havia caído.

Mas não havia nenhum sinal da menina grandalhona. Ela teria conseguido escapar? À luz da lua, era fácil para a elfa negra rastrear as grandes pegadas de Thianna na terra. Elas traçavam um caminho até uma parte do muro com tijolos aparentes. Thianna havia descansado ali. Mas para onde tinha ido depois? Os passos terminavam ali, não continuavam. A gigante era uma boa escaladora. Poderia ter subido, embora não houvesse muitos pontos onde se agarrar.

As orelhas da elfa se torceram. Logo ela teria companhia. Relutante, voltou para as sombras, acomodando-se e mantendo-se perfeitamente imóvel. Se ela não se movesse, ninguém a encontraria, a menos que ela quisesse.

Sirena apareceu em uma esquina. Desstra conteve um sorriso à visão da roupa encharcada da menina. Suas próprias vestimentas de couro de salamandra de fogo eram mais resistentes. A água espirrava nelas e logo era repelida. Então a elfa ouviu a batida de asas e viu duas wyverns pousarem ao lado da garota.

— Não a deixem fugir! — ordenou Sirena. — Voltem para o ar e vão!

— Ela está na cidade inferior agora — protestou uma guerreira. — Será como procurar um seixo na areia.

— Ela tem mais de dois metros de altura, sua idiota! — Sirena respondeu. — Vão!

As guerreiras ergueram-se de novo no céu. A prima de Thianna franziu o cenho quando partiram e depois correu na direção que Desstra presumiu ser a do próximo portão.

A elfa aguardou para ter certeza de que a barra estava limpa e, então, levantou-se, determinada a vasculhar um pouco mais o muro à procura de alguma pista sobre o paradeiro de Thianna. Foi então que suas orelhas se contraíram de novo e ela hesitou. O que ela pensava ser uma planta de vaso ao lado da rua tinha acabado de se mexer. Seus olhos aguçados estariam lhe pregando uma peça? Com certeza não. Enquanto observava, o vaso de barro ergueu-se do chão e a planta se arrastou por alguns metros, caminhando pela rua. Então, ela se sentou e ficou parada. Logo em seguida, a planta executou mais alguns passos. Desstra ficou intrigada. Ela deslizou para a frente, movendo-se em silêncio, e aproximou-se do vegetal ambulante. Quando a planta começou a andar de novo, ela deu tapinhas em seu ombro.

— Puxa vida! — gritou a planta. Então, suas folhas se reorganizaram, alguns delas se apartando para revelar um rosto e outras se acomodando para formar roupas em estilo thicano. Desstra se viu olhando para uma menina. Sua pele era modelada por cascas de árvore, enquanto galhos que pareciam chifres cresciam de uma cabeça que também exibia longas e finas folhas verdes no lugar do cabelo. A elfa percebeu que a garota havia se camuflado, aumentando as folhas de sua roupa e cobrindo seu rosto com o cabelo.

— Você é uma princesa refém — reconheceu Desstra. A menina-planta não respondeu. Ela espiou em todas as direções, buscando uma maneira de fugir, os olhos arregalados de pânico. — Eu não quero machucá-la — prosseguiu a elfa. — Meu nome é Desstra. Estou procurando um jeito de sair daqui.

A garota relaxou um pouco com isso.

— Meu nome é Daphne — apresentou-se. — Eu também estou procurando uma saída.

— Desculpe por perguntar — disse Desstra —, mas você é uma árvore?

— Não — respondeu Daphne com uma risada nervosa. — Sou uma dríade. Embora algumas pessoas nos chamem de "povo-árvore".

— Ouvi dizer que existem dríades em Araland — observou Desstra. — Esse é o país que faz divisa com Norrøngard. Mas eu nunca conheci uma.

— Também ouvi falar disso — aquiesceu Daphne —, embora tenhamos perdido contato com as dríades de Araland há muito tempo. Mas, se não se importa que eu pergunte, o que você é?

— Sou uma elfa — esclareceu Desstra.

— Mas eu pensei que os elfos eram mais glam... — disse Daphne. Os olhos de Desstra se estreitaram.

— Glamorosos? Bonitos? Encantadores?

— Desculpe, ofendi você?

— Minha cara feia não está demonstrando isso? — respondeu a elfa. Daphne parecia querer se esconder um pouco mais sob a sua camuflagem. — Não, está tudo bem. Você está pensando nos elfos da floresta. Ou nos elfos da luz. Ou talvez nos elfos marinhos... Eles têm cabelos verdes como os seus. Bem, não exatamente como os seus. Mas eu sou uma elfa negra. Creio que somos os de menor prestígio entre os elfos.

Daphne inclinou a cabeça, perplexa.

— Você não é pálida demais para ser negra?

— É porque vivemos na escuridão — explicou Desstra. — E os nossos cabelos são negros. E os nossos olhos. E, bem, outras pessoas realmente não gostam muito de nós. Não que tenhamos lhes dado muito motivo para gostarem. Enfim, chamamos a nós mesmos de svartálfar, "os elfos morenos".

— Moreno não significa escuro também?

— Ok, veja — disse Desstra, já irritada. — Isso não é importante. O que você está fazendo aqui?

— Estou procurando a passagem — revelou Daphne, então comprimiu os lábios, trazendo à boca uma pequena mão para cobri-la.

— Tem uma porta escondida! — exclamou Desstra. — Eu sabia. Venha comigo! — Ela arrastou a relutante dríade até o muro. — Tem que estar por aqui. Mostre-me.

— O quê? — perguntou a dríade. — Não, eu não sei nada sobre isso.

Os olhos de Desstra se estreitaram.

— Minha amiga... Certo, não somos propriamente amigas, mas Thianna desapareceu neste ponto, e eu vou encontrá-la. Então, mostre-me o que você sabe.

— Eu não sei de nada! — choramingou Daphne.

— Diga! — sibilou Desstra.

A dríade estremeceu com a raiva da elfa.

— Você disse que não ia me machucar.

— Eu disse que não queria. Não é a mesma coisa! — Desstra empurrou a garota contra o muro. — Agora, me mostre onde está a porta escondida!

— Eu não sei nada sobre porta nenhuma. Estou procurando uma passagem — Daphne lamentou.

— Faça silêncio — advertiu a elfa. — Você vai atrair as guardas. — Ela se virou para o muro. — Tem que estar aqui em algum lugar. — Desstra correu as mãos sobre a alvenaria. Truques e armadilhas eram sua especialidade. Se havia alguém que conseguiria encontrar uma chave ou uma alavanca escondida, esse alguém era ela. — Ahá — exclamou, quando seus dedos encontraram um tijolo solto que mudou de lugar ao seu toque. — Achei você.

— Achou o quê? — perguntou a dríade.

— Isto — respondeu a elfa. Ela empurrou o tijolo, que deslizou para trás na parede. Em seguida, a própria parede virou para dentro e uma seção do chão sob seus pés se levantou. Desstra e Daphne foram lançadas pela abertura. Então, ambas estavam gritando enquanto mergulhavam na escuridão.

Karn lançou um esguicho de água no ar quando foi atirado em um pequeno lago. A jangada de gelo estava quase derretida. Por sorte, ele estava no sopé da colina, perto dos portões da ponte de terra. Espirrando água para todos os lados, Karn apressou-se até a margem, onde Asterius já estava escalando para a terra.

— Precisamos encontrar um lugar para nos esconder — comunicou ao príncipe minotauro —, até que Thianna e Desstra cheguem aqui. — Karn olhou para o aclive. Desstra deveria estar bem atrás dele, e Thianna logo depois dela. O fato de nenhuma de suas amigas estarem à vista o preocupou. Teriam sido capturadas?

— Sem essa de nos escondermos — bufou o minotauro. — Vamos lutar! Vamos escapar! Não nos esconder.

Karn suspirou. O garoto-touro sempre traria problema assim? Então, notou as wyverns sobrevoando-os. Elas ainda estavam vasculhando a cidade, mas não seguiram o curso d'água. Era óbvio que as guerreiras achavam que a gigante o havia abandonado.

— Elas acham que Thianna deixou o córrego e saiu andando pelas ruas da cidade — comentou ele.

— Então, ela está bem — determinou Asterius. — Procurar por ela na cidade será como procurar uma pulga num palheiro.

— Precisamos fazer o mesmo — respondeu Karn.

— Eu não gosto de pulgas — observou Asterius. Ele balançou sua cauda de forma involuntária.

Karn apontou para um edifício próximo.

— Podemos nos esconder lá e esperar para ver se Thianna e Desstra chegam pela água.

— Não! — Asterius bateu um casco no chão. — Vou procurar o meu pai em Labiríntia. Quando ele souber que fui atacado pelas guerreiras caldeiranas, reunirá um exército e voltará!

— Vamos esperar Thianna — disse Karn.

— Escapar! — exclamou Asterius.

— Esperar!

— Escapar!

— Mas que coisa — revoltou-se Karn. — Você é teimoso como... como...

Asterius fuzilou-o com os olhos.

— Vá em frente — bufou o menino. — Diga!

— Como um gigante do gelo! — gritou Karn.

O minotauro parecia surpreso.

— Tudo bem, eu admito, não estava esperando isso.

Karn olhou esperançoso para o córrego. Ainda nenhum sinal de suas amigas. Ele não queria dar o braço a torcer, mas não estava parecendo que viriam. O plano para pegar o chifre falhara. Ele precisava de novas opções.

Olhou para o menino-touro. Asterius era forte e estava louco para lutar. Todos os minotauros eram assim? Asterius havia sido o instigador da guerra de comida com os outros reféns reais, orgulhoso demais para se dar bem com eles. Mas se os minotauros pudessem ser convencidos a lutar ao lado dos outros, talvez Thica se insurgisse contra os caldeiranos.

— Ei — disse Karn —, seu pai vai mesmo ajudá-lo?

— Tenho certeza — confirmou o minotauro.

— Então eu não me importo de ir até ele. Mas, hã... vamos dar um tempo para pensar antes de escapar.

— Tudo bem — o minotauro concordou. — Contanto que fique bem claro que não estamos nos escondendo.

Eles chegaram ao edifício, uma construção retangular de um só andar. Deslizando uma grande porta para abri-la, Karn viu que o interior estava escuro. Havia um cheiro familiar de terra, e algo rangeu sob seus pés. Karn enfiou a mão na camisa e retirou a pedra fosforescente que usava presa a um cordão em volta do pescoço. Ele a sacudiu para acendê-la e o objeto emitiu luz ao redor da sala. Estavam em um estábulo. Ele conseguia ver as baias ao longo de cada parede. O chão estava coberto de feno, mas também de sementes e restos de vegetais. Era claro que o feno, embora devesse ter estado em cochos, era para cavalos, mas por que alguém espalharia comida de galinha em um estábulo Karn não conseguia imaginar.

Ele caminhou até uma das baias, erguendo a pedra brilhante para iluminar seu interior.

— Mas o que é isso? — perguntou-se Karn. Infelizmente, a luz despertou o ocupante da baia.

— Cocoricó! — respondeu a coisa.

O restante dos ocupantes do estábulo também acordaram. De repente, todos cacarejavam e relinchavam, botando os focinhos para fora de suas baias e agitando as asas emplumadas, batendo os cascos e arranhando a terra com as garras. O ruído era ensurdecedor.

— Podemos escapar agora? — perguntou Asterius.

A elfa e a dríade escorregaram até cair em um piso de pedra dura. Elas estavam em uma caverna, uma gruta de basalto natural. Desstra levantou-se e, então, notou que Daphne estava rastejando de quatro. A garota estava tateando cautelosamente com as palmas das mãos e tremia de medo.

— Você não consegue enxergar no escuro! — deu-se conta a elfa.

— Você consegue? — perguntou a dríade, espantada. Ela começou a buscar o som da voz de Desstra. — Está um breu total. Onde estamos?

— Diga você. Era essa a passagem escondida que você estava procurando...

— Não, não era — objetou Daphne. — Eu lhe disse, isso aqui é outra coisa. Por favor, eu não consigo enxergar nada.

Desstra observou a menina. Ela parecia apavorada. E desamparada. Ela não queria ter que arrastar consigo o fardo da dríade, mas não podia deixá-la ali tateando no escuro. A elfa suspirou exasperada. Karn e Thianna eram responsabilidade de Desstra. Não aquela frondosa menina-planta aos seus pés. Agora que ela fazia parte do bando dos "mocinhos", ia ter que ajudar cada desafortunado que surgisse em seu caminho?

— Tudo bem, acalme-se — tranquilizou a elfa negra, ajudando Daphne a ficar de pé. — Já peguei você, já peguei. Estamos em uma caverna, o que é tranquilo para mim, mas estou vendo um túnel que leva lá para fora. — Ela olhou para os fragmentos de argila aos pés da menina. — Acho também que você quebrou o seu vaso na queda.

— Não é meu — revelou Daphne. — Era emprestado. Você não está achando que eu ando com essa coisa por aí em torno dos tornozelos o tempo todo, não é?

— Eu não sei o que o povo-árvore faz — argumentou Desstra. — Até onde sei, vocês poderiam comer terra. Você não come terra, não é?

— Não, claro que não! — disse Daphne. — Não seja boba. Nós apenas enfiamos nossos pés nela de vez em quando. — Ela retorceu os dedos dos pés em reação à agradável lembrança.

Resmungando, Desstra conduziu a dríade para a saída. A garota estava agarrada com firmeza ao braço dela, e a elfa já se sentia prejudicada por sua presença. Ela mudou o aperto de Daphne de lugar.

— Pegue a minha mão. Vou tirar a gente daqui, mas primeiro tenho que encontrar Thianna, e não posso fazer isso com você me puxando. Ainda bem que só existe um caminho por onde ela pode ter saído.

O túnel seguia num declive praticamente no sentido norte. Apesar de ter que conduzir a moradora da superfície que nada enxergava no escuro, Desstra percebeu que estava respirando com facilidade e um sorriso havia surgido em seu rosto. Era maravilhoso estar de novo sob a terra. Ela crescera nas cavernas das montanhas Svartálfaheim de Norrøngard e, tirando o fato de que era provável que sua própria raça a quisesse morta, estava desfrutando daquele gostinho do seu lar. O mesmo não podia ser dito da menina ao seu lado.

— Não está se divertindo? — perguntou ela.

— Sinto falta dos bosques — respondeu Daphne. — As grandes florestas estão todas a oeste e ao norte. Não há nada parecido com elas por aqui. As árvores não crescem muito ao sul, e, de qualquer forma, eles cortam a maioria delas.

— Aposto que isso desagrada demais o seu povo — observou Desstra. — Por que o povo-árvore aguenta isso?

— É o fogo thicano — esclareceu Daphne. — Que escolha pode ter quem é feito de madeira?

— Vejo aonde quer chegar — concordou Desstra.

— Eu é que gostaria de ver aonde vou chegar — resmungou a menina. Mesmo sem querer, a elfa riu, e a dríade também.

— Vamos, menina-árvore, vamos tirá-la daqui. Aí veremos em que tipo de problema Thianna se meteu agora.

CAPÍTULO OITO

O canto do galo

— O que são essas criaturas? — perguntou Karn, maravilhado.

Eram as coisas mais estranhas que ele já tinha visto. A parte da frente era de um cavalo, incluindo as patas dianteiras, mas tinham asas, rabo e pés de galo. A plumagem era amarela, mas os pelos e as crinas variavam em coloração.

— São chamados "hipalectrion" — explicou Asterius. — E são velozes! — acrescentou com entusiasmo.

Karn ouviu gritos de fora das paredes do estábulo.

— Que bom! — disse ele. — Vamos precisar de velocidade.

Ele se virou para o hipalectrion à sua frente. Seu pelo era de um preto lustroso e ele tinha uma bela crina amarela que se fundia suavemente com as suas penas.

— Ok... cavalo-galo bonzinho, bonzinho... — acalmou-o. — Não me morda. Ou me bique. Ou seja lá o que você faz.

Ele abriu a baia e conduziu o animal para a frente. Embora a parte dianteira da criatura parecesse com a de um cavalo, ela inclinou a cabeça para ele com um gesto semelhante ao de uma ave. Entendendo o recado, Karn apanhou um pouco do alimento de galinha do chão e o ofereceu com a mão em concha para o animal. Ele mordiscou de sua palma, apreciando. Deixou-o comer por apenas alguns instantes.

— Desculpe, não há tempo para uma longa refeição — disse Karn. — Precisamos ir embora.

Ele se segurou em uma asa e saltou sobre o dorso da criatura, que trotou em direção à porta.

— Não fique aí parado! — Karn gritou para Asterius, que ainda estava admirado, olhando boquiaberto para as criaturas. — Vamos logo! — Então, ele deu um tapinha no hipalectrion. — Pelo menos você parece saber o que está fazendo.

Karn e Asterius galoparam para fora do estábulo justo quando duas guerreiras aproximavam-se da porta. As mulheres recuaram, pegas de surpresa. O menino-touro urrou empolgado. Karn achou que ele só ficaria satisfeito quando alertasse a cidade toda sobre a sua localização.

Por instinto, dirigiram-se para o portão sul até a ponte de terra. Atrás deles, as guerreiras gritaram em vão para que parassem. O trote da criatura era surpreendentemente estável, considerando-se seus membros inferiores incompatíveis. Karn não conseguia esconder um sorriso. Enquanto estava crescendo, a maior parte de suas viagens havia sido em carros de boi. Aquilo era algo muito diferente!

Quando se aproximaram da saída mais ao sul de Caldeira, a expressão de Karn mudou. Cinco guerreiras estavam bloqueando seu caminho, e o rastrilho havia sido baixado para a noite.

— Estamos num beco sem saída! — gritou Karn.

— Continue! — berrou Asterius.

— O portão está baixado! — exclamou Karn. — O que você vai fazer, derrubá-lo?

Ele imaginou o minotauro batendo contra as barras de aço com seu crânio espesso. Por mais cabeça-dura que Asterius fosse, os resultados não seriam bonitos de se ver.

— Confie em mim! — assegurou Asterius, gritando. — Eu sei o que estou fazendo! — Então, o minotauro cravou os calcanhares no flanco de seu hipalectrion. A montaria respondeu com uma explosão de velocidade. Karn fez o mesmo, e seu próprio hipalectrion acelerou o passo.

As guerreiras os avistaram e ergueram suas armas e escudos. Karn estava próximo o bastante agora para perceber a ansiedade em seus rostos. Ele compartilhava daquele sentimento. Os hipalectrions não estavam diminuindo a velocidade ou se desviando.

Karn olhou para a fileira de espadas afiadas. Eles poderiam derrubar as guerreiras, mas seriam perfurados no processo, e depois bateriam com tudo contra o portão. E os hipalectrions continuavam correndo. Karn forçou-se a não fechar os olhos.

De repente, os hipalectrions pularam com suas pernas de galo. Alçaram-se ao ar, batendo as asas de uma maneira desajeitada. Karn e Asterius zarparam por sobre o muro

— Eles podem voar? — perguntou Karn, rindo admirado.

— Apenas curtas distâncias — esclareceu Asterius.

Sacudindo as asas, cacarejando e relinchando, o hipalectrions planaram por algumas centenas de metros e depois pousaram pesadamente no solo da ponte terrestre.

— Cocoricó! — cantarolou sua montaria, triunfante.

Karn deu tapinhas no pescoço da criatura.

— Eu sei como você se sente — ele disse. Ele nunca havia montado um animal que pudesse se mover tão rápido. Nem as wyverns. Nem mesmo Orma, a fêmea de dragão. Ele olhou para o chão rochoso movendo-se sob seus pés e sentiu uma vertigem.

— Montando um Hipalectrion, lição número um — recitou ele: — Não olhe para baixo.

— Está nervoso? — gritou Asterius ao lado dele.

— Sim! — Karn respondeu.

— Então não caia.

— Lição número dois — concluiu Karn. Então, ele se preocupou com a provável lição número três: lutar montando um cavalo-galo. Ele não tinha dúvidas de que em breve teriam essa lição. E assim, apesar de estar agarrado como um desesperado ao pescoço do hipalectrion, ele arriscou uma espiada para trás, em direção à cidade. Não se surpreendeu ao ver uma nuvem de poeira subir no ar e quatro guerreiras montadas vindo atrás deles.

— Temos companhia — alertou Karn.

— E elas estão nos alcançando — acrescentou o minotauro.

— Elas sabem montar essas coisas — percebeu Karn. — Nós estamos apenas aprendendo.

O norrønur olhou para o terreno à frente, procurando por quaisquer recursos que pudesse usar em seu benefício. Asterius os estava conduzindo para sudoeste. O sopé da enorme cordilheira central estava à sua direita, campo aberto à sua esquerda, e em frente apenas colinas baixas.

— Elas vão nos alcançar em terreno plano — estudou ele. — Estamos em desvantagem e desarmados. — Ele apontou para o sopé das montanhas à sua direita. — Vamos naquela direção. Isso vai aumentar as nossas probabilidades e talvez nos dê uma chance de nos esconder.

— Quem colocou você no comando? — resmungou Asterius, mas o minotauro já estava guiando sua montaria na direção sugerida por Karn.

À velocidade que os hipalectrions estavam se movendo, os dois companheiros alcançaram o sopé justo quando o primeiro disparo de uma lança de fogo thicana atingiu uma rocha ao lado deles. A montaria de Karn guinchou e virou bruscamente, quase o derrubando. Karn segurou-se com firmeza no pescoço do animal.

— Não pare! — ele gritou. Karn esperava que a velocidade e o terreno irregular se combinassem e dificultassem a mira das longas lanças. — Mais rápido! — exclamou ele. O hipalectrion devia ter compreendido, porque cantarolou outro "cocoricó" e acelerou.

A tal velocidade, o terreno estava mudando quase que mais rápido do que Karn conseguia piscar. Eles entraram em um vale coalhado de rochedos. A lua e seu satélite natural projetavam estranhos padrões de luz e sombra. O garoto do norte abriu um sorriso de satisfação consigo mesmo. O tabuleiro do jogo havia acabado de se tornar mais interessante.

— Vá se esquivando em ziguezague! — ele gritou quando outro disparo flamejante passou fazendo um arco sobre sua cabeça. Penas chamuscaram nas pontas das asas do hipalectrion.

Karn aproximava-se das rochas o máximo que ousava, manobrando em torno das pedras com uma apertada margem de erro.

Uma guerreira caldeirana surgiu à sua esquerda. Ela sorriu com malícia para ele enquanto mirava sua lança de fogo. Karn desembainhou a Clarão Cintilante e a mulher riu. Ele não estava próximo o suficiente para que uma espada pudesse ter utilidade. Ou pelo menos foi o que ela pensou. Karn arremessou a espada do pai no rosto da guerreira. Surpreendida, ela rebateu-a nela e a espada caiu longe. Sua expressão dizia que ela não entendia por que ele jogaria a arma fora de modo tão desnecessário. Ele sorriu em resposta e apontou. A mulher ergueu os olhos a tempo apenas de ver a rocha. Colidiu com ela a toda velocidade, e penas voaram por toda parte.

— Clarão Cintilante! — Karn convocou a espada por cima do ombro, e foi recompensado quando a arma voltou à sua mão. Então ele teve que se abaixar rápido quando sua montaria correu por baixo de uma grande formação rochosa que se estendia inclinada por cima de uma pilha de pedras. Atrás dele, ouviu um grito que sugeria que outra guerreira não tinha tido tanta sorte. Às vezes, ser o fugitivo tinha suas vantagens. Era mais fácil só correr do que mirar, perseguir e guiar, tudo ao mesmo tempo.

O terreno mudou de novo. Estavam correndo pelo que parecia uma cidade abandonada aninhada em um amplo vale. Karn notou várias construções que pareciam arenas esportivas em ruínas. Então sua atenção foi desviada pelos berros de Asterius.

Uma guerreira estava desferindo golpes no minotauro com sua espada, mas o garoto se defendia e atacava com movimentos habilidosos de seus chifres. Então, enquanto Karn observava, Asterius lançou-se de seu hipalectrion sobre a adversária. Ele e a guerreira lutaram em cima da montaria que guinchava e zurrava. Então, ambos os combatentes foram ao chão.

Karn forçou seu animal a fazer uma curva fechada, e voltou para ajudar. Ele parou e desmontou da criatura. Asterius havia imobilizado a guerreira.

Karn tirou as armas da mulher.

— Deixe ela levantar — instruiu ele.

— Mas... — protestou Asterius.

— Ela é a última delas. E está desarmada. — Karn olhou para a guerreira que se debatia. — Você está em desvantagem. Me dê a sua palavra que vai voltar para Caldeira e eu deixarei você ir. — Ele olhou ao redor. — Ou nós poderíamos amarrá-la aqui a uma rocha e você poderia esperar que uma de suas amigas a encontre daqui a alguns dias.

A guerreira olhou em volta para as ruínas, que eram fantasmagóricas à luz da lua. A perspectiva de ser deixada lá, é óbvio, não a agradava.

— Juro por Séstia, deusa da guerra — disse ela. — Vou voltar para Caldeira.

— Ótimo! — disse Karn. Ele fez um gesto para que Asterius deixasse a guerreira se levantar. Ela olhou para o touro, depois se virou e montou seu hipalectrion.

— Nós voltaremos — ameaçou ela.

— Nós não estaremos mais aqui — disse Karn.

A mulher deu com os calcanhares nos flancos da sua montaria e se afastou. Em segundos, ela havia desaparecido.

— Bem, isso foi divertido — disse Karn. Ele olhou em volta, para as imediações, estudando as ruínas. Era fácil imaginar criaturas espreitando por entre as pedras desmoronadas, observando-os das sombras. Karn estremeceu. — Vamos dar o fora daqui — sugeriu ele.

Só que os hipalectrions pareciam ter outros planos.

Cravar os calcanhares nos flancos não produziu efeito algum. A montaria permaneceu empacada e recusou-se a se mover.

— Por que eles pararam? — perguntou Karn.

— Porque são idiotas — Asterius bufou sua resposta inútil.

Então Karn notou as pernas traseiras de sua montaria. Os pés gigantes do galo estavam ciscando a terra. Ele cresceu cuidando de galinhas na Fazenda Korlundr. Reconheceu de imediato o gesto.

— Estão com fome — esclareceu. — Voar tão rápido com certeza consome muita energia. Esse é o preço da velocidade deles. Você consegue uma galopada e aí tem que alimentá-los de novo.

Infelizmente, eles haviam partido de Caldeira com pressa demais para pegarem selas e freios, que dirá feno ou ração de galinha. Karn ficou desolado ao olhar para o solo rochoso.

— Não tem muita coisa para eles aqui — constatou. Karn insistiu de novo para que sua montaria se movesse, mas o hipalectrion ficou parado. — Parece que ficaremos presos até encontrar algum alimento. — Ele olhou em volta, para as ruínas. — Você faz alguma ideia de que lugar é esse, afinal?

— Eu sei — ronronou uma voz sensual.

Karn fechou os olhos por um instante antes de olhar para cima. Da última vez que se refugiara em uma cidade arruinada ele havia conhecido um dragão. Quem poderia dizer o que seria aquilo agora? Ele se virou para encarar o ser que havia pronunciado as palavras.

— Bem-vindo ao Santuário de Empíria. Ou o que resta dele, enfim.

Sentada em um telhado nas proximidades, iluminada por raios de luar, estava uma criatura bizarra. Tinha as ancas de um leão, mas o rosto de uma mulher. Seus cabelos longos e negros caíam até os ombros que pareciam humanos, mas se tornavam patas dianteiras de um leão antes de terminar em garras.

— Perdoe-me por perguntar — disse Karn —, mas você por acaso é uma mantícora?

— Bestas imundas! — disse a criatura, sibilando de desgosto. Ela balançou uma cauda muito parecida com a de um leão, talvez para mostrar que não possuía o ferrão semelhante ao dos escorpiões, como as mantícoras.

— Ela é uma esfinge — esclareceu Asterius. — E estamos com um sério problema.

CAPÍTULO NOVE

Punho de Martelo

— Estou ficando impaciente — Thianna advertiu Jasius.

— Falta só mais um pouquinho agora — garantiu o jovem dáctilo sem barba. — Estamos quase lá, e, acredite em mim, todo mundo quer conhecer você.

Thianna resmungou e tentou uma posição mais confortável, mas estava difícil. Estava montada numa liteira transportada por um pequeno grupo de anões. E o passeio estava longe de ser agradável. Eles a sacolejavam para cima e para baixo enquanto um coro de xingamentos e queixas brotava debaixo da cadeira.

Quando Thianna caíra na caverna pela passagem escondida, Jasius a estava aguardando com uma tocha para recebê-la. Então, ele assobiara e mais dáctilos surgiram correndo na escuridão, carregando a liteira junto com presentes em forma de comida. Jasius havia prometido responder às suas dúvidas se ela os acompanhasse.

Embaixo dela, um dos dáctilos tropeçou numa pedra em seu caminho.

— Vocês sabem que eu posso andar, não é? — observou a gigante.

— Não tem problema — garantiu o anão. Então, ele grunhiu. — Na verdade, é um probleminha, sim.

— Eu disse a vocês que ela era grande — repreendeu Jasius. — A culpa é de vocês, que não trouxeram mais dáctilos. — Então, dirigiu-se a Thianna: — Vamos lá, prove uma uva.

Sentindo-se um pouco estranha, a gigante do gelo deu uma mordida no pequeno fruto roxo. O suco doce espirrou em sua boca. Ela engoliu várias seguidas.

— É bom, não? — perguntou Jasius, sorrindo. — Aposto que vocês não têm dessas no lugar de onde você vem.

— Não temos — confirmou Thianna. — Nada cresce muito em Ymiria, embora façamos comércio de frutas com os seres humanos. — Ela comeu outra uva. — Morangos, mirtilos, arandos-vermelhos, amoras-brancas.

— Como você cresceu tanto comendo frutinhas? — questionou um dos carregadores da liteira. — O que mais você come?

— Espero que não sejam anões — comentou outro.

— Eu comia maçãs — enumerou a gigante. — Queijo. Às vezes, peixe. Também cabrito, mas, hã... não conte a nenhum sátiro que eu disse isso.

Houve um murmúrio geral de concordância em resposta à sabedoria contida naquelas palavras. Então, Jasius virou-se e fez uma reverência exagerada.

— Senhorita Nascida no Gelo — disse ele —, bem-vinda à Caldeira Sob Caldeira.

Thianna estava rindo do "senhorita", quando a liteira passou por um arco esculpido de forma elaborada.

— Pela cabeça morta de Ymir! — ela praguejou.

Eles pararam numa galeria diante de uma enorme caverna. O que no passado deveriam ter sido estalactites e estalagmites tinham sido habilmente esculpidas em colunas angulares e contrafortes que suportavam a cúpula do telhado. Gigantescos rostos de pedra adornavam suas superfícies ou ostentavam olhares severos projetando-se das paredes. Um rio de lava fluía preguiçosamente nas profundezas abaixo, serpenteando em meio a prédios que se erguiam até a altura da galeria onde estavam. A lava projetava um brilho avermelhado em tudo. Pontes uniam as várias estruturas em diversos pontos com escadas que conduziam para o alto e para baixo por todos os lados que Thianna olhava. E também podia observar os anões tratando de seus negócios e vivendo suas vidas.

— Uma cidade inteira! Bem aqui! Debaixo da terra! — A gigante estava deslumbrada que tal lugar existisse. Sorrindo com orgulho, seu acompanhante permitiu que ela desse uma rápida olhada na vista e, então, a liteira avançou, levando-a para uma passagem estreita que se estendia em direção a um grande palácio de pedra na extremidade da caverna.

Thianna agarrou com firmeza os braços da cadeira. Os dáctilos estavam mostrando sinais de exaustão, e ela não queria ser derrubada no rio de lava lá embaixo. Ela podia suportar calor melhor do que um gigante do gelo comum, mas tinha sérias restrições a respeito do magma.

Eles chegaram ao palácio e a liteira, enfim, parou. Os dáctilos a baixaram para que Thianna pudesse descer.

— Jasius — perguntou ela —, onde estamos?

O jovem anão estufou o peito.

— Estamos na Cidade Verdadeira, e este é o reino do rei Héracles Punho de Martelo.

— Shh, pare de reclamar — disse Desstra, enfática. Daphne vinha reclamando da ausência da luz do sol nos últimos cinco minutos.

— Eu não consigo evitar — defendeu-se a dríade, suprimindo um bocejo. — Minha folhagem é diurna. — Ela alisou suas folhas. Elas pareciam estar tentando enrolar-se ao redor dela, tornando difícil sua caminhada. Elas também emitiam um ruído, uma irritação constante para as orelhas sensíveis da Desstra. — Elas acham que é noite.

— É noite — assegurou a elfa negra. — Seja como for, tente aguentar. Estou vendo uma luz adiante.

De fato, havia um brilho quente e avermelhado que provinha do túnel lá na frente.

— É um fluxo de lava — percebeu a elfa. Em seguida, ergueu as longas orelhas. — Mas também ouço vozes. Muitas vozes. Ai, Thianna, no que você se meteu agora?

— Estou começando a enxergar um pouco — disse Daphne, soltando a mão de Desstra. A elfa negra sacudiu os dedos para restaurar o fluxo sanguíneo. A dríade apavorada tinha um aperto de mão bem fortinho.

— Você acha que seja lá quem for será amigável? — perguntou a garota-árvore.

— Eu não apostaria nisso — respondeu Desstra. — Pelo menos, não tem sido essa minha experiência com povos que vivem no subsolo.

— Talvez devêssemos voltar — sugeriu a dríade, olhando ansiosa para o caminho de onde tinham vindo.

— Não sem Thianna. Seja como for, não tem como a gente voltar para cima indo nessa direção.

— Eu odeio isso — confessou Daphne. — Não sou corajosa. Não como você. Sempre fui tímida e receosa, desde que era uma mudinha.

Desstra ficou surpresa ao ouvir o elogio da dríade. Sentiu seu coração amolecer pela indefesa menina-árvore.

— Ser corajosa não significa não sentir medo — afirmou a elfa. — Significa apenas que você não permite que o medo a impeça de fazer o que tem que fazer. — Ela segurou a mão da garota outra vez. — Vou tirá-la daqui, prometo. Mas você tem que fazer o que eu digo. E pelo amor de Malos das Profundezas, tente fazer suas folhas pararem de farfalhar.

— Comida, bebidas, uvas?

O rei Héracles era um dos anões mais corpulentos que Thianna já vira. Era possível até que fosse mais largo do que alto. O rei tinha um enorme nariz aquilino e sua barba, lubrificada com óleo e enrolada em grossos cachos negros, derramava-se quase até seus pés calçados com sandálias. Ele usava uma capa toda feita de elos dourados, que tilintavam como moedas quando ele se movia. Suas mãos grandes, entretanto, não deixaram dúvida alguma de por que ele era chamado de Punho de Martelo. Mesmo sendo tão grande como era, Thianna imaginou que não gostaria de nem um pouco de receber um soco do rei.

— Queijo e torta de espinafre? — ofereceu Héracles.

— Não, obrigada — respondeu Thianna, que queria entender o que estava acontecendo antes de aceitar mais comida. Ela ainda não tinha certeza se havia sido resgatada ou sequestrada.

— Tem certeza? — insistiu o rei. — Cada fatia tem um diamante cozido dentro. Algumas têm dois.

— Me parece uma boa maneira de quebrar um dente.

O rei franziu o cenho e, ao lado dela, Jasius tossiu. Thianna deu-se conta de que poderia tê-los insultado sem querer. Os anões lá de seu lar eram conhecidos por serem uma raça durona e orgulhosa dessa reputação.

— Não um dente de anão — apressou-se em acrescentar.

— Oh, é claro — disse o rei, alegrando-se. — Eu esqueço como são frágeis os dentes do seu povo. Não há ofensa quando não há intenção de ofender. — Ele olhou para Thianna. — E então, o que achou?

— Eu ainda não provei.

— Não, eu quis dizer da minha cidade. Caldeira Sob Caldeira. A Cidade Verdadeira. — Ele estendeu os braços, deu um giro completo e, então, curvou-se ligeiramente.

Como ninguém a estava forçando a fazer nada, Thianna fez uma mesura em resposta.

— Eu não fazia ideia de que ficava aqui embaixo — observou ela.

— Claro que não — disse o rei. — Nenhum indivíduo não dáctilo esteve aqui em séculos. Os caldeiranos lá de cima sequer se lembram de que ela existe. Eles não fazem ideia.

— Mas você vive lá em cima, no bairro central da cidade, não é?

— Sim — confirmou Héracles. — Nós somos os perioikoi. Homens livres que não são cidadãos. Produzimos suas obras de metal, reparamos suas armaduras, afiamos suas espadas, e às vezes servimos como tropas auxiliares e apoio militar... mas, apesar disso tudo, eles não nos concedem nenhuma autoridade em seu governo. As duas rainhas sequer têm conhecimento de que existe um rei dos dáctilos. Não sabem de nada do meu reino subterrâneo nem o tamanho real da população que vive bem debaixo dos pés dele.

— Como isso é possível? — perguntou Thianna.

— Somos todos parecidos para eles. — O rei deu de ombros. — Nós nos revezamos vivendo na superfície, e eles nunca notaram que os rostos dos anões à sua volta continuam mudando. Tolos idiotas e altos jamais olham para os pés. — Héracles riu e balançou os dedos dos pés.

— Por que toleram isso? — Thianna perguntou. — É óbvio que vocês estão em maior número.

— Ah, sim — respondeu o rei. — Direto aos negócios. Bom, muito bom. — Ele pegou o pulso de Thianna em uma de suas grandes mãos e conduziu-a para outra câmara do palácio.

— Os dáctilos chegaram aqui primeiro — contou ele. — Na verdade, foi nessas mesmas cavernas que os dáctilos esconderam o deus menino Cratus, o Ferreiro, quando seus divinos irmão e irmãs quiseram matá-lo por sua deformidade. Nós o ensinamos a usar sua primeira bigorna e martelo. Bons tempos aqueles.

Héracles parou diante de um grande mosaico na parede. Ele representava um mapa de Thica, com cidades destacadas em pedras preciosas.

— Ithonea, Naparta, Zapirna, Creos, Labiríntia, Lassatônia... — Ele leu os nomes das cidades-estados de Thica. — Fimônia, Dêndronos... elas estão distantes demais se você tiver que ir andando. Ou mesmo navegando. A única forma de controlar um território tão vasto é voando sobre ele.

Thianna afastou-se do mapa.

— Você está falando das wyverns.

Héracles sorriu.

— Você é afiada como uma picareta — aplaudiu ele. — Estou falando das wyverns. Então, o negócio é seguinte, garotona. Nós ajudamos você a pegar o Chifre de Osius. Você o usa em nosso favor. Em vez de Xalthea e Melantha nos tronos gêmeos, poderia ser Héracles e Thianna. O que me diz?

— Eu? — Thianna não pôde deixar de rir da ideia de usar uma coroa.

— Por que não você?

A gigante do gelo balançou a cabeça.

— As wyverns são escravizadas. Assim como os hilotas são escravizados. Não está certo.

— Alguém tem que ficar no topo — argumentou o rei. Ele começou a andar pelo aposento. — Nós vivemos sob os pés deles tempo demais. Chegou a nossa vez de usar a coroa da colina, por assim dizer. Isso é tão ruim assim?

— Eu não gosto de valentões — observou a gigante.

— Sou um rei bom — garantiu o anão, estufando o peito.

— É um sistema ruim — respondeu Thianna.

— Talvez — considerou Héracles. — Mas se ruir, as cidades-estados voltarão a guerrear entre si. Eu daria um Rei do Céu muito melhor do que a atual Rainha do Céu. Nós, dáctilos, não somos guerreiros por natureza, mas temos testemunhado os humanos arruinarem as coisas por tempo demais. Chegou a hora de termos uma chance.

— De arruinar as coisas? — debochou ela.

— Rá, engraçado — disse Héracles. — Apenas pense a respeito. — Ele parou na entrada da câmara. — Você terá tempo para isso. — Então, ele pressionou um conjunto de joias na parede.

Thianna pulou quando ouviu o ruído de pedra pesada se movendo. Ela não foi rápida o suficiente. Duas enormes placas de rocha deslizaram no lugar. Elas selaram a porta, deixando apenas uma fenda horizontal que ficava um pouco abaixo do nível da cintura.

Ela ajoelhou e espiou pela abertura. Os olhos de Héracles a encaravam.

— O que você está fazendo? — exigiu saber.

— Existe uma expressão thicana — disse o rei. — "É melhor amarrar o seu jumento do que sair para procurá-lo depois." Eu quero o que é certo para o meu povo, Thianna, Nascida no Gelo. Você vai ficar aqui cozinhando até que concorde em me ajudar a conseguir isso.

— Estrume de troll! — praguejou Thianna.

— Não se preocupe — assegurou o rei. — Mandaremos queijo e torta de espinafre. E pedirei a Jasius que retire os diamantes para os seus dentes frágeis.

Contudo, como acabou descobrindo, Thianna não estava com muito apetite.

— Mas eu retirei as pedras preciosas e tudo mais... — Os olhos de Jasius brilharam com desapontamento pela fenda na pedra.

— Eu lhe disse que não estou com fome — grunhiu Thianna. Isso não era inteiramente verdade. De fato, tinha comido muito pouco além das uvas. E uma gigante mestiça podia comer um bocado. É provável que devesse reunir forças para que estivesse pronta para escapar quando a oportunidade se apresentasse.

O anão atirou algo em sua prisão, que caiu no chão. Thianna, já ajoelhada para enxergar pela abertura, apanhou-a. Uma pedra preciosa pequena e bruta.

— Está vendo? — disse Jasius. — Sem diamantes.

— Tudo bem — aquiesceu Thianna. — Passa pra cá essa torta.

Jasius entregou-lhe uma fatia triangular pela abertura horizontal.

Thianna arriscou uma mordida. Tinha uma crosta de massa folhada e estava encharcada de azeite. O queijo era de leite de cabra — ela reconheceu o gosto — e também havia cebolas e espinafre. Ela fez um ruído apreciativo.

— Gostou? — perguntou o anão, esperançoso. — Chama-se spanakopita.

— Não é ruim, seja lá qual for o nome — admitiu Thianna. — Mas não tão boa a ponto de eu perdoá-lo.

— Sinto muito por isso — desculpou-se o jovem anão. — Eu pensei de verdade que estivesse ajudando. Achei que você ficaria empolgada com a oferta. Quero dizer, quem não gostaria de ser rainha?

Thianna bufou.

— Quem tem tempo para isso? Há um mundo inteiro para se ver. Por que ficar preso num lugar onde você tem que dizer a todos o que fazer o tempo todo, dia após dia. Não consigo pensar em nada mais entediante do que ser uma rainha.

— Caramba, quando você coloca as coisas dessa maneira... — disse Jasius. Seus olhos se afastaram da abertura. — Eu estava ansioso por isso.

Thianna parou de mastigar.

— Héracles é o seu pai?

— Sim — confirmou Jasius. — Mas vai demorar pelo menos um século para eu ser rei. Minha barba ainda nem cresceu.

— Eu não me dei conta. — A gigante refletiu sobre isso. — Ei, espere! — disse ela. — Se os caldeiranos não sabem a respeito do rei dos dáctilos, o que você estava fazendo lá com os outros príncipes e princesas reféns?

— Eu não era um refém — explicou Jasius. — Eu só entrei lá de fininho. Um dáctilo baixinho a mais, um dáctilo baixinho a menos... ninguém repara.

— Então, o que você estava fazendo lá? — questionou a gigante, mas ela saltou para a conclusão óbvia antes que o anão pudesse responder. — Você estava atrás de mim desde o começo, não é?

Como resposta, uma fatia de spanakopita deslizou pela abertura.

Thianna pegou o quitute.

— Você não precisava me sequestrar — disse ela. — Poderia ter me pedido. Por falar nisso, por que Héracles não conversa com as rainhas? Elas poderiam pensar diferente se soubessem que há uma cidade inteira aqui embaixo.

— Iriam se sentir ameaçadas, é assim que se sentiriam — garantiu o anão.

— Não sei, não. Melantha não parece ser tão ruim quanto Xalthea.

— Ela não é — admitiu Jasius —, mas ela também tem medo da Rainha do Céu.

— Que espécie de comonarquia é essa, se uma tem medo da outra? — observou Thianna. — Mas o que acontece quando as duas rainhas discutem?

— Você viu aquele enorme tabuleiro de Campeã da Rainha no pátio dos Palácios Gêmeos? — perguntou Jasius.

— Karn chamou a nossa atenção para ele quando chegamos.

— Pois bem, é assim que elas resolvem as suas disputas. Se uma das monarcas tem uma posição forte a respeito de alguma coisa, ela pode desafiar a outra para uma partida. Tecnicamente, qualquer cidadão também pode desafiar as rainhas. Mas você tem que ter sete apoiadores para jogar do seu lado, entende? Elas acham que, se você não consegue reunir uma equipe, a sua objeção não deve ser muito importante, certo?

— Faz sentido — reconheceu Thianna. — Imagino que os torcedores tenham de ser cidadãs, todas elas guerreiras do Céu e da Terra?

— Geralmente. Embora eu já tenha ouvido falar de perioikoi sendo recrutados para o jogo. Deixar-nos lutar por elas, elas deixam. Só não nos dão autoridade para governar a cidade.

— Ouça, Jasius — disse ela. — Eu sofri com valentões a minha vida toda.

— Você? — surpreendeu-se o anão.

— Por ser baixa — explicou Thianna com uma risada.

— Você está brincando!

— Não estou. Eu cresci com gigantes do gelo. Então, sei como é ser tratada com desdém. Eu queria dar uma lição naqueles gigantes. Na verdade, até cheguei a fazer isso algumas vezes. Mas isso não me tornou melhor do que eles. Karn me mostrou que eu poderia ser mais do que isso.

— Humm... — ponderou Jasius. — Você continua sendo maior do que a maioria.

— Não maior do que os gigantes. Não maior do que dragões. Nem trolls. Mas a forma como você trata os outros conta mais do que a sua altura.

— É por isso que você é tão grossa com aquela elfa pálida? Ficou claro para mim que você a estava tratando com desdém quando ela só queria ajudar.

Thianna encarou-o furiosa.

— Cale essa boca e me dê outro pedaço de torta.

Desstra olhou para a cidade dos anões lá embaixo. Havia mais gente por lá do que ela planejara enfrentar. Esperava encontrar apenas um pequeno grupo de anões com sua amiga, não uma população inteira.

— Isso complica as coisas — observou ela. — Preciso de uma distração. Senão nunca vamos conseguir entrar ou sair.

— Temos que descer lá? — perguntou Daphne ao seu lado. — Isso parece uma ideia muito, muito ruim. — A dríade agarrou-se de novo ao braço da elfa, em pânico.

— É para onde vamos — respondeu a elfa, irritada. Quando elas emergiram do túnel na caverna maior, foi necessário um pouco de lábia para conseguir que a medrosa dríade escalasse até para a plataforma mais alta onde agora as duas se escondiam. Elas estavam na borda de um pequeno túnel natural de lava, próximo ao teto da caverna. Ele se estreitava à medida que recuava, de modo que não era útil como saída, mas Desstra suspeitava que servisse como poço de ventilação. Ela apontou para uma estrutura palaciana na cidade abaixo.

— Devem estar mantendo Thianna presa naquele edifício central.

— Por que você diz isso? — perguntou Daphne.

— Ali eles têm mais guardas e, bem, ela é uma gigante do gelo. Então eles são necessários.

Desstra levou a mão à bainha em sua perna de forma automática e inconsciente. Não estava com seus dardos. Nem tinha qualquer outra arma.

— Se ao menos eu estivesse com a minha bolsa... — considerou.

— Por quê? O que guarda na sua bolsa? — questionou Daphne.

— Coisas úteis — respondeu a elfa. — Bombas de gás, bombas de fumaça, bombas incendiárias.

— Você gosta mesmo de bombas, não é? — observou a dríade.

Desstra deu de ombros.

— Elas seriam úteis agora. Assim como uma boa corda.

Ela olhou para as folhas da dríade. Daphne adivinhou seus pensamentos e deu logo um passo rápido para trás.

— Nem pense nisso! — objetou a menina-árvore.

— Eu já trancei uma corda de fibra vegetal antes... — assegurou a elfa.

— Bem, estas são muito delicadas, posso garantir — protestou Daphne. — Além disso, são tudo o que eu tenho para vestir e demoram uma eternidade para crescer.

— Tudo bem, relaxe — tranquilizou Desstra. — Só estou analisando todas as possibilidades. Odiaria ter que ir até lá desprevenida.

— Desprevenida é como eu ficaria se você arrancasse as minhas folhas e as usasse para fazer cordas!

— Já entendi — disse a elfa. — Fique quieta. — Ela fez sinal para a dríade juntar-se a ela na borda do túnel. Daphne deu um passo à frente, depois parou quando seu pé pousou em algo que produziu um som esquisito.

— Ai, que nojo! — reclamou a dríade. Ela olhou para baixo, levantando com cuidado o pé de um desagradável montinho de algo pegajoso e fedorento. — Acho que pisei em excremento fresco de morcego — constatou com o nariz franzido em repulsa.

As orelhas de Desstra se levantaram.

— Excremento de morcego? — ela repetiu.

— Não sei por que você está tão contente — resmungou a dríade. — É nojento.

— É disso mesmo que precisamos — falou Desstra. Ela agarrou o tornozelo da menina-árvore, levantando o pé dela para examinar a sola. A elfa assentiu, satisfeita com o que viu. Em seguida, soltou o tornozelo da menina. — Me ajude aqui a recolher o máximo que pudermos.

— Recolher? — espantou-se Daphne, hesitante. Seu lábio superior se contorceu de nojo. — Você quer dizer com... com... com as mãos?

— Pensei que as plantas gostassem de terra — provocou Desstra.

— Eu gosto de solo rico e saudável — disse a menina-árvore. — Não de cocô de morcego.

— Bem, solo saudável não é do que precisamos neste momento — disse a elfa.

— E cocô de morcego, é? — perguntou Daphne, ressabiada. — Isso vai salvar a sua amiga?

— Ah, vai! — garantiu a elfa, sorrindo. — Eu não sei se ela diria que somos amigas, mas nós a salvaremos, e é assim que faremos isso... e com estilo! Agora, vamos recolher.

CAPÍTULO DEZ

O enigma da felina

— Mantícora. Esfinge. Devo dizer que não vejo nenhuma diferença — declarou Karn.

— Eu não sou uma mantícora! — protestou a esfinge. — Não somos nada parecidas.

— Elas também têm corpo de leão — argumentou Karn.

— Não somos nada parecidas! — A esfinge chicoteou a cauda com raiva.

— Elas têm uma cabeça humana.

— Não somos nada parecidas! — Ela sacudiu a juba.

Karn refletiu a respeito.

— Então, você não come gente? — ele perguntou, esperançoso. A esfinge franziu o cenho.

— Bem, de vez em quando, sim. Mas, tirando isso, não somos nada parecidas!

— Acho que concordaremos em discordar disso — disse Karn. — Mas já estamos de saída... não queremos incomodá-la mais do que já incomodamos... e continue o bom trabalho de não ser uma mantícora.

Ele pôs uma mão em seu hipalectrion para acalmar o animal. A presença de uma grande criatura felina parecia estar agitando sua metade galinácea.

— Ainda não! — deteve-o a esfinge. — Você não pode ir embora daqui assim tão fácil.

— Claro que não... — disse Karn com um suspiro de resignação. Ele baixou a mão até o punho da espada.

— Não desse jeito — disse a esfinge. Então, ela soltou um rugido.

Centenas de pequenas figuras surgiram das ruínas. Saíam das portas e subiam de buracos no chão. Aglomeravam-se como pássaros nos telhados. Lembravam as descrições que Karn tinha ouvido dos goblins de gelo dos ymirianos.

— Estamos cercados! — constatou Asterius.

— Permita que eu apresente os meus amigos, os kobalos — disse a esfinge. — Eles são perversos, malvados, patifes ladrões, porém, como eu, gostam muito de jogos.

— Jogos? — interessou-se Karn.

— Ah, sim! — respondeu a esfinge. — Você não sabe o que é o Santuário de Empíria?

Karn sacudiu a cabeça.

— Eu deveria saber? — ele perguntou.

— Ela está falando de uma antiga cidade neutra — explicou Asterius. Ele olhou ao redor com fascínio em seu rosto.

— Você quer dizer que *estas* são as ruínas de Empíria? Nós estamos *sobre* ela?

A esfinge assentiu.

— Séculos atrás — contou ela —, esta foi a cidade-estado sede dos Jogos Empíricos, competições desportivas realizadas todos os anos para honrar os Doze Empíricos, os principais deuses e deusas thicanos. Era um evento e tanto. As cidades-estados de Thica eram todas livres. Atletas vinham de toda parte para competir em testes de proeza física. — Ela ronronou em apreciação. — Os jogos também eram uma forma de evitar guerras. As cidades-estados canalizavam sua rivalidade para uma competição amigável.

— Então, o que aconteceu? — Karn perguntou.

— Veio Timandra, a Magnífica — disse a esfinge com amargura. — Ela conquistou toda a ilha-continente e fundou o Império Thicano. Mas não via a necessidade de unir as cidades-estados com jogos quando elas já estavam reunidas sob sua bandeira. E, então, o Império de Górdio surgiu. Claro, agora temos um novo império. — Ela sibilou em evidente descontentamento. — Eu esperava que, apaixonados pelo passado como são os caldeiranos, decidissem restabelecer os jogos. Mas parece que se esqueceram de nós.

— Nós?

— Nós, as esfinges — ela esclareceu. — Nós sempre fomos mestres da cerimônia. Era uma grande honra, e isso satisfazia o nosso gosto pela competição e pelos desafios. Os kobalos eram nossos assistentes. Árbitros, pontuadores etc. Eles adoram um bom jogo tanto quanto nós.

— Sinto muito — disse Karn. — Eu compreendo. Eu mesmo sou fissurado por jogos, embora prefira jogos de tabuleiro a atletismo.

— É o desafio que você aprecia, não é? — perguntou a esfinge. Ela sorriu, mostrando duas fileiras de dentes muito afiados. — Nada como competições e apostas para fazer o sangue fluir.

Karn sentiu um frio no estômago.

— Nós não vamos disputar um jogo de bola, vamos? — ele perguntou. — Porque eu tenho uma amiga que é muito boa em knattleikr. Eu poderia correr lá e buscá-la.

— Não, não — explicou a esfinge. — Hoje em dia disputamos um novo tipo de jogo. Não é físico. É mais um desafio intelectual.

— Como Tronos & Ossos ou Campeã da Rainha? — Karn perguntou, cheio de esperança.

— Não muito — respondeu a criatura felina. — Diga-me, como você se sai solucionando enigmas?

— Enigmas? — questionou Karn. — É isso que vamos fazer? Como funciona, então? Nós lançamos um ao outro alguns enigmas, damos algumas risadas, diversão pra valer, nos despedimos desejando felicidades e cada um segue o seu caminho?

Os kobalos todos riram com escárnio. A esfinge sorriu.

— A vida humana é curta — disse ela. — É bom que você tenha senso de humor em relação a isso. Especialmente no fim.

— No fim? — Karn repetiu.

— Claro! — ela respondeu. — Eu disse que só comia humanos *de vez em quando*. Bem, acontece que a *ocasião específica* em que eu cedo a esse apetite é quando alguém não consegue desvendar os meus enigmas. Eu não gostaria que você pensasse que eu saio por aí me banqueteando com humanos de forma indiscriminada. Sempre lhes proporciono uma oportunidade de jogar.

— Humanos — repetiu Karn. — Minotauros não?

— Ei, é você quem está no comando — objetou Asterius.

— Ah, agora você pensa assim — reclamou Karn com amargura.

— Então, as regras são as seguintes — começou a esfinge. — Eu lhe lanço um enigma. Se solucionar, você e seu amigo estão livres. Se não conseguir desvendar, ou ficar aí boquiaberto como um idiota por tanto tempo que me faça ficar entediada, eu o devoro. E provavelmente o seu amigo minotauro também. Parece justo?

— Não — responderam Karn e Asterius ao mesmo tempo.

— Que pena que Thica não seja uma democracia — zombou a esfinge. — Aqui vai.

Ela saltou do telhado para uma coluna próxima. Karn notou que a pedra, na verdade, era trabalhada no formato de um imenso pé, quebrado logo acima do tornozelo. Se tivesse havido uma estátua completa ali, ela deveria ter sido colossal, a distância entre seus pés compreendendo a largura do próprio vale. Empoleirada naquele novo ponto, a esfinge estufou o peito e sentou-se ereta — era claro que se deliciava com o momento. Em seguida, limpou a garganta.

— Eu atraio o pior e corrompo o melhor — proclamou ela. — Dizem que estou no sangue, mas o sangue é derramado quando mudo de mãos. — A esfinge parou para lamber os lábios, e então concluiu: — O que sou eu?

Asterius inclinou-se para sussurrar no ouvido de Karn:

— Tem que ser algum tipo de objeto afiado. Ela disse que corta a mão quando você o pega. Talvez uma faca, ou um garfo muito afiado.

— O que é um garfo? — perguntou Karn bem baixinho, para que a esfinge não pensasse que era a sua resposta.

— Nada de ajuda! — a esfinge os repreendeu.

— Pode acreditar — assegurou o norrønur —, ele não está me ajudando nadinha.

— Acho que fiquei ofendido com isso — resmungou o minotauro.

— Cale a boca! — gritaram Karn e a esfinge ao mesmo tempo.

Karn pensou nas coisas que achava atraentes. Imaginou se alguma dessas coisas poderia enferrujar ou se decompor. Perguntou-se o que poderia estar dentro de suas veias e ainda assim ser algo que você poderia pegar. À sua volta, os kobalos saltavam, chilreando em vozes irritantes e estridentes. Alguns deles apontavam para ele com os utensílios de comer, fazendo chacota. Provavelmente são garfos, pensou. Talvez fossem úteis na hora das refeições, mas não de muita ajuda ali.

— Pior, melhor, sangue, mãos... — ele murmurou.

— O tempo está se esgotando — advertiu a esfinge.

— Sempre está — respondeu Karn. Ele sentiu uma explosão de ira. — Qual é o problema de vocês? Sempre têm algum draug ou dragão, alguma sociedade secreta ou imperador, que só quer as coisas do seu jeito? Faça isso, senão... Faça aquilo ou então... Somente uma vez eu gostaria de me deparar com um monstro ou um governante que...

A voz de Karn foi sumindo e ele sorriu.

— Poder — disse ele. — A resposta ao enigma é "poder". Ele atrai as piores pessoas e corrompe aqueles que o têm. Reis e rainhas transferem-no para a sua descendência, e ninguém o larga ou o toma sem lutar.

A esfinge bateu palmas.

— Muito bem! — aprovou ela. — Realmente excelente. Impressionante.

Karn ficou surpreso.

— Você não está brava porque eu adivinhei o seu enigma?

— Por que eu estaria brava? — ela respondeu.

— Você não vai me devorar.

A esfinge chicoteou a cauda, irritada.

— Eu já disse, só faço isso *de vez em quando*. Não é como se as pessoas fossem meu prato favorito ou algo assim. Meu predileto seria spanakopita, na verdade; os kobalos fazer uma deliciosa torta de espinafre com queijo, se quiser experimentar algumas. Eles podem preparar uma rapidinho, em meia hora.

— Não, obrigado — disse Karn. — Mas... quanto ao enigma?

— Como eu disse, é o desafio que é divertido. Eu adoro desafiar cérebros ou músculos. Não me importa, de fato, quem ganha ou perde. É por isso que nós, as esfinges, éramos tão boas moderadoras quando os Jogos Empíricos estavam em vigor. Somos imparciais. Só gostamos de ver as pessoas competirem.

— Oh — disse Karn, aliviado por ainda estar vivo e a esfinge parecer feliz. Então, ocorreu-lhe algo. Eles estavam rumo a Labiríntia para encontrar aliados. Mas talvez pudessem conseguir mais alguns. Ele estendeu a mão esquerda.

— Este anel significa alguma coisa para você?

— É valioso? — perguntou a esfinge.

Karn deu de ombros.

— Disseram-me que há outras medidas de seu valor.

— Que pena, então, que eu não tenha mãos — disse ela. — Mas, não.

Karn frustrou-se, mas não estava pronto para desistir.

— Minha amiga é prisioneira dos caldeiranos. Você e os kobalos nos ajudariam a resgatá-la?

— Claro que não! — respondeu a esfinge. — Não nos envolvemos na política local. Somos imparciais.

— Estamos desesperados.

— É não e ponto — a esfinge declarou. — Podemos preparar uma boa spanakopita, se quiser.

— Poderia prepará-la sem o queijo? — sugeriu Asterius, esperançoso.

— Não! — repreendeu-o Karn, franzindo a testa para o minotauro. — Nós não precisamos de spanakopita! — Ele se virou para a esfinge. — Mas será que vocês teriam algo que nossos hipalectrions possam comer?

— Acho que podemos dar um jeito nisso — disse a esfinge.

— Ótimo! — respondeu Karn. — Quanto mais cedo chegarmos a Labiríntia, mais cedo poderemos voltar e resgatar Thianna.

CAPÍTULO ONZE

Emaranhado de teias

Thianna estava encostada na parede de sua prisão quando ouviu as explosões. As paredes de pedra tremeram com a força das detonações. Seguiram-se muitos gritos e o barulho de pés correndo.

Ela espiou pela fenda entre os blocos e viu um familiar par de olhos negros.

— O que você está fazendo aqui? — ela perguntou a Desstra.

— Também estou feliz em vê-la — respondeu a elfa. — Agora, afaste-se. Vou explodir a porta.

— Na verdade, tem um interruptor na parede. É só apertar uma joia.

— Humm — considerou a elfa negra. — Uma explosão seria bem mais divertida.

— Você já não detonou uma? — perguntou a gigante.

— Detonei várias.

Desstra se levantou, saindo do estreito campo de visão de Thianna. A gigante do gelo ouviu-a vasculhar a parede e, então, os imensos blocos de pedra deslizaram, abrindo a porta com um rangido.

Desstra estava recostada contra a parede da porta com um olhar de pura satisfação estampado no rosto.

— Onde está Karn? — Thianna foi logo perguntando.

— A última vez em que o vi, ele estava fugindo — atualizou-a Desstra.

— Pensei que você o estivesse protegendo.

— Eu estava protegendo vocês dois. Era você que precisava mais de minha ajuda.

— Eu já disse que não preciso da sua ajuda.

— Sim, e você realmente está fazendo um trabalho de primeira sem mim, dá pra ver. Faz tempo que está nessa cela?

Thianna resmungou.

— Não é tão ruim assim. Tem um grande mapa na parede, então, eu estava aprimorando meus conhecimentos de geografia. E a comida aqui é muito boa.

— Já tinha notado isso em Thica — brincou a elfa. — Eles alimentam bem seus prisioneiros. Se quiser, posso fechar a porta de novo.

— Não, não — recusou Thianna. — Acho que estou pronta para partir.

Desstra conduziu Thianna em direção à saída. A gigante reparou nas mãos da elfa. — O que é isso nas suas mãos?

— Excremento de morcego — explicou a elfa. — Bastante inflamável.

— Ah — disse Thianna. — As coisas fazem sentido agora. É nojento, mas fazem sentido.

A gigante se deteve quando percebeu a estranha planta em um canto do aposento seguinte. Tinha certeza absoluta de que ela não estava lá quando havia entrado na câmara.

Enquanto Thianna a olhava fixamente, a folhagem da planta relaxou e, de repente, ela estava olhando para uma estranha garota com pele de casca de árvore e cabelos e roupas de folhas.

— Uma elfa da floresta? — perguntou Thianna, embora ela não achasse que era.

— Há elfos feitos de madeira? — perguntou a menina-planta.

— Esta é Daphne — explicou a elfa. — Ela é uma dríade. Uma dos reféns. Está conosco.

— Ótimo! — disse Thianna. — Bem-vinda a bordo. Você sabe lutar?

A dríade balançou a cabeça.

— Eu sou boa em me esconder — ela disse.

Um guarda dáctilo notou as três meninas que saíam do palácio. Gritou para chamar a atenção de outros que estavam ocupados combatendo incêndios. Vários dos guardas se viraram para elas, brandindo martelos e machados.

— Infelizmente, acho que não vamos entrar nessa de se esconder — disse a gigante.

O Rei Héracles apareceu, gritando:

— Pegue a grandona viva! — E, de repente, Thianna se viu lutando sob o peso de uma pilha de anões.

Entretanto, a questão de segurar a gigante do gelo estava se mostrando um tanto problemática. Mesmo com anões agarrados às pernas, braços e cintura, Thianna estava conseguindo seguir em frente. Por sorte, a gigante do gelo também estava monopolizando a maior parte da atenção para si, permitindo que Desstra atacasse os adversários de Thianna. Atrás da elfa, Daphne tremia e tentava se camuflar.

— É um pouco tarde para se esconder! — Desstra gritou.

— Mas nunca é muito cedo para dar um salto mortal — disse Thianna, que mergulhou no chão e caiu de cabeça para baixo. Ela se levantou rindo, o que era mais do que se poderia dizer sobre os desafortunados dáctilos que haviam sido atirados longe ou esmagados pela cambalhota. Thianna pegou um martelo caído no chão e entregou-o a Desstra.

— O que devo fazer com isso? — perguntou a elfa, olhando para a arma desconhecida. — Porque, se você está querendo que eu lhe construa uma casa comunal, estou sem pregos no momento.

— Muito engraçado — murmurou a gigante. — É um martelo. Você martela coisas com ele.

Desstra ajustou seu aperto na arma, franzindo a testa com ceticismo.

— Só mesmo esses anões estúpidos para fazerem uma arma sem uma ponta afiada — ela resmungou. — Realmente estou sentindo falta de meus dardos agora.

As três garotas abriram caminho velozmente através de uma estreita passarela. Elas deixaram que Daphne fosse na frente, enquanto Thianna protegia a retaguarda, brandindo sua espada de um lado para outro a fim de manter os dáctilos a distância. Abaixo delas, o rio de lava borbulhava, sinistro.

— Ninguém pode cair aí — avisou Thianna.

— Foi bom você ter dito isso — retrucou Desstra —, porque era esse o meu plano.

— Quem sou eu para detê-la! Não faça cerimônia e vá em frente — respondeu a gigante.

Desstra preparava uma respostinha enviesada quando Daphne a interrompeu.

— Estão nos encurralando — apontou a dríade. Com efeito, outro grupo de anões avançava pelo outro lado da ponte. — Oh, este é o pior resgate de todos os tempos! — ela lamentou.

— Vamos nos certificar de que não seja o mais curto — respondeu Desstra. Ela se moveu para assumir a liderança, preparando seu martelo para acertar o primeiro dos novos dáctilos. Atrás dela, vários anões corajosos correram em direção a Thianna no ato. Elas estavam sendo pressionadas de ambos os lados, forçadas a se comprimirem, sem espaço de manobra e sem rota de fuga.

— Precisamos de uma saída, elfa — disse Thianna.

Desstra olhou para cima, mas o teto era muito alto para oferecer qualquer solução. Olhou para o fluxo de lava lá embaixo. Não havia como cair ali e sobreviver. Então, notou uma saliência estreita em uma parede rochosa, a mais ou menos cinco metros para baixo e três para o lado. Uma porta colocada na face da borda, fechada no lado mais próximo delas por uma pesada barra de metal.

— Lá está nossa saída — apontou com a mão livre, enquanto golpeava com o martelo um anão mais afoito. — Eu consigo chegar lá. Thianna, tenho certeza de que você também consegue. E Daphne?

— É pra já — respondeu a dríade. Sem esperar mais instruções, ela saltou da ponte. Thianna respirou fundo enquanto observava o arco da queda da garota. A dríade não ia conseguir alcançar a saliência. Então, para surpresa dela e de Desstra, duas grandes folhas cresceram sob os braços de Daphne. Elas se estenderam como asas. Sustentada por sua folhagem, Daphne planou o restante do caminho até pousar com segurança na saliência.

Thianna afastou um anão e virou-se com um olhar espantado para Desstra:

— Você não me disse que ela podia voar! — exclamou.

— Eu não sabia. De qualquer modo, isso não foi bem um voo, ela apenas planou.

— Bem, é a nossa vez — disse Thianna.

Desstra acenou com a cabeça. A gigante não hesitou. Saltou através da abertura, aterrissando pesadamente na saliência abaixo. Seu impacto deslocou algumas pedras, que caíram na lava levantando salpicos.

A elfa negra hesitou. A distância parecia maior do que ela imaginara. Ao lado dela, os dáctilos pareciam tão assustados quanto ela. Fizeram uma pausa, observando sua principal presa acenando para eles da saliência lá embaixo. Então perceberam que ainda poderiam pegar a elfa, e partiram pra cima dela.

Desstra saltou para o ar. Ela deslizou pela abertura, a lava sibilando muito abaixo de seus pés. E caiu longe da saliência.

Esse é o meu fim, pensou.

Thianna a agarrou e puxou para um lugar seguro. As duas garotas se entreolharam por um segundo. Então Thianna a soltou e virou-se para abrir a porta.

— Ah, eu não iria por esse caminho! — gritou o rei Héracles lá de cima para elas.

— Não estamos pedindo a você que nos acompanhe! — gritou a gigante do gelo.

— Não, quero dizer, eu não iria por esse caminho *se eu fosse vocês* — corrigiu o monarca anão.

— Nós entendemos — disse Desstra. — Mas você não está no nosso lugar.

Thianna abriu a porta. Elas espiaram por um túnel escavado na rocha ígnea que conduzia para baixo.

— Nós proibimos a saída norte por uma razão — alertou o rei.

— É uma saída, então? — disse Thianna.

— Eu e a minha boca grande — recriminou-se Héracles, quando percebeu seu erro. — Ainda assim, é realmente do seu interesse que vocês não vão por esse caminho. Acreditem em mim.

— Talvez devêssemos ouvi-lo — sugeriu Daphne.

— Você pode ficar se quiser — respondeu Thianna. — Eu tenho que ir a alguns lugares.

Ela caminhou firme para a escuridão. Desstra a seguiu. A dríade hesitou e, então, com um arrepio, correu atrás das duas garotas.

— Há uma luz lá adiante — disse Desstra.

A caminhada tinha sido um bocado lenta, com a elfa tendo que guiar Thianna e Daphne através da escuridão. Obstinada, a gigante do gelo tentou caminhar sozinha, mas depois da terceira vez que trombou com uma parede ou bateu a cabeça num arco baixo, ela cedeu e deixou Desstra conduzi-la. Daphne se agarrou ao outro braço da elfa, suas unhas de casca de árvore mais uma vez segurando a carne nua de Desstra com demasiada força.

— Não vejo nada — resmungou Thianna.

— Você verá em um segundo. Parece que eles escavaram poços para deixar a luz entrar.

— Por que só nesta extremidade? — perguntou a gigante.

— Eles provavelmente fizeram isso por toda parte — respondeu a elfa. — Mas era noite quando partimos. Deve estar amanhecendo agora.

Como que em resposta, um raio de sol penetrou por um poço diante delas. Daphne relaxou seu aperto no braço de Desstra e entrou naquele facho dourado e morno. Um sorriso se abriu no rosto da dríade, enquanto sua folhagem se estendia deliciada para captar a luz.

— Eu estava ficando com fome — ela explicou.

— Isso é conveniente — disse Thianna.

— Muito — reforçou Desstra, cujo estômago começou a roncar. Então, ela deixou escapar um pequeno "oh" de entusiasmo. A elfa se inclinou para examinar um tufo de cogumelos crescendo ao lado da parede do túnel.

— Encontrou algo de que você gosta? — perguntou Thianna.

— Muito mesmo — disse Desstra, arrancando uma variedade de fungos diferentes. — Vários destes são muito saborosos.

— Se você está dizendo...

— E estes — continuou a elfa, arrancando um estranho cogumelo púrpura —, estes têm outros usos. — Ela deu um sorrisinho perverso. Thianna se perguntou que tipo de poções desagradáveis a svartálfar poderia inventar com aquele fungo estranho. Desstra tirou o pó dos cogumelos, comeu alguns e enfiou outros nos bolsos. — Um lanchinho é sempre bom — disse ela.

Continuaram a jornada. O túnel se alargou para uma câmara maior, onde as paredes de basalto e as colunas haviam sido trabalhadas com capricho pelos anões. Fachadas imponentes esculpidas nas paredes e grandes rostos dáctilos em pedra olhavam para elas nos cantos da câmara. Inúmeras passagens se abriam para plataformas de cada lado, embora o túnel principal continuasse na extremidade oposta ao túnel por onde elas haviam entrado. Água saía da boca de uma estátua de anão em tamanho maior do que o natural no centro da sala. Ela se derramava numa pequena piscina e sem dúvida escoava por um dreno no fundo, embora uma rachadura em um trecho fizera com que uma grande poça tomasse uma boa parte do chão.

— É uma pena que não usem mais essa câmara — lamentou Thianna. — Eu me pergunto por que eles a abandonaram. Devia ter sido bela antes disso.

— Bela? — protestou Daphne. — Sem terra, sem sol. Eu não chamaria isso de belo. Embora eu não me opusesse em molhar os pés naquela fonte se tivéssemos um tempinho. Matei a fome, mas não a sede.

— Fique à vontade — respondeu a gigante. Daphne deu um gritinho de empolgação e foi mergulhar na piscina.

— Ainda bem que alguém está se divertindo — disse Thianna.

Ao lado dela, Desstra estava calada e imóvel.

Thianna olhou para a companheira.

— Não acho que esta câmara esteja abandonada — constatou a elfa em voz baixa.

— Você viu a barra na porta — insistiu a gigante. — Eles não vêm mais aqui.

— Eu sei — disse Desstra. — Mas acho que o lugar tem outros ocupantes. — Ela apontou. Thianna seguiu seu olhar até um canto da sala, onde, sob a sombra de uma grande cabeça de dáctilo, viu um aglomerado de objetos redondos. Alguns eram do tamanho de um punho, outros eram maiores.

— Uma pilha de pedras? — perguntou Thianna, intrigada.

— Pedras não — corrigiu Desstra. — Ovos. Precisamos sair daqui. Precisamos sair daqui agora mesmo.

— Acho que é tarde demais — constatou a gigante.

— Por quê?

— Suas orelhas estão se contorcendo.

Desstra sentiu as contrações musculares nas pontas de suas longas orelhas. Seu sexto sentido sempre a alertava sobre o perigo... só que com apenas alguns poucos segundos de antecedência.

As duas garotas empunharam suas armas. Observando os túneis de ambos os lados, começaram a se mover com cautela pela câmara. Elas se dirigiram para a dríade, que ainda se divertia encharcando os pés na água rasa.

— Daphne — chamou Thianna —, vamos embora.

— Já? — disse a menina-árvore, decepcionada. Sua folhagem parecia mais escura, o que sob a luz fraca era provável que significasse que estava ficando mais verde, e estava mais viçosa do que antes. — Não podemos ficar um pouco mais? A água aqui é uma delícia de pura. E rica em minerais.

Uma coisa emergiu de um túnel na extremidade oposta da caverna.

— Não se preocupe — disse a coisa. — Você vai ficar aqui por muito tempo. Na verdade, você nunca mais vai sair.

A interlocutora revelou-se por completo na câmara. A criatura tinha as pernas e o corpo de uma grande aranha, mas onde deveria ter uma cabeça havia um tronco humano, com braços e rosto idem. Em vez de dois olhos humanos, entretanto, oito contas pretas e brilhantes olhavam para elas. Mais criaturas rastejaram de outros túneis. Listras escarlates com formato de ampulheta eram visíveis em seus abdomens inferiores.

— Vocês só podem estar brincando comigo — resmungou Thianna. — Homens-bode, meninos-touro, e agora... mulheres-aranha?

— Aracnes — corrigiu Daphne em voz baixa.

— Estou contente que já tenha ouvido falar de nós — disse a mulher-aranha.

— Reza a lenda — explicou a dríade — que a deusa maior Castéria amaldiçoou uma mulher mortal por sua vaidade, transformando-a em uma aranha. A primeira de sua espécie. Elas são, de fato, desagradáveis.

— O desagrado está no olho do observador — retrucou a aracne. — Desagradável é uma garotinha-planta medrosa, com péssimos modos e sem sangue vermelho para bebermos. — A aracne voltou seus múltiplos olhos para Thianna. — Mas não se preocupem, irmãs. Esta aqui parece que rende uma refeição grande o suficiente para todas nós. Ela partiu para bloquear a saída mais distante do aposento, enquanto as tais irmãs movimentavam-se numa tentativa de flanquear Thianna e Desstra por ambos os lados.

— Recuem — ordenou Thianna, retirando-se para o túnel por onde tinham vindo.

— Eu acho que não — disse a aracne. — Ei, meninos! — ela chamou.

Os pelos no pescoço da gigante do gelo se arrepiaram ao som de patinhas apressadas atrás dela. Relutante, ela se virou para olhar. Os "meninos" eram aranhas completas, sem partes humanas. Mas eram gigantescas, atingiam fácil o tamanho de cães grandes. E havia dezenas delas. As aranhas espalharam-se por toda a câmara, cercando-as e bloqueando qualquer esperança de fuga.

— Acho que os insetos querem lutar — observou Thianna.

— As aranhas não são insetos — Desstra a corrigiu e, então, logo acrescentou: — Eu sei, eu sei, você não precisa saber como algo é chamado...

— Para esmagá-lo — concluiu Thianna, descendo pesadamente o pé sobre um dos machos que se aproximara demais.

— Cuidado — advertiu Desstra. — Eles são venenosos.

— Claro que são — disse Thianna com resignação. — A essa altura eu ficaria surpresa se não fossem.

Uma das aracnes atirou do alto uma teia na gigante. Acertou seu braço da espada. Thianna deu um berro, mas não conseguiu se desvencilhar. No teto, a mulher-aranha tentou puxar o fio.

— Irmãs, ajudem! — gritou a criatura. — Esta é ainda mais pesada do que parece.

Desstra correu para o lado de Thianna.

— Fique parada um instante — ordenou a elfa. Então, ela começou a desprender rápido a teia do antebraço de Thianna. — Luvas especiais — esclareceu ela. — Feitas de couro de aranha lá de casa.

— Você conhece essas coisas? — surpreendeu-se Thianna.

— Não — esclareceu a elfa. — Temos grandes aranhas por lá, mas nada comparado a essas criaturas grotescas.

— Tenha modos — repreendeu uma das aracnes. — Você pode parecer uma coisa pálida e desprovida de sangue, mas podemos sentir o aroma do sumo por dentro. Vamos comê-la primeiro, se você não se comportar.

— Não me façam nenhum favor! — gritou Desstra. Ela puxou com força a teia, derrubando a aracne do teto. Ela caiu a seus pés, e a elfa desferiu um golpe forte com sua arma na cabeça da criatura. Com um gemido, a mulher-aranha desabou inconsciente.

— Acho que posso aprender a gostar de martelos — comentou a elfa. E, então, as aranhas estavam em cima delas.

Thianna e Desstra espetavam e martelavam enquanto esquivavam-se de fios de teia de aranha e evitavam as mordidas selvagens dos machos. Apesar da relutância da gigante em admitir, ela e a elfa formavam uma equipe formidável quando eram forçadas a trabalhar juntas. Aranhas esmagadas empilhavam-se aos seus pés e uma miríade de fêmeas era derrubada. Mas as criaturas eram muito numerosas. Elas não conseguiriam vencer aquela luta.

As aranhas pareciam estar ignorando Daphne. A dríade ficou ali tremendo no poço de água, e suas folhas se ergueram ao redor dela em uma tentativa inútil de camuflagem. Desstra pensou que a aracne estava ignorando a menina-árvore por causa de sua falta de sangue vermelho, mas quando suas manobras rápidas para se esquivar fizeram espirrar um pouco da água da poça em sua pele nua, ela entendeu. A piscina era fria. Claro, a elfa constatou. As aranhas de seu lar nas Montanhas Svartálfaheim ficavam mais lentas no frio. Elas só se aventuravam na superfície do solo da Wyrdwood nos meses de verão e permaneciam no subterrâneo durante o restante do ano. O frio extremo poderia paralisar ou mesmo matá-las.

— Thianna — ela chamou —, congele a câmara.

— O quê? — perguntou a gigante.

— Elas não suportam o frio — explicou a elfa. — Baixe a temperatura deste lugar.

— É difícil fazer isso e lutar ao mesmo tempo — ponderou Thianna.

— É nossa única chance — disse Desstra. — Vou cobrir você.

— Tenho quatro lados — observou a gigante.

— Eu sei — respondeu a elfa. — Preocupe-se apenas em fazer a sua parte que eu faço a minha.

E, então, a svartálfar passou a se mover mais rápido do que nunca. A pequena elfa era quase um borrão enquanto dançava ao redor e até mesmo sobre a gigante do gelo. Ela golpeou as aracnes na frente, atrás, ao lado, e acima da gigante.

Thianna estava espantada, mas não podia se dar ao luxo de desperdiçar o pouquinho de tempo que Desstra estava batalhando para conseguir lhe dar. Inspirando uma grande quantidade de ar, ela empregou mais força no seu encanto de congelamento do que jamais empregara. "Skapa kaldr skapa kaldr skapa kaldr", ela entoou.

O ar em torno de Thianna ficou enevoado. A poça aos seus pés congelou. Desstra, de Norrøngard, não teve problemas em se manter de pé, mas as aranhas não tiveram tanta sorte. Aquelas que corriam pelo gelo escorregavam e deslizavam, e eram fáceis de esmagar com o martelo.

— Está funcionando! — gritou a elfa. — Manda ver.

— Skapa kaldr skapa kaldr SKAPA KALDR! — rugiu Thianna. Uma mulher-aranha escorregou do teto e caiu no chão, esborrachando-se com um baque surdo.

Thianna riu.

— Não pare — disse Desstra.

Enquanto a gigante prosseguia com o seu encantamento, as aranhas iam ficando lentas. Elas desabavam de barriga pra cima e com as pernas encolhidas. Mais fêmeas despencavam no chão. Thianna parou de entoar o feitiço. Ela e Desstra olharam ao redor da câmara para seus inimigos derrotados.

— Obrigada pela dica, Orelhuda — disse Thianna.

— Eu ouvi mesmo isso? — brincou Desstra. — Você acabou de me agradecer?

— Não se acostume — resmungou a gigante do gelo. — No entanto, o frio deu conta direitinho desses insetos.

Desstra olhou para a dríade. Daphne tinha ficado imóvel, sua folhagem enrolada ao redor dela.

— Não deu conta apenas deles — observou a elfa.

— Ela está morta? — perguntou Thianna.

Como se fosse uma resposta, a dríade deixou escapar um ronco alto.

— Não soa como se estivesse — disse Desstra. — Embora uma de nós terá que carregá-la, e essa pessoa não sou eu.

Thianna resmungou, mas ergueu a dríade com facilidade, jogando a menina sobre o ombro. Desstra agachou-se e recolheu um longo fio de teia de aranha do chão da caverna. Ela o enroscou em um rolo apertado e prendeu-o no cinto.

— Para mais tarde — explicou. Então, enquanto ficava de pé, Desstra notou algo na panturrilha exposta da gigante.

— Thianna, a sua perna — chamou-lhe a atenção.

— Sim, essas são as minhas pernas nuas. Karn já comentou sobre isso. Parece que eles não gostam muito de calças por aqui. Ou você não percebeu?

— Não é isso — disse a elfa, apontando. — Você foi mordida.

Thianna olhou para a panturrilha. Sangue escorria devagar de uma pequena picada. A ferida era discreta e já começava a cicatrizar.

— Isso não é nada — garantiu ela. — É só um arranhão.

— Mas, Thianna — insistiu Desstra, a preocupação manifestando-se em seus olhos negros —, você viu as marcas vermelhas em formato de ampulheta. Essas aranhas são venenosas. Eu estou sem a minha bolsa... sem os meus antídotos.

— Oh! São muito venenosas? — quis saber Thianna.

— Até aranhas minúsculas podem ser mortíferas — respondeu a elfa. — E estas são gigantes.

— Sim, bem, eu também sou gigante. — Thianna começou a caminhar com firmeza em direção à saída mais distante da caverna. — Vamos embora — disse ela. — Não faz sentido ficarmos aqui esperando os insetos acordarem.

CAPÍTULO DOZE

"Com o seu escudo ou sobre ele"

Sirena caminhava pelo palácio, tomada pelo desânimo. Havia retornado de uma busca infrutífera pela cidade baixa que levara a noite inteira. Não havia qualquer sinal da gigante problemática em parte alguma. Por incrível que pareça, a enorme garota simplesmente desaparecera. Ela ouvira os relatórios do portão sul sobre o roubo dos hipalectrions, mas Thianna não estava entre os fugitivos.

— Vá para os corvos, prima! — ela praguejou. Aquela garota bárbara a traíra, traíra sua hospitalidade. Sirena tinha tratado Thianna como uma igual, oferecera-lhe os prazeres de uma verdadeira cidadã caldeirana. Mas, mesmo mostrando as armadilhas da civilização, Thianna a havia rejeitado. E, ao fazer isso, anulara qualquer chance de Sirena retornar à sua vida anterior. Ela estremeceu só de pensar que as duas tinham um parentesco.

Sirena chegou ao pátio central do complexo do palácio, onde um amplo espaço descoberto era murado por três lados e se abria para o íngreme penhasco pelo quarto. O pátio possuía um detalhe incomum: era dominado por um tabuleiro gigante de Campeã da Rainha, com arquibancadas para espectadores, que poderiam escolher sentar-se na torcida da Rainha do Céu ou da Rainha da Terra. Ela observou que a Rainha Xalthea atravessava o tabuleiro quadriculado agora, na companhia de três guerreiras.

Uma sentinela estava perto, à sombra do palácio.

— A quem a Rainha fala? — perguntou-lhe Sirena.

— Unidades Hipalectrion — respondeu a sentinela.

— Guerreiras de Melantha? — Sirena admirou-se. Xalthea comandava as forças de wyverns que dominavam os céus, mas Melantha estava no comando das tropas terrestres.

— Elas usam os brincos do lado direito — disse a mulher. Sirena concordou. As guerreiras caldeiranas usavam apenas um brinco. Aquelas que serviam à Rainha do Céu perfuravam a orelha esquerda; aquelas que serviam Melantha, a direita. Sua própria orelha tinha sido perfurada do lado direito, mas ela teve que furar a esquerda quando foi elevada à posição de Guardiã de Keras. O buraco em seu lobo direito ainda não havia fechado.

— Elas não se reportaram à Rainha da Terra? — ela questionou.

— Xalthea as interceptou — respondeu a sentinela e seu rosto, antes impassível, adquiriu uma expressão de desconforto à medida que discutia as rivalidades de suas monarcas.

— Elas tinham acabado de voltar da perseguição dos reféns fugitivos.

Sirena levantou uma sobrancelha.

— Elas voltaram de mãos vazias? — perguntou.

— Ao que parece, sim — respondeu a sentinela, com expressão impassível.

— Eu não queria estar no lugar delas — comentou Sirena. A sentinela não disse nada por uma questão de diplomacia, mas seus olhos revelavam que ela concordara. A Rainha do Céu não era famosa por sua misericórdia.

Sirena saiu para o pátio, mas sentou-se nas arquibancadas. Ela conseguiu ver que uma das três guerreiras estava gravemente ferida. Era óbvio que necessitava de cuidados médicos, mas tinha vindo dar seu relatório antes. Talvez esse fato mitigasse o desagrado da rainha. Enquanto Sirena observava, a mulher desabou no chão. E ficou ali estatelada, lutando para se levantar.

— Fique quieta — comandou a Rainha Xalthea. — Está claro que você deu tudo de si a serviço de Caldeira. Providenciaremos para que seus ferimentos sejam tratados em breve. E você — ela se virou para outra guerreira ferida — não parece muito melhor. O esforço de vocês é louvável.

Xalthea voltou-se para as outras mulheres.

— Aproximem-se — ela ordenou. As mulheres obedeceram. Isso as colocou a um quadrado do tabuleiro de distância da rainha. Xalthea olhou para a mulher com um hematoma escuro no rosto.

— Posta a nocaute com um soco na boca — observou a Rainha do Céu. — Não é um desempenho ideal.

— Minha rainha — desculpou-se a nervosa guerreira —, eu fui incapacitada.

Xalthea bufou.

— Perseguindo crianças! — exclamou ela. Então, a rainha se dirigiu à última guerreira.

— Onde está a sua espada? — perguntou-lhe.

— Foi tirada de mim, minha rainha — respondeu a mulher.

— E a sua lança de fogo?

— Também foi tomada.

— E a sua pelta? — Xalthea estava se referindo ao escudo em forma de meia-lua que destacava as guerreiras caldeiranas. A mulher não respondeu de imediato. — Vai me dizer que também foi tirada de você?

— Sim, Rainha do Céu — admitiu a guerreira. Sirena se perguntou se o uso do título de Xalthea era uma tentativa desesperada de lembrar à rainha que elas serviam à Rainha da Terra, não a ela.

— E ainda assim você não está ferida — observou Xalthea, franzindo o cenho.

— Eu fui dominada e desarmada.

— Por um rapaz bestial — acrescentou a rainha. Ela suspirou de forma teatral. — O que dizemos em Caldeira, no que concerne aos nossos escudos?

A mulher não respondeu. Xalthea virou-se para Sirena, embora não tivesse dado nenhum sinal anterior de que notara sua presença.

— Guardiã de Keras, você já foi uma guerreira.

— Fui, minha rainha — disse Sirena. Doía ser lembrada da vida que lhe fora negada.

— Qual é o lema que martelam em vocês a respeito de sua pelta?

Sirena hesitou, como se, ao pronunciar as palavras, se tornasse cúmplice no destino da guerreira.

— Ora, vamos! — encorajou a rainha. — Não vá me dizer que você já se esqueceu, não é?

— Com o seu escudo ou sobre ele — ela se apressou em responder.

— Com o seu escudo ou sobre ele — repetiu Xalthea. — Você não está com o seu escudo e, mesmo assim, anda sem ajuda e sem ferimentos.

— Minha rainha — implorou a mulher, com desespero nos olhos. Sirena sentiu seu próprio pulso acelerar em solidariedade à mulher.

— Não sou *sua* rainha — respondeu Xalthea, com frieza. — Eu teria vergonha de ter covardes em minhas fileiras.

A Rainha do Céu de repente avançou para um quadrado ao lado das guerreiras assustadas. No jogo Campeã da Rainha isso constituiria um desafio. A mulher abriu a boca para falar.

Engrenagens sob o tabuleiro de quadriculado rangeram. O quadrado sobre o qual se encontrava a guerreira condenada se abriu como um alçapão. Ela desapareceu através do buraco no tabuleiro. Sirena ouviu seus gritos por um breve momento; então, eles foram calados abruptamente quando seu corpo colidiu com o penhasco e rolou para as águas lá embaixo. O quadrado que se abrira deslizou de volta ao lugar com um estalo mecânico, que ecoou no silêncio atônito que reinava.

As guerreiras restantes olharam para Xalthea horrorizadas. Sirena virou o rosto para longe. A penalidade por falha em Caldeira sempre fora rigorosa. Não deveria incomodá-la. Ela sabia que a força da cidade tinha um preço alto.

A rainha virou-se para a mulher que tinha o hematoma no rosto.

— Não volte a me desapontar — advertiu ela.

A rainha deixou as guerreiras no tabuleiro e caminhou até onde Sirena estava sentada nas arquibancadas. Seu olhar provocou um calafrio na espinha de Sirena. Por um momento, ela se preocupou que sua busca infrutífera por Thianna também pudesse ser contada como uma falha aos olhos de Xalthea. Mas ela não era mais uma guerreira. Não carregava uma pelta.

— Quando isso acabar — disse a rainha —, acho que enviaremos uma esquadrilha de minhas wyverns com suas amazonas para Ymiria, a fim de queimarem por inteiro aquela patética aldeia de gigantes do gelo. Uma represália que já devíamos ter feito há muito tempo por abrigarem nossas inimigas.

Sirena assentiu. Sua preocupação por uma distante aldeia de gigantes desconhecidos não era nada perto de seu alívio pelo fato de Xalthea estar concentrando sua fúria em outro lugar.

A Rainha do Céu começou a seguir em direção à sua ala dos Palácios Gêmeos e, então, parou. Ela fitou Sirena com um olhar frio.

— E, Guardiã de Keras — ela disse —, se por qualquer motivo eu não for capaz de comandar minhas wyverns, você fará companhia àquela guerreira lá no fundo do penhasco.

A esfinge se deliciava ao sol. Estava amando a sensação do calor em sua barriga enquanto imaginava novos enigmas. Seu material estava ficando um pouco datado e ela precisava atualizar seu repertório. Devia ter pedido àquele garoto de cabelos louros para lhe contar alguns enigmas antes de tê-los deixado ir.

Ao seu redor, os kobalos começaram a chiar agitados. O barulho dificultava a sua concentração.

— Mais baixo — ela ordenou. — Eu não consigo ouvir meus pensamentos. — Ela rolou sobre seu ventre e arqueou as costas num longo espreguiçar.

O barulho que os kobalos faziam foi ficando cada vez mais alto. Vários deles foram correndo até onde ela estava sentada no topo de um telhado arruinado.

— Palavra de honra — a esfinge se queixou — que não sei por qual razão mantenho esse povo pequenino ao meu redor. Se não fossem cozinheiros tão excelentes...

Ela parou de falar quando notou o pó do chão se elevando em pequenos redemoinhos. A esfinge levantou os olhos e viu três wyverns baixando do céu. Não pela primeira vez, ela sentiu ciúmes da capacidade de voar que tinham. A esfinge de Thica não tinha asas, ao contrário de seus primos alados do outro lado do mar, em Néteru. Não era justo.

Então, notou que as wyverns tinham amazonas. Guerreiras em trajes de couro preto e armaduras de bronze. Usavam elmos com plumas negras. Uma delas trajava uma capa preta. A esfinge supôs que aquela se achava a mais importante.

A mulher de cabelos negros desceu de sua wyvern. Aproximou-se da esfinge em seu poleiro, mancando de leve. A mulher tirou o elmo.

— Meu nome é Lêta — apresentou-se a mulher. — Sou a chefe da Guarda de Keras.

A esfinge deu de ombros. Política e guerreiras não eram tão interessantes quanto competições desportivas e concursos de enigmas.

— Estamos perseguindo dois fugitivos — prosseguiu a mulher chamada Lêta. — Nós sabemos que eles vieram a estas ruínas.

Ao ouvir aquilo, a esfinge empertigou-se.

— Estas ruínas, como você as chama — disse ela, sentando-se e estufando o peito —, são o Santuário de Empíria. Um dos lugares mais sagrados de toda a Thica.

Agora era a vez de Lêta dar de ombros.

— História antiga não me interessa — desdenhou ela. — O paradeiro dos meus fugitivos, sim.

A esfinge pensou nisso.

— Talvez eu possa lhe propor um enigma — sugeriu ela. — É muito bom. É assim: "Eu caio quando nasço. E morro quando estou quente..."

— Em vez disso, deixe-me propor-lhe um eu mesma — interrompeu a chefe da guarda. Ela foi bastante rude, na verdade. — O que queima quando não faz o que lhe dizem?

A esfinge pensou por um momento. Então, notou que as guerreiras de ambos os lados da mulher de capa preta apontavam as suas lanças para o lugar onde ela estava sentada. Seus dedos estavam sobre os gatilhos, prontos para disparar o fogo letal de Thica a qualquer momento.

— Bem, esse é fácil — disse a esfinge. Ela apontou uma pata para as guerreiras. — Vocês não deveriam ter me dado uma dica tão boa. Isso estraga o desafio.

— Você gostaria de uma dica ainda melhor? — Lêta perguntou. Ela acenou com a cabeça para a guerreira à sua direita, que disparou uma explosão de chama de sua lança. O fogo passou rente ao ombro esquerdo da esfinge, chamuscando os pelos de sua juba.

— Ei — ela objetou —, eu acabei de me pentear!

— Vou queimar o restante de sua juba e você junto com ela — ameaçou a mulher. — E junto com o máximo de seus irritantes amigos que eu puder, se você não responder à minha pergunta.

— Esfinges queimam. Essa é a resposta.

— Não é essa a pergunta — rosnou a mulher. — Eu perguntei sobre os fugitivos. Para onde eles foram?

— Bem, isso não é um enigma apropriado — disse a esfinge. — Você nem ao menos me propôs uma adivinhação. Você apenas me fez uma pergunta direta.

Lêta suspirou.

— Queimem-na — ela ordenou às suas guerreiras.

— Não, espere! — exclamou a esfinge. — Eu posso dizer. Você está falando sobre aquele garoto louro e o minotauro?

— Sim — disse Lêta. — É o louro que mais me interessa.

— Partiram ontem daqui.

— E eles estavam indo para... ?

— Para o sul — um dos kobalos tagarelou.

— Não — disse a esfinge. — Era sudoeste. Em direção ao sudoeste.

Lêta sorriu. Não era um sorriso agradável.

— Obrigada. Acho que sei para onde estão indo.

Ela colocou o elmo e montou em sua wyvern.

— Divirta-se em suas ruínas — disse ela. Então, todos os três animais levantaram-se no ar. Os kobalos chiaram com raiva na nuvem de poeira.

— Ora, ora — disse a esfinge —, quem é a harpia presunçosa sem apreço pela história?

Ao seu redor, os kobalos gorjeavam.

— Era uma pergunta retórica! — exclamou a esfinge. — Eu não esperava uma resposta. Só estou dizendo que as coisas não são mais como costumavam ser.

CAPÍTULO TREZE

Cabeçadas

O traseiro de Karn estava começando a doer pra valer. Era o preço por estar montando sem sela um hipalectrion, e pelo segundo dia. Pelo lado positivo, ele estava se tornando um cavaleiro muito melhor. O problema era que ele não tinha certeza se seria capaz de voltar a se sentar outra vez.

Eles estavam se deslocando a uma velocidade fenomenal através das pastagens abertas, tendo deixado a cordilheira para trás, ao norte. Karn sacudiu a cabeça.

— Eu nunca estive em nenhum lugar tão plano — disse ele.

— Plano? — retrucou o minotauro.

— O solo — esclareceu Karn. — O relevo de Norrøngard, de onde venho, é na maior parte constituído de montanhas.

Nós temos planícies, mas elas têm árvores e pequenas colinas. Isto é, bem...

— Tão liso quanto uma panqueca — sugeriu Asterius. — É o que dizem os nortistas.

— O que é uma panqueca? — perguntou Karn.

— Um desperdício de trigo bom — resmungou Asterius. Quando Karn franziu o cenho, ele acrescentou: — Farinha, azeite, mel e leite. Misturados e fritos em uma frigideira. Eu nunca comi, é claro, mas algumas pessoas parecem gostar delas.

— Lembre-me de experimentar uma quando isso acabar — disse Karn. Ele se virou para o menino-touro. — Tem certeza de que o seu pai vai nos ajudar?

— Sem dúvida! — garantiu Asterius. — Você verá. Meu pai é o mais corajoso minotauro que já viveu.

— Acho que vamos descobrir em breve — observou Karn. Uma cidade despontava no horizonte.

— Meu lar! — disse o garoto, com entusiasmo. Ele estimulou sua montaria a seguir ainda mais depressa.

À velocidade com que os hipalectrions viajavam, avistar um destino e alcançá-lo era uma questão de minutos. Karn ficou maravilhado com a visão que surgiu.

Labiríntia era uma cidade redonda, cercada por um muro alto. Um enorme portão se erguia diante deles, flanqueado por duas torres com protrusões de pedra esculpidas para se assemelhar a chifres. Asterius explicou que o portão era um dos quatro, cada um deles localizado nos pontos cardeais. Quando os hipalectrions pararam, foram interpelados por um soldado.

— Quem vem lá? — o soldado gritou, olhando para eles de uma torre.

— Abra em nome do príncipe! — exigiu Asterius para o guarda. — Ou você quer que eu diga a meu pai que você nos fez esperar?

— Meu príncipe! — o guarda se apressou em pedir desculpas. — Nós não o esperávamos. Não estava hospedado com os caldeiranos?

— Mais como um prisioneiro! — gritou Asterius. — Agora, abra o portão.

Quando o rastrilho foi erguido, Asterius se virou para Karn e sorriu.

— Agora você verá como é uma cidade de verdade — disse ele.

Karn queria responder que ele já tinha estado em muitas cidades de verdade, mas dava para ver que o menino-touro era orgulhoso de sua cidade natal, por isso, ele manteve a boca fechada. No entanto, não conseguiu evitar que ela se abrisse de surpresa quando eles atravessaram a entrada.

Os altos muros que cercavam Labiríntia continuavam dentro da própria cidade. Eles se alinhavam à rua, que se encontrava vazia no nível do solo. Em vez disso, casas e outras estruturas se penduravam das laterais dos muros, a menos de um andar de altura do nível do chão. Escadas retráteis e escadas tradicionais ligavam a rua aos andares mais baixos. Enquanto as ruas estavam lotadas de pessoas — todas elas minotauros —, não havia estruturas nesse nível.

— Por que as casas estão nos muros? — perguntou Karn.

Asterius lançou-lhe um olhar que dizia que a pergunta era idiota.

— Para defesa, é claro — explicou ele. — Mesmo se alguém romper os muros e entrar, ainda estará em desvantagem. Pelo menos, alguém que não possa voar — acrescentou, com um tom amargo na voz.

Karn olhou para os prédios elevados. Alguns pareciam fazer parte dos muros; outros estavam pendurados sobre eles de forma precária. Enquanto os muros eram de pedra, muitos dos edifícios eram de madeira. As próprias ruas eram muitas vezes cobertas de grama, em vez de pavimento, e pareciam ser dispostas em um padrão estranho. No início, Karn não conseguiu entender nada, mas depois se lembrou do nome de onde estavam.

— Asterius — ele perguntou —, nós estamos em um labirinto?

O minotauro sorriu.

— Labiríntia é um labirinto gigante — confirmou ele. — E o palácio de meu pai fica bem no centro.

— Labiríntia é um labirinto — repetiu Karn. — Claro. Mas como você encontra o caminho de volta?

— Um minotauro nunca se perde num labirinto — disse Asterius, bufando. — Nós amamos percorrer seu trajeto. E, de qualquer forma, é outra camada de defesa se as muralhas da cidade forem violadas.

Karn, no entanto, achou que o benefício era ultrapassado em muito pela monotonia de caminhar por todo o circuito para chegar ao centro da cidade. Labiríntia com certeza era um lugar interessante, mas ele não poderia imaginar ficar zanzando tanto toda vez que pretendesse ir de um lado a outro da cidade. A menos que você fosse um minotauro, seria muito tedioso. Por fim, acabaram chegando a uma praça aberta no centro do labirinto, onde havia um enorme edifício.

— Meu amigo — disse Asterius —, bem-vindo ao Palácio do Machado Duplo.

Tum!

O barulho ressoou no salão. Não dava para Karn ver coisa alguma devido à multidão de minotauros em seu caminho, mas parecia que algum tipo de luta estava acontecendo diante do trono. Asterius sorriu.

— Você vai adorar isso — disse ele, empurrando para abrir caminho por entre os espectadores e incitando seu companheiro.

Karn estava nervoso com o rebanho de gente-touro no salão, todos aplaudindo, bufando e batendo os cascos. Ele não podia deixar de pensar como seria se acontecesse um estouro daquela boiada. E que uma coisa dessas não era impossível num local fechado.

O salão era grande e possuía um teto elevado, o que fez Karn supor que isso fazia todo sentido para um povo que amava as planícies abertas. Além disso, era decorado com elaborados mosaicos de pastilhas que formavam um intrincado labirinto que se espalhava pelas paredes, piso e teto. Por todo o projeto, os minotauros eram representados envolvidos em batalhas com inimigos e monstros. Karn achou que ficar olhando tempo demais para aquele padrão causava vertigem. A decoração atraía os seus olhos e distorcia seu senso de profundidade. Sentiu uma dor de cabeça chegando, mas nenhum dos minotauros parecia incomodado. Karn manteve os olhos em frente, enquanto seguia Asterius através da multidão.

Tum! Forçando o seu caminho por entre a plateia, Karn percebeu que duas imensas criaturas-touro estavam entrechocando as cabeças em uma disputa de força. O som de seus crânios batendo um no outro ressoava pelo salão. O guerreiro masculino cambaleou sob o golpe, mas a fêmea, maior, mugiu em tom desafiador para ele. Eles se alinharam de novo, arrastando os cascos na terra e, então, abaixaram a cabeça e arremeteram.

Tum! Dessa vez, os dois competidores foram ao chão, atordoados.

— Maravilhoso! — berrou o rei Asterion. Ele estava sentado em um grande trono de metal, cujo espaldar fora forjado de maneira a parecer um gigantesco machado de duas lâminas. — Você viu isso? — ele perguntou, agarrando o conselheiro-guerreiro mais próximo pelo chifre e puxando a orelha do homem para perto de sua boca. — Eu pensei que ela o tinha derrotado, mas ele se recuperou de forma brilhante, e eles tiraram um ao outro do combate! Um empate! Bateu o punho sobre a mesa diante dele com alegria e, então, agarrou um enorme cálice e lançou um grande gole em sua goela. O vinho tinto entornou e escorreu pelo seu queixo.

— O próximo! — gritou o rei. Ele olhou para os seus conselheiros-guerreiros, sentados quatro de cada lado de seu trono. — Onde está nosso próximo desafiante? Venha, não seja tímido. Quem será o próximo?

— Eu vou! — gritou Asterius, saindo da multidão para se aproximar de seu pai.

— Quem? — perguntou o rei, procurando o último voluntário. A alegria desapareceu de seus olhos quando reconheceu o filho.

— Asterius! — espantou-se ele. — O que está fazendo aqui?

— Eu fugi, pai — contou o menino. — Lutei contra os caldeiranos e conquistei minha liberdade.

Parado um pouco atrás do menino-touro, Karn pigarreou.

— Com o meu companheiro — corrigiu Asterius. — Ele ajudou um pouco também.

— Um pouco? — retrucou Karn.

— Você lutou? — quis saber o rei, ignorando Karn. — Você fugiu?

— Sim — confirmou Asterius, estufando o peito. — Sou um bravo guerreiro, como você.

Mas o Rei Asterion sacudiu sua enorme cabeça com chifres.

— Não estou satisfeito, meu filho — disse ele. — Nem um pouco satisfeito. Você me colocou em uma situação difícil. Muito difícil.

Asterius ficou surpreso.

— Você não está feliz em me ver? — ele perguntou. O lábio inferior do menino-touro começou a tremer.

— Não é com a minha infelicidade — esclareceu o rei — e sim com a Rainha Xalthea que você deve se preocupar. Não foi por minha vontade, mas por ordem dela que você foi deixado como refém em Caldeira.

— Não tenho medo dela — respondeu Asterius, tentando imprimir um tom de bravata em sua voz, mas falhando. O minotauro estava certo de que seu pai ficaria feliz em vê-lo. Karn percebeu que o garoto estava devastado pela reação do rei.

— Então você é tolo — ralhou o rei. — As rainhas gêmeas dominam toda a Thica, e seguimos seus decretos para que o fogo não chova do céu. Você deve retornar agora mesmo.

— Eu vi você na corte — interveio Karn, tomando a palavra. — Você não gosta de estar sob o governo delas. Você está praticamente... — Ele fez uma pausa. Estava prestes a dizer "na ponta dos cascos", mas percebeu que uma expressão envolvendo "cascos" não pegaria bem com um homem-touro. — "estourando" para lutar contra elas — ele terminou.

O rei Asterion voltou seu olhar para Karn pela primeira vez.

— Um dia eu irei — confirmou o monarca. Ele ergueu um grande machado que apanhou do lado de seu trono e sacudiu-o em seu poderoso punho. — Isso eu juro por Teshub, deus do céu e da tempestade. Mas não hoje. Por ora, devemos fingir obediência, enquanto esperamos a ocasião certa.

— Enquanto usam seu jugo, quer dizer — retrucou Karn. Desta vez, ele estava provocando de propósito, e funcionou. O rei se levantou, erguendo o machado outra vez e descendo do trono. Ao lado dele, seus conselheiros-guerreiros o acompanharam com ar raivoso.

O rei aproximou-se de Karn, balançando o machado de um modo falsamente casual. Karn engoliu em seco. Talvez ele tivesse calculado mal sua abordagem.

— Você é um dos reféns? — perguntou o rei.

— Não — respondeu Karn.

— Um estrangeiro? — adivinhou o rei. — Seu cabelo é da cor do trigo.

— Sou de Norrøngard — esclareceu Karn. — Meu nome é Karn Korlundsson.

O rei bufou. A respiração quente soprou no rosto de Karn. O garoto levantou a mão para se proteger do bafo. Seu olhar recaiu para o próprio dedo anular. Karn ergueu o símbolo da Ordem do Carvalho. Quando ele se separou de Leflin Raiz Verde na cidade de Castelurze, o elfo da floresta tinha dito que o anel iria abrir portas para ele, quem sabe mesmo evitar uma facada nas costas. Ele se perguntou se também poderia deter uma machadada na cabeça.

— Isso significa alguma coisa para você? — ele perguntou ao rei.

O monarca minotauro apertou os olhos para enxergar melhor o dedo de Karn.

— É um belo anel. De prata, é? Um pouco pequeno demais para o meu dedo, no entanto. — Asterion levantou um de seus grossos dedos e riu.

— Valeu a tentativa — disse Karn. Então os minotauros não tinham conhecimento da Ordem do Carvalho. Mas talvez houvesse outras reputações que ele pudesse aproveitar. — Vim aqui com Thianna, Nascida no Gelo — explicou Karn — para encontrar o Chifre de Osius e destruí-lo.

Houve exclamações de alarme por todo o salão.

— Você veio com a Nascida no Gelo? — admirou-se o rei, olhando para Karn com respeito inédito. — É verdade que ela consegue usar os chifres?

— Sim — confirmou Karn. — E ela já destruiu um deles. Se nos ajudar, Thianna irá destruir o outro. Você já estava mesmo planejando se rebelar um dia. Ajude-nos agora.

— Um enigma interessante — disse o rei, abaixando o machado. — Dos mais interessantes. Vou pensar nisso. Ele acenou para dois de seus conselheiros-guerreiros. — Leve-o embora por enquanto. Prenda-o em algum lugar seguro.

— Espere! — disse Karn. — Podemos lutar contra os caldeiranos. Podemos lutar juntos.

— Vou pensar nisso — repetiu o rei, com um tom ameaçador na voz. — Mas por enquanto eu desejo assistir mais cabeçadas! Quem é o próximo?

CAPÍTULO CATORZE

Um é pouco, dois é bom, três é demais

— Thianna, você está bem? — perguntou Desstra.

— Estou bem — respondeu a gigante, com rispidez. Ela tropeçou no chão do túnel. E não era a primeira vez que isso acontecia.

— Você não parece bem.

— Eu disse que estou bem — insistiu ela.

— Você está ficando lenta — observou a elfa. — Acho que o veneno está finalmente afetando você.

Thianna franziu o cenho.

— É preciso muito veneno para me nocautear — assegurou a gigante. Então ela fuzilou a elfa com os olhos. — Você já devia saber disso.

Desstra assentiu. Ela sabia, de fato. Thianna tinha uma constituição física incrível.

— Você também responde aos antídotos de forma muito rápida — acrescentou ela. — Se ao menos eu tivesse um pouco.

— Nenhum desses cogumelos que você colheu serve? — perguntou a gigante.

— Bem que eu queria — respondeu Desstra.

— Então vamos continuar andando. Se eu for cair, pelo menos posso levar vocês duas para o mais longe possível desses insetos. — O rosto de Thianna transformou-se em uma careta estoica e ela prosseguiu com passadas decididas, mas estava tropeçando agora com mais frequência enquanto caminhava.

— Vai com calma aí — resmungou Daphne, desenrolando uma folha de cima de seus olhos e tentando espreguiçar os braços lá de cima do ombro da gigante.

— Olha só quem está acordada, até que enfim — comemorou Thianna, mas o alívio que ela demonstrou em afinal poder se livrar do que deveria ser um fardo leve para ela preocupou Desstra.

— Você já pooode camiiiiinhar sozzzzinha — disse a gigante, balbuciando as palavras. Desstra ofegou quando Thianna apoiou-se sobre um dos joelhos.

— O que há de errado com ela? — gritou Daphne, alarmada.

— Ela foi mordida — contou Desstra.

— Eu disse a você, eu essssstou beeeeem — disse Thianna. Então, ela caiu pesadamente de bunda no chão. — Eu estavvvvvva bem. Talvezzzzz eu não essssteja bem. Vvvvou meeeee deitaaaar aquiiiii.

— Não — advertiu Desstra, que sabia que Thianna não devia ceder ao veneno. — Você tem que voltar a ficar de pé. — Ela se virou para Daphne. — Será que você pode me dar uma mãozinha aqui? Vamos, Thianna, mostre-me que é aquela teimosa que todos nós conhecemos e adoramos.

— Teimosa? — perguntou a gigante com um sorriso distorcido. — Quem você está chamando de teimosa, Orelhuda?

— Eu disse pra me ajudar — grunhiu Desstra para a dríade.

— Estou fazendo isso — respondeu Daphne.

A elfa olhou para a dríade. Daphne parecia ter brotado um cacho de frutinhas vermelhas. Ela as colheu, estremecendo de leve ao fazê-lo.

— O que está fazendo? — quis saber Desstra.

— Salvando a sua amiga — esclareceu a menina-árvore.

— Não quuuoor... — resmungou Thianna.

Daphne esmagou as frutinhas na mão até formar uma pasta. A essa altura, Thianna já tinha desabado no chão. A dríade curvou-se sobre ela, ali mesmo onde a gigante se deitara e afastou-lhe os lábios.

— Tirrr essseus dedssss demiiimm — murmurou a gigante. Mas Daphne empurrou a pasta de frutinhas bem lá no fundo da garganta de Thianna.

— Urgh, é azedo! — Thianna disse com clareza. E fez uma careta.

— Não cuspa! — Daphne gritou. — Ajude-me a fazê-la engolir — a menina-planta pediu a Desstra.

— Obrigá-la a fazer coisas não é tarefa fácil — comentou a elfa, mas juntas as duas garotas fecharam a boca de Thianna e massagearam sua garganta. A gigante tentou afastá-las, fraquinha, seus lábios se retorcendo em reação ao sabor desagradável. Mas o medicamento herbáceo, no fim, acabou sendo ingerido.

Então, Thianna levantou-se rápido.

— Saiam da frente! — gritou ela, passando pelas outras duas meninas.

Desstra lançou um olhar interrogativo à dríade.

— Ela vai, hã... bem, você sabe — foi a explicação incompleta de Daphne. — O veneno será expelido do organismo dela, da forma que puder.

— Oh — disse Desstra.

— Sim — confirmou Daphne. — É melhor ficarmos longe.

As duas se distanciaram um pouco, enquanto atrás delas Thianna começou a produzir desagradáveis ruídos de regurgitação. Logo o túnel ecoou aos sons de náusea entrecortados por gritos intermitentes de "estrume de troll!" e "pelos pés de Ymir!".

Desstra lançou a Daphne um sorriso irônico.

— Ela poderá não agradecê-la por isso — adiantou a elfa —, então, permita que eu faça isso. Você salvou a vida dela.

— Não foi nada — disse a dríade.

— Não, isso é *importante* — insistiu Desstra. — Admito que pensei que você fosse bem inútil quando nos metemos naquela luta, mas você acabou de provar quanto é valiosa.

Daphne sorriu.

— Obrigada — agradeceu ela.

Thianna cambaleou até elas.

— Andem — disse a gigante, enxugando a boca com a palma da mão. — Vamos cair fora daqui, certo?

A gaivota pipilou de surpresa. A estátua na qual mais gostava de pousar e defecar movera-se de repente. A ave alçou voo, agitando as asas, irritada. Ela grasnou de raiva para deixar a imagem de pedra ciente de que sua nova conduta não fora apreciada. Então, voou para um bosque próximo, esperando que as árvores mostrassem um comportamento melhor.

Thianna, a Nascida no Gelo, rastejou para fora da abertura revelada quando a estátua deslizou para o lado. Ela olhou para o mármore, esculpido na forma de um anão dáctilo com um compasso em uma mão e um pergaminho na outra.

— Esse é o famoso inventor Damnameneus — explicou Daphne, escalando a abertura para se posicionar ao lado dela.

— Tenho ouvido falar muito sobre ele — Thianna respondeu. — Foi quem criou os raios da morte...

— Assim como a Garra de Damnameneus — acrescentou a dríade. — Dizem que é capaz de puxar navios para fora da água. E esboçou planos para inúmeros outros dispositivos mecânicos, a maioria dos quais nunca foi construída. Ele até desenhou uma máquina voadora.

— Você imaginaria que, pelo tanto que esse anão fez por Thica — observou Desstra, subindo para juntar-se às suas companheiras e deslizando os óculos sobre os olhos —, eles colocariam sua estátua no *topo* da colina.

— Sei lá — disse Thianna. — Acho que este bairro parece mais divertido. — Ao que parecia, elas estavam na parte norte de Caldeira, bem no alto de um amplo anfiteatro no bairro hilota. Estabelecimentos de comida e bebida aglomeravam-se por ali. À sua esquerda, viram um pequeno bosque de oliveiras.

— Estamos do lado oposto da ilha, para onde Karn estava indo — constatou a gigante do gelo. — E eu não faço a menor ideia se ele ainda está aqui ou se escapou.

— Precisamos ficar fora de vista — alertou a elfa.

— Precisamos encontrar Karn — Thianna respondeu com raiva.

— Coisa que podemos fazer muito melhor se não formos capturadas de novo, não é mesmo? — argumentou Desstra.

— Presumo que você esteja certa — arrefeceu Thianna. — Vamos encontrar um lugar para nos esconder e fazer um balanço. Eu acho que você é melhor nesse lance de furtividade do que eu.

— Você *acha*, é? — disse Desstra, um tom crítico em sua voz.

— Certo. Você é melhor nesse lance de furtividade. — Thianna olhou ao redor. — Para onde foi a sua amiguinha-árvore?

Como não poderia deixar de ser, Daphne desaparecera. No entanto, não demorou muito para elas a avistarem. Notaram uma planta de aparência estranha — a dríade havia retornado ao seu modo camuflagem —, arrastando os pés em direção ao bosque.

— É melhor irmos atrás dela — sugeriu Desstra.

— Precisamos mesmo? — questionou a gigante.

— Ela fica muito indefesa sozinha — assegurou a elfa. — E ela salvou você.

Elas seguiram a dríade pelo declive, penetrando no bosque de oliveiras alguns minutos depois dela. Era agradável ali. Os ruídos do bairro apinhado eram abafados, e a luz do sol filtrada pelas folhas era mais suave para Desstra.

— Isso me lembra Wyrdwood no verão — comentou ela. — Só que sem os monstros devoradores de elfos.

Elas encontraram Daphne parada diante de um olmo alto, o único em meio às oliveiras. O estranho é que ela parecia estar conversando com ele. Mais estranho ainda, é que a árvore parecia estar respondendo a ela.

— Daphne — perguntou Desstra —, o que você está fazendo?

A dríade sobressaltou-se quando a elfa e a gigante do gelo se aproximaram.

— Nada — respondeu a menina. — Apenas me deixem aqui. Melhor ainda, vão embora. Aliás, deixa que eu mesma vou. — Ela saiu correndo, dando a volta na árvore.

Perplexas, Thianna e Desstra apressaram-se a ir atrás da menina-árvore. Thianna circundou o largo tronco do olmo. Desstra foi na direção contrária, dando a volta pelo outro lado para interceptá-la. Mas, em vez disso, ela e Thianna colidiram.

— Para onde ela foi? — espantou-se Thianna. — Ela não pode ter sumido.

— Shh — disse Desstra. Ela aprumou suas longas orelhas, escutando. Então, deixou as pontas caírem. — Ela não está no bosque. Ou em qualquer outro lugar perto daqui.

— Você tem certeza?

Desstra lançou a Thianna um olhar que dizia que achava que a gigante era uma idiota.

— Ok, Orelhuda, já entendi. Você tem, sim, certeza. Mas para onde ela foi?

As meninas olharam em torno do bosque, depois se viraram ao mesmo tempo para o grande olmo.

— Não olhem para mim — disse a coisa. E, no mesmo instante, cobriu a boca com as mãos.

Thianna e Desstra ficaram boquiabertas, maravilhadas.

— Uma árvore falante? — admirou-se a gigante.

Grandes olhos cor de âmbar passearam de uma menina para a outra. Então, a árvore fechou bem os olhos por baixo das sobrancelhas de casca nodosa.

— Sabemos que você pode falar — acusou Desstra.

O olmo ficou imóvel. O que por si só era estranho, já que uma leve brisa do mar estava soprando nas oliveiras à sua volta.

— Nós ouvimos você fazer isso — confirmou Thianna.

Ainda assim, a árvore não se mexeu.

Thianna agarrou o olmo por dois galhos perto do tronco e começou a sacudi-lo. Enquanto continuava a balançar a árvore, várias folhas se desprenderam e flutuaram até o chão, junto com pequenas sementes que turbilhonavam ao seu redor com suas asinhas de folhas.

— Pare com isso! — reclamou o olmo, tirando as mãos da boca.

— Ahá! — comemorou Thianna, triunfante. A árvore franziu o cenho, com desgosto.

— Você é uma dríade como Daphne? — perguntou Desstra, embora ela achasse que não. Aquela criatura estava enraizada na terra, e seus galhos erguiam-se bem alto.

— Claro que não — respondeu a criatura. — Eu sou uma hamadríade.

— Nunca ouvi falar de vocês — disse Thianna.

— Nós mantemos a nossa existência um tanto secreta — explicou a hamadríade. — Não podemos nos locomover como as dríades. Ficar preso em um ponto por toda nossa vida nos torna vulneráveis. Além disso, não há tantos de nós quanto existem dríades e drus.

— Deve ser terrível ficar preso em um só lugar — supôs Desstra.

— Locomoção é algo superestimado — garantiu a hamadríade. — Seja como for, este é um lugar bastante agradável. E eu posso ficar de olho nos caldeiranos e relatar... ops! — A hamadríade levou de novo as mãos à boca.

— Relatar para quem? — perguntou Thianna.

O olmo fechou os olhos.

— Eu acho que ele precisa de outra boa sacudida — sugeriu Desstra. — Thianna, faça as honras.

Mais uma vez, a gigante agarrou os galhos da hamadríade, mas a árvore abriu os olhos.

— Thianna? — disse a criatura. — Você é Thianna, Nascida no Gelo?

— Você já ouviu falar de mim? — surpreendeu-se a gigante.

A árvore assentiu.

— Oh, sim! — confirmou. — Bem, isso muda as coisas. A história é outra.

— Muda as coisas como? — perguntou a elfa.

— Antes de tudo — apressou-se em dizer a hamadríade —, acho melhor vocês entrarem.

— Entrar onde? — quis saber Thianna. Mas de repente uma passagem surgiu no tronco do olmo, a casca abriu-se para revelar seu interior de luz verde brilhante. Enquanto Thianna e Desstra espiavam lá dentro espantadas, a árvore estendeu seus longos ramos e empurrou-as para a frente, como se as varresse. Elas caíram pela passagem, que se fechou atrás delas.

Nos galhos mais altos do olmo, uma gaivota grasnou furiosa em reação a todo esse movimento súbito e voou para longe.

Thianna e Desstra entraram aos tropeções num espaço vazio e verde. Podiam ver com clareza Daphne deslocando-se à sua frente. Mas não havia coisa alguma a não ser uma difusa luz cor de esmeralda entre a posição delas e a da dríade. Era desconcertante vê-la de forma tão nítida enquanto tudo mais ao redor era confuso e indistinto. O que tornava impossível avaliar distâncias.

Thianna farejou o ar.

— Que cheiro é esse! — disse a gigante intrigada. — Não estou dizendo que seja ruim. Só que isso aqui cheira a... — ela procurou a palavra certa para descrever o aroma rico e fresco no ar.

— Verde — concluiu a elfa. — Como plantas crescendo.

— Não há brisa, no entanto — observou a gigante.

Algo se moveu, ou talvez tenha nadado, no espaço ao lado delas. Vislumbraram figuras vagas que apareciam e desapareciam antes que suas formas pudessem ser completamente compreendidas.

— O que são? — perguntou Desstra.

— Não deem atenção a eles — a voz da hamadríade soou no espaço ao seu redor.

— Por que não? — perguntou Thianna, procurando pelo olmo, embora sua voz viesse de todos os lugares e ao mesmo tempo de lugar nenhum.

— Porque, se o fizerem, eles vão dar atenção a vocês — respondeu a hamadríade. — Apenas sigam Daphne. Não podemos deixar que vocês se percam aqui. Ou aconteça coisa pior.

— Onde ela está? Para onde estamos indo? — questionou Desstra.

— Você vai ver — disse a hamadríade. Sua voz soava mais distante agora.

— Você está indo embora? — Thianna perguntou.

— Vocês estão — respondeu a criatura. — Vocês já viajaram para bem longe da Caldeira. Falta só mais um pouco para chegar.

— Chegar aonde? — quis saber Desstra, mas a hamadríade ficou em silêncio. Ou ficara para trás ou decidira manter a boca fechada.

Quando as duas garotas se aproximaram de Daphne, a dríade exclamou:

— Vocês não têm permissão para entrar aqui!

— Diga isso à sua amiguinha hamadríade — resmungou Desstra. — Nós não tivemos sequer chance de opinar sobre isso.

— Que lugar é este, afinal? — Thianna perguntou.

Daphne fez uma pausa antes de responder.

— Bem, suponho que, uma vez que vocês já estejam aqui dentro, eu posso muito bem contar. Esta é uma Via Verde, uma das Estradas Intermediárias.

— As Estradas Intermediárias? — repetiu Desstra.

— Como as Rotas Escuras e os Caminhos Bruxuleantes.

— Ainda não entendi — confessou Thianna.

— Pontes entre lugares distantes — explicou a dríade. — Túneis entre o mundo material que se abrem apenas para aqueles que sabem como encontrá-los. As Vias Verdes são para o povo-árvore. No passado, elas conectavam terras em todo o mundo. Agora só podemos viajar por Thica.

— Por quê? O que aconteceu? — perguntou Desstra.

— As hamadríades controlam os portais. Quando uma estrada desaparece, é porque uma hamadríade morreu.

— Elas morreram pelo mundo todo? — chocou-se Thianna, tocada pela escala da perda. Daphne assentiu, triste.

— O portal para Araland foi o último a sumir — contou ela. — Meu povo costumava se comunicar com os druidas de lá. Mas até mesmo aquela Via Verde murchou antes de eu brotar.

— Sinto muito — soltou Thianna, que não sabia mais o que dizer.

— Não há o que fazer — resignou-se Daphne. — O mundo avança em ciclos. Coisas novas crescem e coisas velhas morrem. De qualquer forma, estamos aqui.

Uma coluna de madeira viva erguia-se diante delas. Era desprovida de casca e pontilhada por anéis distribuídos ao longo de seu comprimento. Daphne circulou em volta, procurando por algo.

— O que é isso? — Thianna perguntou.

— Espere, já entendi — disse Desstra. — Estamos dentro de outra árvore. Esses anéis são os seus galhos. Esta é a árvore... Está apenas do avesso!

— Ah — disse Daphne, sorrindo. — Aqui está a porta. — Ela empurrou e uma pequena seção da coluna se abriu.

Thianna inclinou-se e espiou ali dentro. Ou melhor, lá fora. Através da passagem, a gigante do gelo viu uma floresta. Ela endireitou o corpo, chocada. Então, deu uma volta completa ao redor da coluna. Agachou-se e olhou de novo. O inconcebível bosque continuava ali.

— Vamos lá — chamou Daphne. Ela atravessou a porta. Desstra e Thianna a seguiram.

Emergiram na floresta. Virando-se, Thianna descobriu que tinham saído de um freixo. A passagem em seu tronco já estava se fechando. O rosto de outra hamadríade a olhava do alto.

— Bem-vinda à cidade de Dêndronos — saudou-a. — Você é aguardada.

— Como poderiam saber que estávamos vindo? — questionou Thianna. — Nem nós sabíamos!

A hamadríade colocou a mão em seu tronco num gesto que lembrava uma pessoa acariciando o ventre.

— Você sente alguma coisa? — perguntou a gigante.

— Ninguém pode se locomover por entre as Vias Verdes sem que sintamos a sua passagem — explicou. — E estamos todas conectadas, uma hamadríade à outra. A notícia de sua chegada foi transmitida ao Conselho dos Anciãos.

— Conselho?

— O corpo governante de Dêndronos — esclareceu a árvore falante.

— Veja — interrompeu Desstra, apontando. — Lá vem o comitê de boas-vindas. — Thianna seguiu o olhar da elfa. Doze grandes figuras surgiram da floresta à frente. Cada uma lembrava um tipo diferente de árvore por sua casca e folhagem. A gigante e a elfa reconheceram um abeto, um carvalho, uma oliveira, um loureiro e um caquizeiro. Mas o fascínio das meninas foi amortecido pela ameaça muito óbvia de suas longas e afiadas lanças de madeira e os grandes e redondos escudos de casca.

— Daphne — disse Thianna, com cautela —, seu povo não parece muito feliz em nos ver.

— Tenho certeza de que tudo ficará bem — assegurou a dríade. — Nós apenas somos cuidadosos com os visitantes. Você tem que compreender que as outras cidades de Thica vêm cortando muita madeira ao longo dos séculos. Ao sul, derrubaram uma floresta inteira para cultivar as terras.

— Ainda bem que nunca aprendi a usar um machado — observou Thianna. Essa era a arma a favorita no norte, mas ela sempre preferira a espada.

— Não parece algo que causaria uma boa impressão aqui, não mesmo — concordou Desstra.

— Você virá conosco — disse uma árvore do sexo feminino que caminhou até elas. Ela era tão alta quanto Thianna, embora não tão larga. Seus olhos verdes severos encaravam a gigante por baixo da copa de folhas de carvalho que tinha no lugar de cabelos. Além do escudo, sua própria casca constituía uma armadura extraordinária.

A mão de Thianna desceu para sua espada.

— Por favor, não faça isso — Daphne apressou-se em dizer. — Vamos com eles, e eu explicarei quem você é.

Thianna e Desstra trocaram olhares. Nenhuma das duas avaliava como boas as suas chances na luta. Thianna relaxou a postura. Então, a mulher-carvalho gesticulou para que os seguissem.

As meninas foram conduzidas ainda mais fundo no interior da floresta. Thianna e Desstra viram que o que pensavam serem árvores com formas estranhas eram, na verdade, moradias. Enquanto caminhavam, ganharam seguidores. Pequeninas crianças verdes, com a casca ainda não de todo crescida, divertiam-se em torno delas, rindo das estranhas visitantes.

— Já vi muita coisa desde que deixei a minha montanha — comentou Thianna —, mas este deve ser um dos lugares mais estranhos em que já estive.

— Ouvi dizer que os elfos da floresta vivem em aldeias cheias de casas em árvores — disse a elfa negra —, mas são casas construídas nos galhos. Não casas construídas das próprias árvores.

— "Construídas" não é a palavra adequada — corrigiu Thianna. — Esta cidade está mais para "germinada".

— E acho que ainda está germinando — observou Desstra, olhando para uma casa em miniatura que parecia estar em processo de brotar da terra. Uma dríade a molhava com um regador, enquanto cantava com suavidade. Ao redor delas, não havia dúvida de que as casas que viam eram feitas de madeira ainda viva. Das paredes e telhados brotavam ramos com folhas e flores, e até mesmo frutos. Portas e janelas abriam-se em troncos espessos. Longos galhos formavam passarelas elevadas ligando edifícios em ruas acima de suas cabeças. Com frequência, conjuntos de árvores entrelaçavam-se para criar estruturas maiores.

— Mas como vocês persuadem as árvores a crescerem nos formatos que vocês desejam? — perguntou Thianna. Ela olhou para uma casa de árvore em particular que parecia ser um edifício de apartamentos de múltiplos andares e, ao lado, uma com altos arcos de madeira que lembravam uma igreja ou templo.

— De que outra maneira poderia ser? — perguntou Daphne. — Nós cantamos para elas.

— Que boba que eu sou — disse Thianna. — É claro que vocês cantam.

As três meninas prosseguiram, sua escolta conduzindo-as ao centro da cidade. Se as casas já eram inusitadas, os cidadãos de Dêndronos então eram ainda mais. Por toda parte, dríades e drus tocavam suas vidas em um mundo verde apinhado. O povo-árvore era tão variado quanto as plantas ao redor delas. Elas cruzaram com um cidadão que tinha rosas florescendo por todo o seu corpo, enquanto o alto de sua cabeça estava coberto de espinhos pontudos onde deveria haver cabelos.

A procissão chegou a uma clareira onde a relva bem aparada formava um espaço ao ar livre. Era rodeada por árvores que eram mais altas do que as que tinham visto até então.

Os galhos das árvores se retorciam para o alto, proporcionando ao espaço a aparência de uma catedral ou um tribunal. Dríades e drus as observavam por entre as árvores ou empoleiradas em seus galhos.

Thianna percebeu que as crianças já não as acompanhavam mais. Os guerreiros do povo-árvore também haviam se espalhado pelas bordas da clareira, rodeando as meninas de uma distância que suas lanças seriam bem úteis. A contração da mandíbula de Desstra dizia a Thianna que a elfa negra havia notado isso também.

— Está tudo bem — tranquilizou Daphne, reparando na apreensão delas. — Isso é apenas uma precaução para a nossa proteção, tenho certeza disso. Falaremos com o Conselho dos Anciãos agora. Vou contar a eles quem é você e como me ajudaram a escapar.

— Não haverá audiência com o conselho — disse a alta mulher-carvalho. — Já sabemos quem é ela — afirmou, lançando um olhar ameaçador a Thianna — e o conselho já pronunciou o seu julgamento.

— O que você quer dizer com julgamento? — perguntou Desstra, com um tom de apreensão em sua voz.

A mulher a ignorou.

— Você é a sopradora do chifre? — ela interrogou Thianna.

— Já fui chamada de um monte de coisas — respondeu a gigante.

— Você é aquela que controla o Chifre de Osius? A única pessoa viva que já conseguiu fazer isso?

— Eu soprei, sim, esse chifre algumas vezes — admitiu Thianna. — Mas não gosto do que ele faz ou como é usado.

— Talvez — disse a guerreira de carvalho. — Mas você ainda representa uma ameaça para nós. Se fosse capturada de novo, poderia ser persuadida, ou forçada, a usar o chifre para os caldeiranos.

— Ela não faria isso — objetou Daphne. — Thianna quer lutar contra os caldeiranos. Ela tem lutado contra eles durante todo esse tempo.

— Olhe para ela — bradou a mulher. — Ela é uma caldeirana. Talvez um pouco maior do que as demais, mas ainda assim uma delas.

— Você não a viu na capital — argumentou Daphne. — Ela enfrentou as duas rainhas. Estou lhe dizendo, ela é nossa amiga.

— Então, eu sinto muito — disse a dríade alta. — Já tivemos tirania demais nos céus sobre as nossas florestas. Os anciãos ordenaram que eliminemos por completo a ameaça.

Thianna e Desstra sacaram suas armas de imediato, mas o círculo de guerreiros não pareceu preocupado. A mulher-carvalho afastou-se delas, puxando Daphne consigo enquanto fazia isso.

— Não podemos ferir uma princesa refém ou uma caldeirana, por medo de retaliação — explicou ela. — E você é as duas coisas. Mas temos um visitante que não possui tais restrições.

Ela gesticulou para a lateral da clareira. Das sombras salpicadas que a luz filtrada pelos galhos projetava, algo se aproximou. Algo grande.

— O que é isso? — perguntou Desstra, as orelhas erguidas.

— Bons anfitriões devem sempre cuidar das necessidades de seus hóspedes — disse a mulher-carvalho. — Mas nós não sabíamos como alimentar este até agora. — Ela fez uma leve reverência, como um agradecimento zombeteiro, e dirigiu-se à borda da clareira.

A criatura que entrou na clareira não se parecia com nada que Thianna ou Desstra já haviam visto. Tinha o corpo de um leão, mas três cabeças: uma de leão, outra de cabra e a terceira de serpente.

— O que é que há com essas criaturas híbridas por aqui? — resmungou Thianna. — Todas elas são metade isso, metade aquilo. O que aconteceu com os bons e velhos trolls e dragões? Quem é que junta todos esses monstros num só?

— Que *coisa* é essa? — disse Desstra, preparando-se para lutar enquanto o animal se aproximava.

— É uma quimera — gritou Daphne da borda da clareira. — Eu sinto muito! — Ela parecia consternada. Não que seus sentimentos servissem muito de consolo para qualquer uma das meninas.

— Quantas vezes será que eu vou ter que repetir? — berrou Thianna. — Não preciso saber do que uma coisa é chamada...

A cabeça de cabra de repente abriu a boca e um jato de chamas jorrou. Thianna e Desstra esquivaram-se; as folhas da relva onde estavam arderam.

— Estrume de troll! Essa coisa cospe fogo! — A gigante constatou. — Disso sim é que eu precisava saber!

— Vamos nos separar — aconselhou Desstra. — Dividir a atenção dela e não dar um alvo único no qual se concentrar.

— Eu sei como lutar — grunhiu Thianna.

— Então pare de lutar *contra mim* e comece a lutar *junto comigo* — ralhou a elfa.

A quimera saltou para a clareira, rugindo, balindo e sibilando, tudo ao mesmo tempo. Golpeou Desstra com as garras terrivelmente afiadas, mas a pequena elfa negra surpreendeu-a, desviando-se do perigo no último segundo com uma cambalhota.

Ao se esquivar, ela acertou um golpe no antebraço da besta e a cabeça de cabra soltou um grito lamentoso.

Enquanto isso ocorria, Thianna tentou avançar e atacar o monstro pelo outro lado, mas a cabeça do leão a flagrou e mostrou-lhe os dentes. A gigante recuou, depois o rodeou, tentando se aproximar da quimera por trás. A cabeça de cabra torceu o pescoço em um giro inconcebível de 360 graus e expeliu um jato de chamas.

— O quê? — rosnou Thianna. — Você consegue olhar trás de si? Isso não é justo! — Enquanto ela se esquivava do jorro de fogo, a quimera aplicou outro golpe em sua direção.

Desstra rolou para se desviar de um bote da cabeça da serpente e emendou uma investida da espada contra o leão, atraindo sua atenção para longe da gigante. A criatura tentou mordê-la, mas a elfa era muito rápida.

— Não é justo que eu salve de novo o seu traseiro enorme sem receber um obrigada sequer — reclamou ela.

— Ei — disse Thianna, chutando a quimera em seu flanco. — Meu traseiro enorme já lhe agradeceu uma vez hoje. O que é uma vez mais do que eu gostaria.

As meninas tiveram que recuar quando a criatura atingiu as duas ao mesmo tempo. Com os três pares de olhos da quimera e dois tipos de ataque — as garras e o jato de fogo — elas estavam achando impossível abrir alguma vantagem sobre a criatura. Desstra olhou para a borda da clareira, mas um drus adivinhou qual era a intenção dela e apontou uma lança de advertência em sua direção. Não haveria escapatória por ali. Suas únicas alternativas eram derrotar a quimera ou morrer tentando. Ela se preocupou que pudesse ser a última opção.

Thianna tentou mais uma vez circundar o animal, mas a cabeça de cabra não estava caindo nessa. Ela soprou seu bafo flamejante sobre ela. Enquanto pulava para o lado, Thianna percebeu como o povo-árvore acorria com rapidez para lançar baldes de terra sobre o mato crepitante. Ela desejou que eles estivessem jogando água em vez de terra, mas é óbvio que tinham ouvido falar sobre o seu feitiço de congelamento. E o mero frio por si só, sem gelo, seria apenas um aborrecimento para uma criatura que produzia seu próprio fogo.

Então, o feitiço de congelamento estava fora de cogitação. E sua força sozinha não era suficiente para lutar contra uma criatura tão grande e poderosa. Thianna tentou pensar como Karn pensaria se ele estivesse ali. Certa vez, o menino havia lhe contado uma história, de uma ocasião em que tapeou um troll de duas cabeças. Pois bem, aquela criatura possuía três cabeças e uma delas era a de um réptil. Ela conseguiria pensar em alguma coisa a partir disso.

Enquanto travava uma luta defensiva, mantendo distantes as garras mortíferas e esquivando-se das chamas, Thianna expandiu sua consciência mental, tentando alcançar os pensamentos da cabeça de serpente da quimera. Era como arrebentar a tranca de uma porta e, então, conseguir abri-la.

Vigiem a menorzinha à nossa direita. Eu estou de olho na grandalhona. Ela não é tão desajeitada quanto parece.

Thianna deu-se conta de que estava ouvindo as três cabeças pensando ao mesmo tempo. Quando conheceu a cocatriz em Gordasha — um animal com uma cabeça de galo e uma cabeça de cobra — ela só conseguiu se comunicar com a metade réptil. Mas a cocatriz era uma criatura em desacordo consigo mesma, com uma cabeça em cada extremidade de um corpo. No caso da quimera, as três cabeças estavam alinhadas em uma fileira e o monstro estava acostumado com todas elas funcionando juntas, como um só ser. Ela estava escutando os pensamentos das cabeças de cabra e de leão transmitidos pela cabeça da serpente. A experiência seria fascinante se não representasse uma ameaça à vida.

Vou engolir a pequena numa só abocanhada. Rasgarei a maior com os dentes. Vou cozinhar as duas, pensaram as cabeças. *Espero que o gosto da gigante seja melhor do que o seu cheiro.*

Thianna ia começar a protestar em resposta ao insulto, mas então se deteve. Ela fingiu que ia atacar a criatura com sua espada e escutou enquanto a cabeça de cabra advertia à de leão sobre sua aproximação. As cabeças estavam passando informações entre si, impedindo qualquer ataque surpresa por parte de suas presas. Mas elas não sabiam que Thianna podia ouvi-las. Karn diria que isso lhe dava uma vantagem.

"Cuidado", pensou Thianna, fazendo o possível para soar como uma cabra. "A menor está atrás de você."

A cabeça de serpente girou com agilidade, procurando por Desstra onde ela não estava. A elfa aproveitou a oportunidade para esfaquear o antebraço da quimera.

Ai!, gritou a serpente na mente de Thianna. *Você disse que a pálida estava atrás de nós!*

Disse nada!, veio a resposta.

"É a gigante que está atrás de nós", pensou Thianna.

O quê?, exclamou a cabeça de leão, torcendo-se para proteger a retaguarda. Thianna deu outro pontapé violento no flanco do monstro.

Ataque à direita!, pensou a serpente num pânico súbito.

"Ataque à esquerda!", respondeu Thianna.

A quimera tentou saltar em direções opostas ao mesmo tempo. Em vez disso, ela tropeçou nas próprias pernas e tombou no chão. Desstra avançou e recuou com saltos, deixando um corte vermelho no torso da criatura. A quimera pulou de repente, rugindo, balindo e sibilando de raiva.

Recomponham-se, pensou a cabra. *O que há de errado conosco?*

Vamos atacar à esquerda, pensou a serpente.

"Vamos atacar à direita", Thianna disse em resposta.

Desta vez, as três cabeças chocaram-se umas com as outras quando o confuso animal tentou passar sobre si mesmo. Atingida no meio, a cabeça de cabra foi a que mais se deu mal na colisão. Ela balançou sobre o pescoço, zonza.

Thianna aproveitou a chance para saltar de trás, aterrissando nas costas do leão e segurando a cabeça de cabra pelos seus chifres. A criatura tentou virar a cabeça de lado para queimá-la, mas ela era forte demais para isso.

Tirem ela daí! Tirem ela daí! Tirem ela daí!, todas as três cabeças pensaram em uníssono.

A cabeça de leão tentou mordê-la, mas, ao contrário da cabeça de cabra, ela não conseguia girar tanto o pescoço. A serpente, com seu formato mais alongado, podia alcançá-la, mas Desstra a apunhalou e essa cabeça teve que enfrentar a elfa.

Thianna puxou para trás com força o pescoço da cabra. Ela balia e cuspia fogo para o céu.

"Desistam", pensou Thianna, por fim revelando-se à mente da quimera.

O quê? Onde? Quem?

"Desistam", ela repetiu em pensamento, empregando tanta força em sua mente quanto o fazia com seus braços.

Acho que devemos desistir, pensou a serpente. O leão rugiu em resposta a isso.

Thianna certa vez tinha tocado a mente de um dragão e não retrocedera. Não havia a menor hipótese de ela não vencer uma quimera. Sentiu sua mente se impor sobre a consciência da serpente para alcançar a cabra e o leão por meio dela. Era uma sensação de incrível poder, sua vontade ser imposta sobre outra.

"Desistam!", vociferou a gigante. Thianna sentiu a resistência da quimera dissolver-se, sentiu sua própria mente assumir o controle das demais.

Ok, ok, ok!, respondeu o animal. *Nós nos rendemos.*

Então, a besta a surpreendeu com suas palavras seguintes.

Somos suas para seu comando.

Thianna soltou os chifres da cabra e deslizou pelo dorso do leão. Confusa, Desstra olhou para ela, pronta para desferir o golpe mortal na criatura que ficara lenta. A gigante a conteve.

— Eu não quero comandar ninguém — disse ela. — Vocês podem fazer o que quiserem. Só não comam a elfa nem a mim, está bem?

Livre de seu peso, a quimera saltou e se virou.

Nós não vamos devorá-las, pensaram todas as três cabeças de uma só vez. *Obrigada por nossa vida. Obrigada por nossa liberdade.* Então, ela fugiu da clareira e desapareceu na floresta.

Uma das árvores da clareira retirou de repente seus galhos do emaranhado de ramos que formavam o anel ao redor da relva. Enormes mãos de madeira aplaudiram. Thianna percebeu que era uma hamadríade. Todas as árvores que formavam o círculo também o eram. Olhos abriram-se em cada um dos troncos, e outras mãos aderiam ao coro numa salva de palmas.

— Vocês são o Conselho dos Anciãos, não são? — perguntou a gigante. — Vocês assistiram a tudo isso. Estivemos em sua presença o tempo todo.

— Sim — disse a hamadríade. — Nós somos os anciãos de Dêndronos. E a parabenizamos, Thianna, Nascida no Gelo. Você nos surpreendeu quando se recusou a matar ou a comandar a quimera. Não estamos acostumados a surpresas. Ou a demonstrações de misericórdia. E nós revertemos o nosso julgamento.

CAPÍTULO QUINZE

Sopros fortes chegam muito longe

Sirena deixou os muros do palácio. Ela carregava o Chifre de Osius, o que significava que um pequeno destacamento da guarda de Lêta a seguia. Desde a fuga dos reféns, não queriam se arriscar. Mas Sirena não tinha praticado com o instrumento desde que a wyvern de Talária havia fugido, e o tempo era curto. Ela teria que pegar outra criatura nos poleiros. Embora não sentisse compaixão pela criatura rebelde que havia criado todos os seus problemas, ela de fato sentia uma pontada de piedade por qualquer réptil leal que acabasse sendo submetido a seus experimentos. Mas apenas uma pontada. Aquela situação não era questão de escolha. Se não conseguisse dominar o chifre até a Grande Eclosão, ela não seria a única a despencar do penhasco. O modo de vida caldeirano também despencaria. Para preservar isso, havia pouca coisa que ela não faria.

Que os corvos levassem Thianna. Como era possível que uma garota que era apenas metade caldeirana fosse melhor em usar o chifre do que ela, uma puro-sangue nascida no cume de sua cidade? Como alguém criada em uma caverna de gelo podia ser melhor do que alguém criada no palácio? Era ridículo. Era exasperante.

Sirena viu-se do lado de fora da chocadeira. A mulher que guardava a entrada nem pensou em interrogar a Guardiã de Keras que adentrava a estrutura redonda abobadada com passadas decididas. Já lá dentro, Sirena encontrou-se num balcão circular que acompanhava a circunferência da sala. O piso descia em uma série de círculos concêntricos até chegar ao pequeno palco onde esperavam que ela se apresentasse para um público muito peculiar. Centenas de ovos de wyvern estavam aninhados como espectadores nas arquibancadas de um anfiteatro. Dentro de apenas três dias, ela tocaria o chifre naquele palco, produzindo as notas que obrigariam as wyverns recém-nascidas a uma vida de obediência.

Ela desceu as escadas do balcão em direção ao centro do recinto. Sirena encarou as camadas e mais camadas de ovos enfileirados, esperando em silêncio a sua apresentação. Ela ergueu o chifre e levou-os aos lábios, soprando com uma tremenda força.

"Aposto que isso as fez chacoalhar dentro dos ovos", ela pensou. Então, algo que a traiçoeira wyvern dissera lhe veio à mente.

Sopros fortes chegam muito longe.

Quando Thianna soprou o chifre pela primeira vez em Ymiria, as wyverns nos poleiros haviam escutado, embora estivessem a milhares de quilômetros de distância. Outras coisas também escutaram. A intenção da wyvern era adverti-la para que não soprasse notas tão fortes, mas talvez a criatura tivesse acabado lhe dando uma pista. Thianna fazia parte da magia do chifre agora. Será que o chifre poderia ser usado para rastrear Thianna?

Sirena inspirou uma grande quantidade de ar. Ela ergueu o chifre mais uma vez. E o soprou com toda a sua raiva.

Os ovos da chocadeira tremeram com violência. Do lado de fora das paredes, ela podia ouvir guinchos vindos dos poleiros. Ela certamente estava perturbando os répteis de Caldeira, mas a que distância a nota silenciosa ecoaria? Conseguiria alcançar a sua prima?

Uma imagem surgiu na mente de Sirena como um relâmpago.

Ela cambaleou sob uma visão de Thianna, Nascida no Gelo. Era inacreditável, mas sua prima bárbara estava lutando contra uma quimera. No meio de um círculo de árvores altas. A visão foi breve, mas poderosa. Ela conseguira entrar em contato com a mente de Thianna! E a mente de Thianna estava entrando em contato com outra coisa! A mestiça estava se comunicando com um réptil, a cabeça de serpente da quimera. O chifre estava possibilitando que Sirena escutasse aquela conversa.

Ela deixou a chocadeira correndo. Primeiro de tudo, teria que devolver o Chifre de Osius à sua câmara, por segurança. Depois, iria para as Docas do Céu. Ela precisava da wyvern mais rápida que houvesse lá e precisava agora mesmo. Sabia onde sua prima estava. E desta vez Thianna não iria escapar.

Coisas mais estranhas do que peixes nadavam nas águas ao sul de Thica.

Entre o arquipélago conhecido como Dentes de Sarn, algo muito grande e incomum deslizava sob as ondas. As outras criaturas do mar passavam longe daquilo. Elas sabiam quanto aquilo comia, e não queriam ser a próxima refeição.

Mas a criatura não estava com fome. Banqueteara-se em um grande navio comercial no início daquela manhã. Os gritos da desafortunada tripulação haviam sido deliciosos, assim como os vãos esforços para se defenderem. Pedaços de carne rasgada ainda se prendiam às suas muitas fileiras de dentes. A coisa tinha várias bocas, mas apenas uma barriga. Agora, ela se movia em um ritmo quase vagaroso, digerindo seu café da manhã e observando as pequenas presas se afastando com medo. A criatura desfrutava de seu domínio inconteste do mar.

Um som que não era um som apunhalou suas muitas mentes como lanças através dos olhos.

A criatura rugiu, chicoteando a cauda e sacudindo os pescoços com a repentina dor em suas cabeças. Os outros habitantes do mar não entenderam o que causara sua agitação. E nem queriam entender. Simplesmente fugiram.

Sozinha nas águas, a criatura titânica se contorcia. Tão grande era o seu tamanho que sua agitação provocara ondas de mais de trinta metros no oceano. Barcos a quilômetros de distância logo seriam virados. Várias aldeias próximas seriam varridas de suas ilhas por completo.

A criatura não se importava. Toda a sua atenção estava focada no som em seus ouvidos. E ela tinha um monte de ouvidos. Já ouvira aquelas torturantes reverberações antes. Mas, naquela ocasião, o ruído tinha vindo de longe, dos confins de uma terra coberta de gelo. O som havia cessado muito antes que a criatura pudesse chegar à sua origem. Desta vez, contudo, o som estava mais perto, mais alto, mais forte. Desta vez, ele poderia ser rastreado. Uma a uma, suas cabeças foram virando na direção do detestável barulho. Então, ela começou a nadar com determinação. Encontraria o que quer que fosse ou quem quer que estivesse produzindo aquele terrível som. E o silenciaria. Para sempre.

CAPÍTULO DEZESSEIS

Disputas familiares

Thianna acordou de sua primeira noite de descanso decente em muito tempo, depois de dormir durante toda a manhã. Estava em uma agradável cabana de hóspedes brotada do tronco de uma macieira. Embora as imensas pétalas de flores em que estava deitada não fossem tão confortáveis quanto o seu tipo preferido de cama — um bloco de gelo congelado com peles empilhadas por cima — eram macias e delicadas, e lhe permitiram dormir como um bebê gigante. Ela estendeu o braço para a parede e arrancou dali seu café da manhã: uma maçã vermelha e reluzente.

— Você confia nisso? — perguntou Desstra. Thianna espiou e viu que a elfa já estava acordada. Ela sentou-se num toco que se erguia do chão. Toda a mobília da cabana fazia parte da própria árvore. A elfa negra estava mordiscando alguns cogumelos que havia coletado dos túneis abaixo de Caldeira.

Thianna encolheu os ombros. Deu uma mordida em sua maçã e mastigou fazendo barulho.

— E se estiver envenenada? — prosseguiu Desstra. — Afinal, ontem mesmo eles estavam tentando nos servir como refeição a uma quimera.

— E hoje somos convidadas de honra — argumentou a gigante. — Eu já notei que as pessoas que tentam me matar têm o hábito de mudar de ideia — ela acrescentou.

— Somente algumas delas — observou Desstra, que com certeza se encaixava nessa descrição.

— As sortudas — Thianna sorriu. — Enfim, poderíamos aproveitar enquanto dura. — Ela deu outra mordida na maçã e, depois, levantou-se da cama de flores e caminhou até uma janela. Afastando para o lado a frondosa cortina, ela se agachou e espiou através de uma pétala quase transparente a cidade lá fora. Não se surpreendeu — sequer ficou ofendida —, pelo fato de a mulher-carvalho estar montando guarda na rua. Afastou-se da janela, virou e recostou-se contra ela.

— Quanto tempo essas hamadríades levam para tomar uma decisão? — ela se perguntou em voz alta.

— Você está pedindo que se rebelem contra suas soberanas — respondeu Desstra. — Não é algo que devessem considerar com leviandade. Todos eles são feitos de madeira, afinal de contas. E o seu povo só precisa do menor dos pretextos para sair disparando aquelas lanças de fogo.

Thianna franziu a testa e jogou a maçã de lado.

— Qual é o problema? — perguntou Desstra.

A gigante ficou em pé — embora não totalmente, já que o teto da cabana era baixo — e começou a andar de um lado para o outro.

— Meu povo — disse ela. — Já foi ruim o suficiente quando pensei que o povo da minha mãe estava atrás de mim. Mas chegamos aqui e descobrimos que eles escravizaram todo um continente. O "meu povo" não é mesmo muito legal.

— Seus gigantes do gelo parecem legais — observou Desstra. — A maioria deles, pelo menos.

— Sim, mas esse é o lado paterno da minha família. Eu saí da montanha para descobrir mais sobre minha herança humana, e agora descubro que a família da minha mãe é um bando de idiotas valentonas. Como se sentir orgulhosa disso, quando todo o seu povo é do mal?

— Nem todo mundo é do mal — discordou Desstra.

— Olha quem fala, a elfa negra! — retrucou Thianna.

Desstra lançou à gigante um olhar fulminante.

— Sim, é a elfa negra que fala — repetiu Desstra. — A Ardil é terrível... ninguém sabe disso melhor do que eu, acredite... mas nem todos nas Sombras Profundas são como seus integrantes. Na teoria, a sociedade deveria existir para nos proteger do mundo da superfície, mas seus integrantes tornaram-se poderosos demais. Eles também controlam o mundo subterrâneo. Mas há muitas pessoas maravilhosas, e a maioria delas vive com medo da própria Ardil que, por ironia, deveria protegê-las. Hoje eu enxergo isso, todos os pobres comerciantes, cultivadores de cogumelos, artesãos de couro, crianças e pais... — A voz de Desstra foi sumindo conforme foi pensando em sua própria família. Perguntou-se que mentira a Ardil havia espalhado a seu respeito após a sua deserção. Eles nem precisavam mentir. A verdade é que ela era uma traidora da sua raça. É provável que sua família estivesse sofrendo humilhações agora. Seriam condenados ao ostracismo. Ou coisa pior. — Enfim — concluiu ela, retornando seus pensamentos para o presente —, você não pode culpar a todos por um governo ruim.

— Não, é? — refutou Thianna. — Quando cada um dos cidadãos é um guerreiro e todo guerreiro se ocupa em manter o continente inteiro de Thica sob o jugo de Caldeira? Como posso me orgulhar da minha metade humana se isso for o que sou?

— Você só responde por suas próprias ações, e elas são as melhores possíveis — confortou-a a elfa negra. — Você faz o que sabe que é certo.

— Mas e se eu não souber o que é certo? — questionou Thianna. — É certo uma estranha como eu chegar aqui e virar tudo de cabeça para baixo?

— Você não gosta de valentões — argumentou Desstra. — Disso você sabe.

Houve uma batida na porta.

— Entre — Thianna gritou.

Daphne entrou no quarto.

— O conselho quer falar com vocês agora — disse a dríade.

— Eles vão nos ajudar? — perguntou Thianna.

— Não faço ideia — respondeu Daphne. — Só sei que me mandaram buscar vocês.

Ela conduziu Thianna e Desstra pela cidade até a clareira onde o círculo de hamadríades estava reunido. Mais uma vez, seus ramos estavam apinhados de cidadãos interessados, que queriam ver o espetáculo da gigante do gelo e da elfa negra.

— Espero que não tenhamos que lutar contra ninguém desta vez — Desstra murmurou em voz baixa enquanto entravam no círculo de árvores.

— Bem-vinda ao Conselho dos Anciãos esta manhã, Thianna — recepcionou a mesma hamadríade que se dirigira a ela no dia anterior. Thianna presumiu que era a porta-voz do grupo. Ela assentiu.

— Vocês consideraram minha sugestão?

— Consideramos — respondeu a hamadríade.

— E vocês vão se rebelar e me ajudar a lutar contra as caldeiranas?

A hamadríade sacudiu seus galhos.

— Não podemos ajudá-la neste momento.

— Mas vocês sabem que eu não sou conivente com elas — protestou Thianna. — Sabem que a Grande Eclosão está próxima. Eu posso ajudá-los a serem livres!

— Livres do fogo que cai do céu? — questionou a hamadríade. — Mas tenha paciência... Eu não disse que não vamos ajudá-la. Só disse que não vamos ajudá-la *neste momento*.

— O que você quer dizer? — Desstra perguntou.

— Dêndronos não pode ser a única cidade a se rebelar. Sofreríamos demais em uma luta, enquanto outros não fariam nada, só aguardariam o desfecho.

— Mas e se conseguíssemos trazer os outros?

A hamadríade sorriu.

— Se você conseguir convencer outras cidades a se juntarem a essa batalha, então Dêndronos também lutará.

Thianna olhou para Desstra, depois para a hamadríade.

— Não sei se você percebeu — disse ela —, mas não temos muito tempo.

A hamadríade levantou uma mão para interrompê-la.

— Os minotauros de Labiríntia são os guerreiros mais habilidosos. Eles também são os mais teimosos. Se o rei Asterion pudesse ser convencido a se juntar à sua cruzada, outras cidades-estados o seguiriam. Se você persuadir Labiríntia a se unir à luta, as dríades e drus de Dêndronos também contribuirão para a sua causa.

— Como podemos fazer isso? — perguntou a gigante. — Como é que faríamos para ao menos chegar lá a tempo?

— Como você conseguiria fazer um minotauro mudar de ideia, isso eu não tenho como dizer — respondeu a porta-voz —, mas, quanto a você chegar lá a tempo, temos uma hamadríade nos jardins do palácio, bem no coração de Labiríntia.

— Vocês têm uma espiã lá! — exclamou Desstra. — Como aquela em Caldeira.

A hamadríade sorriu com tristeza.

— Nem sempre foi assim. Costumávamos chamá-las de embaixadoras. Mas os tempos mudaram. — Ela gesticulou com um galho e Daphne deu um passo à frente.

— Esta dríade aqui vai acompanhá-las — comunicou a porta-voz. — Ela irá guiá-las até Labiríntia e retornará para nós com notícias sobre o seu sucesso ou fracasso.

— Eu vou? — surpreendeu-se Daphne, pega de surpresa. A pequena dríade não parecia emocionada com a perspectiva de mais aventuras. A hamadríade pigarreou. — Oh, quero dizer, vou, claro! — corrigiu-se Daphne.

Thianna e suas companheiras estavam se preparando para partir. As hamadríades as haviam munido de comida e outros suprimentos. Tudo foi carregado em mochilas feitas de grama trançada.

A gigante do gelo fez um inventário de suas provisões. Puxou de lá de dentro uma bolsa repleta de objetos estranhos, que pareciam pedrinhas. Eles eram amarelos, transparentes e em forma de gotícula.

— O que é isso? — ela perguntou.

— Chamamos isso de Lágrimas de Dêndronos — explicou Daphne. — É resina de lentisco.

— Por que eu iria querer resina de árvore?

— É uma goma, chamam de mástique. Para mascar — esclareceu a dríade. — Tem um gosto bom. E você pode usar para refrescar o seu bafo.

— Meu hálito é tão perfumado quanto os meus pés, menina-árvore.

— Acho que é isso mesmo que ela quer dizer — comentou Desstra, juntando-se a elas.

— Experimente um — incentivou Daphne.

Thianna estava em dúvida, mas colocou a gota de resina na boca. Daphne assentiu de modo encorajador. Depois de algumas mordidas, a goma começou a amolecer enquanto ela mascava. Tinha um sabor que se assemelhava ao pistache e não era desagradável, não.

— O que achou? — quis saber a dríade.

— Nada mal — confessou Thianna. — Não que eu esteja admitindo que precise disso ou algo do gênero.

— Claro que não — Daphne ofereceu uma Lágrima de Dêndronos à elfa.

— Sem querer ofender — Desstra apressou-se em dizer —, mas isso parece algo que saiu do seu nariz.

A dríade pareceu magoada.

— Talvez Karn goste — complementou Desstra.

— Se o encontrarmos — acrescentou Thianna. — Coisa que faremos.

As meninas estavam se despedindo do Conselho dos Anciões quando um jovem drus cruzou a clareira.

— Elas estão vindo! — ele gritou. O rapaz tinha corrido muito e estava ofegante.

— Quem está vindo? — perguntou uma hamadríade.

— Dos céus. — Ele apontou.

Uma sombra cobriu a clareira.

Três wyverns estavam descendo. Sirena montava uma delas, flanqueada por duas guerreiras. Enquanto pousavam na clareira, as hamadríades ficaram imóveis e silenciosas. Para as recém-chegadas, não passavam de um simples círculo de árvores.

— É bom ver você, prima! — disse Thianna com sarcasmo.

— Chega de brincadeiras, *prima* — respondeu Sirena. — Você vai voltar comigo para Caldeira agora.

— E se eu tiver outros planos?

Sirena gesticulou para a mulher à sua direita. A guerreira ergueu a lança de fogo e deu um disparo flamejante contra uma árvore ao lado da gigante.

A hamadríade gritou e bateu no fogo com seus galhos para abafá-lo. Um drus correu para atirar areia sobre ela.

— A árvore... — disse a guerreira. — Ela falou!

— Ela gritou! — corrigiu a outra guerreira.

Antes que Sirena pudesse reagir, uma hamadríade atrás de seu grupo tomou vida. Estendeu seus longos galhos e arrancou a guerreira ofensiva de sua montaria. A mulher gritou, contorcendo-se e esperneando. Um portal para as Vias Verdes abriu-se no tronco da hamadríade e ela empurrou lá para dentro a guerreira que protestava. Seus berros silenciaram abruptamente quando o portal se fechou. O brilho verde se desvaneceu quando a casca da árvore selou a si própria.

Thianna aproveitou a confusão para correr em direção a Sirena. Entretanto, ela não atacou a menina, mas colocou o ombro no torso de sua montaria e a empurrou.

"Desculpe por isso", ela pensou para o réptil.

Então, inclinou e virou a wyvern, derrubando Sirena na grama. A caldeirana teve que se afastar rolando para evitar ser esmagada por sua própria montaria ao cair.

A guerreira que sobrou apontou a lança de fogo, mas então soltou um grito quando a arma foi arrancada de suas mãos por um carretel de teia de aranha.

— Eu disse que essas coisas seriam úteis — observou Desstra.

Então, a guerreira foi lançada ao ar e atirada portal adentro de outra hamadríade. A criatura não parou por aí com a guerreira, mas agarrou também a wyvern pela cauda e puxou-a para o tronco. A besta era um pouco maior para passar pela abertura, mas a árvore pressionou e empurrou.

— Não consigo acreditar que comi a coisa toda — disse ela com uma piscadela.

Em seguida, as hamadríades socaram as wyverns remanescentes para dentro dos portais.

Sirena testemunhou isso com horror e então, de repente, deu-se conta de que era a única caldeirana que restava. Tentou fugir correndo da clareira, mas foi apanhada com brusquidão por um galho.

— Não a machuque! — Thianna berrou, mas sua prima foi arrastada por um portal do mesmo jeito que suas guerreiras haviam sido. Seus gritos de protesto desapareceram quando a passagem se fechou atrás dela.

Thianna ficou olhando para a clareira. Um minuto atrás havia guerreiras caldeiranas no meio dela. No minuto seguinte, haviam sumido, como se nunca tivessem estado ali.

— O tempo urge — disse uma hamadríade. — Ou ao menos é o que parece. — Ela abriu um portal em seu próprio tronco. — Vão agora.

— Esperem um momento — deteve-se Thianna. — Você não acabou de enfiar as guerreiras aí dentro?

— Diferentes caminhos levam a lugares diferentes — explicou a hamadríade. — Não se preocupe com elas. Sairão ilesas da viagem. Embora possam ir parar em algum lugar que não esperassem estar. — Ela apontou para o buraco brilhante em seu tronco. — Agora, vão. Você deve trazer Labiríntia para sua causa antes que as notícias de nossas retaliações cheguem à capital. Seremos punidos severamente por isso. Você é a nossa única esperança, Thianna, Nascida no Gelo.

Thianna assentiu.

— Está pronta, Daphne? — ela perguntou.

— Não — respondeu a dríade. — Claro que não. Mas vamos lá, fazer o quê...

Thianna sorriu. Ao seu lado, Desstra enrolou de volta sua teia de aranha.

— Você sabe que estou pronta — comentou a elfa.

As três garotas entraram nas Vias Verdes, deixando Dêndronos para trás.

CAPÍTULO DEZESSETE

Correndo dos touros

Karn estava com dificuldade para evitar olhar os muros. O mosaico labiríntico espalhava-se por toda aquela sala também. Ainda lhe dava dor de cabeça, embora apreciasse a maestria de sua execução. Mas, como qualquer outra coisa em Labiríntia, era para minotauros, não para quem fosse de fora.

— Queria que houvesse algo para comer além de trigo — disse em voz alta. Passara a noite em um quarto muito agradável. Quer dizer, se você fosse um minotauro. Karn estava deitado em uma grande pilha de palha, embaixo de um dossel. Tinha que admitir que era a palha mais fresca e limpa que já havia visto, embora não estivesse seguro se era para dormir em cima ou uma refeição diurna. Provavelmente ambos.

A porta do quarto se abriu. Asterius irrompeu, bufando e escavando o chão com os cascos em sinal de agitação. Era visível que o garoto-touro estava irritado. Karn olhou para ele com expectativa. Notou que Asterius tinha um grande fardo sobre o ombro.

— Eu... — começou Asterius. — Bem, eu... olhe, é difícil para mim dizer, mas sinto muito. Ok? Pensei que meu pai nos ajudaria. Não entendo por que ele não vai lutar contra os caldeiranos. Eu sei que ele quer.

— Ele tem que pensar na própria cidade — ponderou Karn. — Tenho certeza de que vai defender Labiríntia quando achar que chegou a hora.

Asterius sacudiu a cauda, derrubando um vaso de uma prateleira próxima. O vaso se espatifou no chão.

— A hora é agora! — declarou, inflexível. — Somente ele não vê. — Parou de andar de um lado para o outro e arriou sua mochila. — Serei enviado de volta para Caldeira. Fazendo isso, ele ganhará mais tempo.

— Sinto muito — lamentou Karn. Então, acrescentou: — E quanto a mim?

— Ele não decidiu. — Asterius parecia desolado. — Pode enviá-lo de volta também. Ou pode decidir dar um jeito em você e fingir que nunca esteve aqui.

— Dar um jeito em mim como? — perguntou Karn alarmado.

— Não se preocupe — tranquilizou-o Asterius. — Vou tirar você daqui.

O minotauro abriu a mochila e tirou um elmo de tamanho exagerado. Com chifres de boi afixados dos lados.

— Pegue — ele disse, entregando para Karn o estranho equipamento. — Coloque isso.

Karn olhou para o elmo bizarro.

— Quem usa chifres na cabeça? — ele comentou. Então, olhou sem graça para o minotauro. — Quero dizer, se eles não crescem naturalmente. — Não lhe parecia muito lógico. — Um oponente poderia agarrar o chifre e baixar o elmo sobre os seus olhos ou expor seu pescoço para o golpe de um machado.

— Você não precisa lutar usando isso — esclareceu Asterius. — Estou tentando disfarçá-lo para parecer um minotauro.

Embora cético, Karn colocou o incômodo elmo. Caminhou até a cômoda, onde um escudo altamente polido de aço branco servia como espelho e olhou para o seu reflexo distorcido.

— Parece ridículo — disse ele. — Não vai enganar ninguém.

— É só manter a cabeça baixa — instruiu o garoto-touro. — Espero que ninguém repare em você. Se eu conseguir levá-lo até os hipalectrions, você poderá estar a quilômetros de distância antes mesmo que alguém perceba que você fugiu.

— E quanto a você? Não vem comigo?

Asterius sacudiu a cabeça.

— De que adiantaria? Eu achava que o meu pai se rebelaria. Se ele não vai fazer isso, eu posso muito bem ser um prisioneiro no topo de uma montanha, pois não faz diferença. — O minotauro bateu o casco no chão com frustração e depois abriu a porta. — Não vamos ficar aqui ruminando isso — disse ele. — Vamos embora.

Asterius conduziu Karn para o corredor, escolhendo as passagens dos fundos do palácio.

— Meu pai é um homem corajoso — ele disse baixinho para si mesmo. — Um homem corajoso.

Karn o deixou um pouco sozinho com seus pensamentos, mas depois de um tempo não conseguiu ficar quieto.

— Eu me sinto um idiota — desabafou. Estava tentando, mas não conseguia manter a cabeça imóvel. O enorme elmo era grande demais para ele e a cada movimento saía do lugar. No momento, os chifres haviam se deslocado na perpendicular. Se alguém o observasse e achasse que ele era de fato um minotauro, diria que tinha um chifre saindo da testa e outro da parte de trás do crânio.

Asterius suspirou e ajustou o elmo de Karn.

— Você deveria parecer um minotauro, não um unicórnio — observou ele.

— Não acha que sei disso? — disse Karn. Então, acrescentou: — Não que eu saiba o que é um unicórnio.

— Pare de reclamar — respondeu Asterius. — Pelo menos, estou tirando você daqui. E queria ver você fazer melhor em tão pouco tempo.

Os dois companheiros saíram do palácio e começaram a abrir caminho por um jardim externo. Como não poderia deixar de ser, era um labirinto. Os arbustos altos os impediam de ver qualquer coisa além do caminho à frente, mas pelo menos escondia tudo dos transeuntes, exceto os chifres. Não obstante, Karn resmungava por aquilo lhe parecer uma ridícula perda de tempo. Todas aquelas curvas e retornos não ajudavam a colocá-los a uma distância suficiente entre eles e seus captores, mas Asterius jurou que havia escolhido o caminho mais discreto para eles se afastarem. E Karn deu graças ao fato de que o minotauro se deslocava pelo labirinto sem esforço. Se Asterius não os estivesse guiando, tinha certeza de que sozinho se perderia irremediavelmente.

Por fim, acabaram saindo do labirinto para as ruas de Labiríntia. Uma fileira ordenada de árvores marcava o portão por onde emergiram, mas, do lado oposto, viam os familiares muros da cidade com suas residências, lojas e restaurantes pendurados nas muralhas.

Infelizmente, um batalhão de soldados estava no alto do muro olhando para eles. Entre os guardas, o rei Asterion os fulminava com os olhos.

— Filho — disse o governante dos minotauros — Estou muito desapontado com você.

— Pai... eu...

— Suba aqui agora mesmo! — berrou o rei.

Uma escada foi baixada.

— Eu tentei — disse Asterius. Cabisbaixo, ele subiu a escada para se juntar ao pai. O rei bufou para ele e, então, voltou sua atenção para Karn.

— Você diria que está em uma situação difícil, não é? — perguntou-lhe o rei.

Karn abriu a boca para responder, mas, justo nesse momento, uma das árvores ao lado do portão de repente começou a brilhar na altura da metade do tronco. Uma passagem se abriu em seu tronco e uma gigante do gelo saiu de lá tropeçando.

— Thianna! — exclamou Karn, correndo para a sua melhor amiga. O rosto da gigante iluminou-se quando o viu. Ela agarrou Karn em um verdadeiro abraço de urso.

— Está partindo... as minhas... costelas — ele ofegou. Mas seu sorriso era tão amplo quanto o dela. Relutantes, eles se largaram. Thianna olhou ao redor para se localizar, mas Karn contemplava a abertura verde e brilhante no tronco por onde ela saíra havia pouco.

— Você... você... você saiu de uma árvore? — espantou-se ele.

— Surpreendi você, não foi? — ela respondeu, sorrindo. — Na verdade, é uma hamadríade, mas vou explicar o que é mais tarde. Nós fomos para Dêndronos.

— Nós? — perguntou Karn esperançoso. — Desstra está com você?

— Estou aqui — disse a elfa, saindo da Via Verde. Ela segurava uma pequena bolsa. — E olhe, trouxemos goma de mascar.

Karn não sabia o que *goma de mascar* significava, mas riu, aliviado ao ver que ela estava bem. Então, notou a garota de pele de tronco saindo da árvore. Por baixo de sua cabeleira de folhas, estava piscando os olhos castanhos e boquiaberta com os muros ao redor dela.

— Quem é essa? — ele perguntou.

— Daphne — esclareceu Thianna. — Ela é uma dríade. São como pequenas hamadríades que não são plantadas em um só lugar.

— Não somos apenas isso — objetou Daphne.

— Seja como for — prosseguiu Thianna encolhendo os ombros —, ela nos ajudou. Literalmente me salvou.

Karn deu à dríade um rápido aceno de agradecimento.

— Estou feliz por estarmos juntos de novo — declarou ele.

— E eu também — respondeu Thianna.

— Tudo isso é muito emocionante — gritou o rei Asterion, que até aquele momento estava observando a conversa com ar divertido —, mas se o seu reencontro já terminou, será que podemos continuar com a questão da sua recaptura?

Thianna olhou pela primeira vez para o rei e seu séquito de soldados.

— Você se lembra de Asterion, o rei dos minotauros? — disse Karn.

Thianna assentiu.

— O que ele quer?

— Ele me manteve prisioneiro, tentando descobrir se me matava ou me entregava às duas rainhas.

— Vejo que você esteve se divertindo tanto quanto nós — gracejou a gigante. Ela gritou para o rei. — Eu tenho uma mensagem para você, Asterion! O Conselho dos Anciãos em Dêndronos diz que eles se juntarão à nossa rebelião se Labiríntia também se rebelar.

— O que é isso? — disse Karn ao lado dela. — Eu deixo você sozinha por dois dias e você começa uma revolução!

— Imagine o que poderia ter acontecido se tivéssemos ficado longe uma semana — disse Desstra, juntando-se a eles.

Lá no alto do muro, o rei Asterion refletia sobre as palavras de Thianna, esfregando o queixo com um grande punho e sacudindo a cauda.

— O que você me diz? — Thianna gritou para ele.

— Pai? — disse Asterius, esperançoso.

— Bah! — rugiu o minotauro. — É um estratagema. Alguma armadilha do povo-árvore.

— Como pode ser uma armadilha? — perguntou a gigante do gelo.

— O povo de Dêndronos é tímido e cauteloso. Os vegetais não têm pressa, pois o jogo para eles pode ser muito longo, no final das contas. Querem nos enganar para atacar primeiro, deixando Labiríntia sofrer o peso da retaliação de Caldeira e, então, entrar na luta para liquidar os sobreviventes.

— Na verdade, não é uma estratégia ruim — observou Desstra.

— Você não está ajudando — censurou-a a gigante do gelo. Ao rei, ela disse: — Esse não é o caso aqui. Os caldeiranos os viram nos ajudar. É só uma questão de dias antes de serem punidos. Não podem esperar mais.

— Ainda melhor — disse Asterion. — Nós podemos deixá-los lutar primeiro e liquidá-los mais tarde. Ele girou seu machado de duas lâminas. — O que me deixa apenas com a dúvida do que fazer: desaparecer com vocês, crianças, ou entregá-los às rainhas.

— Há uma terceira opção — disse Thianna.

— E qual é? — perguntou o rei, ainda girando o machado.

— Darmos no pé!

Ela saiu correndo pela rua. Karn e Desstra trocaram um olhar, depois dispararam atrás dela. Por último, Daphne fez o mesmo.

Lá no alto, o rei Asterion rugiu, mas não com raiva.

— Uma caçada! — gritou alegremente o monarca. — Graças a Teshub! Já faz anos desde que tivemos uma boa caçada à moda antiga pelo labirinto. — Ele riu e bateu a mão livre no flanco. Então, o rei se virou para os soldados ao lado dele:

— Bem, o que estão esperando? Atrás deles!

Sirena se chocou contra o chão com violência. Mas, pelo menos, estava no solo. Ela agarrou a grama entre os dedos apertados, lutando para controlar sua raiva. Então, levantou a cabeça e olhou em volta.

Estava em um parque no meio de uma cidade. Uma cidade normal, humana, a julgar pela aparência dos edifícios mais próximos. Ela não reconhecia o lugar, mas não era Dêndronos nem Caldeira. Ela precisava voltar e rápido — antes que sua prima escapasse. Sirena virou-se. Várias árvores cresciam em um aglomerado atrás dela. Nenhuma delas se movera ou falara. Nenhuma porta mágica era visível em qualquer um dos seus troncos. Era impossível dizer por qual árvore ela havia atravessado.

— Foi você? — ela disse para uma tamareira. A árvore não respondeu. Ela se virou para a próxima. E chutou-lhe o tronco.

— Abra! — ela gritou. Chutou a árvore mais uma vez, mas a única resposta que obteve foi que várias frutas se soltaram e caíram na terra.

Sirena virou-se e bateu o punho na árvore mais próxima.

— Eu sei que foi você — disse ela. — Só está dificultando as coisas para você mesma, fingindo que não.

Ela se virou para uma terceira árvore, estudando-a. Então, pegou uma folha e rasgou-a com selvageria, na esperança de provocar uma reação. Nada aconteceu.

— Droga! — exclamou com frustração. — Se eu tivesse uma lança de fogo, colocaria todas vocês em chamas! — Ela agarrou outra árvore e começou sacudi-la. — Abra! Abra! Eu sei que você pode se abrir!

— Criança, você está bem?

Sirena se virou. Uma guerreira estava olhando para ela como se estivesse louca.

— Eu não sou criança — retorquiu com rudeza. — Sou sua Guardiã de Keras.

— Guardiã de Keras? — perguntou a mulher, confusa. — Você não deveria estar em Caldeira? A Grande Eclosão acontece em dois dias.

Ela caminhou decidida até a guerreira.

— Você não acha que sei disso? Diga-me, que cidade é essa?

— Que cidade é essa? Você não sabe?

— Não. É uma pergunta simples, sua abestalhada! Que cidade é essa?

— Não há necessidade de ser rude — disse a mulher, ruborizando.

— Há toda a necessidade — Sirena respondeu de forma áspera. — Agora cale a boca e responda à minha pergunta.

— Mas se eu calar a boca, como poderei fazer isso? — começou a guerreira. Ao ver o olhar ameaçador nos olhos da Guardiã de Keras, ela parou e engoliu em seco. — Esta é Lassatônia — desembuchou por fim.

— Obrigada — falou Sirena com cortesia exagerada. — Isso não foi tão difícil, não é? — Considerou sua localização. Lassatônia era a cidade mais ao sul da ilha-continente de Thica. Ela se encontrava a centenas de quilômetros de Caldeira, ainda mais longe de Dêndronos. Não havia sentido tentar chegar à cidade do povo-árvore. Thianna já estaria longe muito tempo antes que pudesse chegar lá. Precisava de outras opções. Sirena voltou-se para a guerreira.

— Leve-me para a sua guarnição — disse ela. — Vou requisitar uma wyvern. E eu preciso de reforços.

Enquanto caminhavam para fora do parque, ela se virou para o grupo de árvores.

— Que os corvos carreguem todas vocês! — praguejou.

A guerreira olhou para ela, achando estranho.

— Acho que corvos não comem árvores — ponderou. Então, quando viu o olhar assassino que Sirena lançou em sua direção, ela se corrigiu: — Claro, posso estar errada sobre isso.

Os sinos de vaca tocavam alto. Aqueles cidadãos de Labiríntia que se encontravam no nível do solo subiram rápido as escadas, recolhendo-as logo em seguida. À medida que as ruas esvaziavam, as portas e as janelas se abriam e grupos de pessoas-touro apinhavam-se nas varandas para olhar para eles. Alertados pelo ruído dos sinos, os homens-touro e as mulheres-vaca se preparavam para apreciar o espetáculo.

— Parece que temos uma plateia — observou Karn.

— O que eles querem? — perguntou Daphne com medo.

— Acho que somos o entretenimento da manhã — disse o norrønur.

— Então vamos lhes dar um espetáculo — Thianna respondeu.

A elfa girou e atirou algo em seus perseguidores. Quando atingiu o chão, a coisa explodiu. Os soldados recuaram da fumaça e das chamas resultantes.

— Isso assusta mais do que fere — Desstra se desculpou.

— Pelo menos, nos faz ganhar tempo — respondeu-lhe Karn.

— Muito bem! — gritou o rei Asterion. Thianna procurou a origem da voz e encontrou o monarca minotauro empoleirado sobre um muro próximo. Alguém lhe trazia uma vasilha grande de vinho, enquanto um atendente de pé ao seu lado segurava uma bandeja transbordante de capim fresco. O rei limpou o vinho do queixo e depois agarrou um punhado de capim e engoliu. Perto dele, seu filho, Asterius, parecia menos satisfeito com os acontecimentos da manhã.

— Estou feliz que alguém esteja se divertindo! — Thianna gritou para o rei.

— Sim, de fato, obrigado — respondeu Asterion com bom humor. — Mas não se preocupe, sua própria diversão está apenas começando.

Thianna rangeu os dentes e liderou a corrida do grupo pelas ruas da cidade. Após o terceiro retorno, ela abriu os braços e exclamou:

— O que é isso, algum tipo de labirinto?

— Bem, sim — disse Karn. — O nome da cidade é Labiríntia, afinal de contas.

— Quem constrói uma cidade em forma de labirinto?

— Eu achava que a resposta era óbvia — observou Desstra.

Thianna ergueu um dedo de advertência para a elfa.

— Eu só quero sair daqui — disse Daphne. — Como vamos fazer isso?

— Não sei — confessou Karn. — Só cheguei aqui ontem, e não foi desse jeito.

— Pensei que você fosse bom em jogos — disse a gigante do gelo.

— Jogos de tabuleiro — ele respondeu. — Jogos de estratégia. Não labirintos. Labirintos não são jogos.

— Claro que são — discordou a gigante do gelo.

— Um labirinto é um tipo de enigma — observou Daphne. — E um enigma é um tipo de jogo.

— Viu só? — disse Thianna. — Ela concorda comigo.

— Não importa — disse Desstra. — Apenas vire para a esquerda.

— Por que razão? — perguntou o norrønur.

— Nós devemos virar sempre à esquerda — explicou a elfa. — É assim que você evita se perder em um labirinto.

— Ah, é? — perguntou Thianna.

— Eu acho. Nunca estive em um labirinto antes.

— Ah, que ótimo! — disse a gigante do gelo, mas os conduziu pela rua da esquerda. Mais algumas voltas e o grupo se viu num pequeno pátio quadrado, dominado por uma estátua de minotauro em mármore. Água se derramava de ambos os chifres e caía dentro de uma pequena piscina. Espalhada de cada lado da fonte havia uma segunda tropa de soldados minotauro.

— Estamos encurralados — disse Thianna. Ela preparou sua espada, confiando que seus companheiros fariam o mesmo.

— Vamos tornar a parada equilibrada — disse Desstra. A elfa lançou outro artefato incendiário nos minotauros que se aproximavam. A explosão fez com que vários dos soldados recuassem e os restantes caíssem por cima dos companheiros, fazendo a luta começar pra valer.

Espadas, martelos e machados entraram em confronto. Das casas acima, os cidadãos de Labiríntia incentivavam ou vaiavam. Alguns atiravam flores e outros jogavam pedras e maçãs podres. O povo-touro parecia não favorecer um lado ou outro, desde que o entretenimento fosse bom. Sem armas e aterrorizada, a dríade corria de um lado para o outro, enquanto suas folhas tentavam se enrolar sobre sua cabeça.

Esquivando-se de um golpe rápido de machado, Thianna tropeçou e caiu na fonte. Ao ver isso, Karn gritou alarmado, mas a gigante emergiu da água. Quando saiu da fonte, Karn percebeu que ela congelara a água em sua roupa. Sua túnica thicana agora estava dura e rígida.

— Armadura de gelo instantânea — ela disse com um sorriso. — Agora, não preciso ser tão cautelosa. — Com a vantagem daquela camada extra de proteção, a gigante partiu para cima de um grupo de três soldados e logo os derrubou no chão. Thianna sorriu quando um ramo de flores foi jogado aos seus pés.

Ela o recolheu e acenou para a multidão.

— Alguém é popular — observou Desstra.

— Só torço para que eles não esperem que comamos isso — disse Karn.

Depois de derrotarem os adversários ou tê-los feito recuar, os companheiros prosseguiram, atravessando a praça, e saíram em outra rua.

Infelizmente, o próximo cruzamento levou-os a um beco sem saída. Teriam que voltar, o que significava que seus perseguidores ganhariam terreno. Quando os soldados descobriram suas presas, gritaram e partiram para o ataque.

— Aqui vamos nós outra vez — disse Thianna.

— Espere! — pediu Desstra, colocando uma mão em seu braço.

De repente, o grupo inteiro de minotauros parou e virou-se de costas. Era como se cada um deles tivesse sido puxado para trás por uma corda invisível.

A gigante lançou à elfa um olhar questionador.

— Teia de aranha — explicou Desstra. — Esticada de um lado a outro da rua. Difícil de detectar. É a segunda vez que esse truque funciona.

— O que você fará da terceira vez? — perguntou Thianna.

— Estamos nos aproximando dos portões da cidade? — Karn interveio.

— Impossível dizer — respondeu Desstra. — O labirinto serpenteia para dentro e para fora antes de levar à saída.

— Nós podemos estar indo direto para o centro! — gritou Daphne. A tímida dríade com toda certeza não estava se divertindo.

— Exato! — o Rei Asterion gritou do alto do muro. — Como vocês sabem se estão fazendo progresso? Um enigma fascinante, não é? Mas continuem.

Karn calculou que estavam em algum lugar a meio caminho entre o palácio central e os muros externos, quando a sorte deles sofreu uma reviravolta. Ao se aproximarem de uma curva nas ruas, ouviram um som alto de alguma coisa se aproximando correndo. Ele agarrou o braço de Thianna e retardou sua corrida.

— Alguma coisa está acontecendo — advertiu-a.

— Mais soldados? — ela perguntou.

— Acho que não — respondeu Karn.

Algo de fato dobrou a esquina. Tinha pernas compridas e uma carapaça negra lustrosa.

— Oh, não! Mais aranhas! — exclamou Daphne. Mas a dríade estava enganada.

Um enorme escorpião dobrava a esquina. Era maior do que um cavalo. Maior do que um javali de guerra uskiriano. Suas pinças eram tão grandes que pareciam poder cortar uma pessoa ao meio. Um gigantesco ferrão na ponta de sua traseira recurvada se erguia no ar. Um minotauro montava-lhe o dorso, segurando as rédeas afixadas em sua cabeça.

— Não acho que possamos lutar contra isso — disse Karn.

— Oh, mas vocês não gostariam de tentar? — o rei Asterion gritou para eles. Ele riu e pediu outra vasilha de vinho. Então, o rei apontou. — E olhem na outra direção.

Mais soldados estavam se aproximando por trás. Eles estavam encurralados outra vez.

Desstra provocou outra explosão. Desorientado, o escorpião recuou diante das chamas. Então, Daphne surpreendeu a todos correndo na direção dele. Quando a criatura estendeu uma pinça para pegá-la, ela saltou no ar. Girando, a dríade abriu suas folhas em leque. Rodopiou para o alto, subindo acima do alcance das letais pinças. Erguendo-se para tentar alcançá-la, o escorpião expôs seu baixo-ventre. Thianna aproveitou a oportunidade para atacá-lo, forçando o ombro no meio da criatura e derrubando-a. Desstra entregou para

Karn uma das extremidades de uma teia de aranha, e os dois correram para o monstro. O norrønur usava uma das luvas com tratamento especial dos pupilos da Ardil, de modo que a seda pegajosa não aderisse à sua mão. Trabalhando em parceria, os dois enrolaram bem apertados os fortes fios nas patas do escorpião.

No alto do muro, o rei dos minotauros parecia satisfeito.

— Este é o melhor dia que tivemos em Labiríntia em muito tempo — disse ele ao filho. — O que você me diz, Asterius? Devemos convidar estrangeiros para o palácio com mais frequência?

— Eles trabalham em equipe, pai — resmungou o garoto.

— Sim — o rei concordou. — Eles estão dando um show e tanto. Ainda mais divertido porque não têm ideia do caminho a seguir. E mais soldados estão chegando!

Asterius lançou ao pai um olhar de reprovação.

— Não foi o que eu quis dizer — esclareceu. — Olhe para eles, pai. Olhe para eles de verdade. Uma gigante, um humano pálido, uma dríade e uma seja lá o que for de orelha pontuda. Todos diferentes, de lugares diversos. Mas, juntos, estão derrotando seus soldados.

O rei franziu a testa.

— Aonde você quer chegar? — o rei interrogou-o.

— Se você se juntasse a Dêndronos e às outras cidades-estados, poderia vencer os caldeiranos agora mesmo. Não precisaria esperar.

— Deixe a política para os adultos, filho — disse o rei. — Apenas cale a boca e curta o labirinto.

Asterius baixou a cabeça, mas não com vergonha. Com raiva crescente. Quando fugiu de Caldeira, estava tão seguro de que seu pai defenderia Labiríntia, que eles seriam o primeiro dos povos de Thica a se rebelar. Agora, percebia que o rei sempre hesitaria. Se alguém iria liderar o ataque, não seria o rei Asterion.

— "Curta o labirinto" — repetiu Asterius, um casco raspando o chão de forma inconsciente enquanto o garoto reunia energia e coragem. — Bom conselho, pai. Acho que é isso mesmo que vou fazer.

O príncipe minotauro pulou do muro. Quicou uma vez num grande toldo e, então, saltou para a rua abaixo.

— Asterius, volte aqui! — bradou o rei, mas o filho ignorou o pai.

— Sigam-me — o menino-touro chamou seus amigos e companheiros. — Sou um minotauro e posso levá-los para fora do labirinto.

CAPÍTULO DEZOITO

Sorte lançada

— Abra em nome do príncipe! — Asterius ordenou à sentinela que vigiava uma das duas torres guarnecidas com chifres.

— Meu príncipe? — disse o soldado. — Mas... Não foi ontem mesmo que você chegou aqui?

— E agora estou de partida outra vez. Levante o rastrilho.

A sentinela olhou de sua plataforma para o grupo de jovens diante do portão.

— Levante o rastrilho — repetiu Asterius — ou vou subir até aí e o derrubo de seu posto. — Ele olhou de esguelha para Thianna. — Ou ela fará isso.

A sentinela logo se inclinou para executar a tarefa, girando a roda que enrolava a pesada corrente que, por sua vez, elevaria o portão. A enorme grade deslizou para cima. Então, o barulho de seus perseguidores ribombou pela rua. A sentinela viu meia dúzia de minotauros correndo a toda na direção dos adolescentes. E, atrás deles, três soldados montados em escorpiões, sendo um deles o próprio monarca. O soldado endireitou-se, embasbacado, e soltou a roda. O portão começou a cair.

Thianna pulou para a frente, agarrando o pesado rastrilho antes que se fechasse por completo. Levantou o portão até o nível dos ombros e o manteve lá, sustentando-o.

— Rápido! É pesado! — a gigante do gelo resmungou. Karn conduziu seus companheiros pela passagem. Quando o último deles estava seguro, Thianna saltou de lado. O metal tiniu quando desabou no chão, bloqueando a saída de seus perseguidores.

Ou, pelo menos, foi o que pensaram. Os três soldados montados nos escorpiões foram direto para os muros e os escalaram. As patas das criaturas encontravam pontos de apoio até mesmo nas pedras mais lisas. Depois desceram correndo pelo outro lado e espalharam-se para cercar os fugitivos.

— Você já não se divertiu bastante por um dia? — gritou Thianna. — Vencemos todos os soldados que você enviou contra nós e conseguimos atravessar o seu labirinto. Por que não desiste e nos deixa ir?

O rei Asterion não respondeu. Ficou ali sentado sobre o escorpião, olhando para o filho, que estava entre todo aquele povo de aparência esquisita. Ergueu o machado de dois lados, girando-o. As duas lâminas refletiram a luz do sol. Ele atirou a arma no chão, onde uma das pontas se cravou na terra.

O rei desceu do escorpião, escorregando pela parte de trás da criatura, e aproximou-se do grupo.

— Que bela variedade temos aqui — disse Asterion. — Um humano, um minotauro, uma representante do povo-árvore e uma... — Ele fez uma pausa quando seus olhos pousaram em Desstra.

— Elfa — esclareceu ela.

— E uma elfa — concluiu o rei com um sorriso. — Um tão diferente do outro. E todos lutando lado a lado contra um inimigo comum. Você me surpreendeu quando saiu do meu lado para se juntar a eles, filho.

— Pai, eu... — Asterius começou a dizer, mas o rei gesticulou para que ficasse em silêncio.

— Às vezes, é necessário uma surpresa de verdade para impressionar um touro teimoso e fazê-lo mudar de ideia. — Ele caminhou até se postar diante da gigante do gelo. — Thianna, Nascida no Gelo — declarou o rei —, você nos mostrou o caminho que devemos trilhar. Obrigado e parabéns. Labiríntia abraçou a sua causa.

— Está falando sério? — surpreendeu-se Thianna, seu rosto se iluminando com um amplo sorriso.

— Que os dados do destino sejam lançados — disse o homem-touro. — Eles definirão o resultado. — O rei Asterion acarinhou os cabelos do filho, e, desta vez, Asterius não afastou a mão do pai. — Retornemos todos juntos ao Palácio do Machado Duplo como aliados — convocou. — Vamos celebrar com os meus conselheiros-guerreiros e realizar um Conselho de Batalha! Durante muito tempo os caldeiranos governaram do topo da montanha. É hora de as cidades-estados de Thica recuperarem a liberdade!

— Traição — gritou do céu uma guerreira montada em uma wyvern.

Três wyverns pousaram no chão. Nervosos com os imensos répteis, os escorpiões estalaram as pinças e tamborilaram as pernas. A guerreira do centro usava uma capa negra, agora familiar.

— Lêta — deduziu Thianna.

A chefe da Guarda de Keras retirou o elmo e desmontou. Ela caminhou até o grupo reunido.

— Você não irá se livrar de seu jugo com tanta facilidade, homem-touro — anunciou ela ao rei. Asterion abriu a boca para responder, mas ela caminhou até onde a gigante do gelo estava parada.

— Eu pensei apenas em encontrar o seu amigo e usá-lo para chegar até você — explicou Lêta. — E eis que encontro vocês dois juntos aqui. Nós os levaremos de volta à capital imediatamente, onde esta insurreição será relatada.

Pelo canto do olho de Lêta, Desstra começou a recuar.

— Não tão rápido, elfazinha — disse a mulher. — Não cometerei o erro de subestimá-la de novo. Também não a deixarei viva para planejar a sua vingança. — Ela se virou para uma de suas duas guerreiras. — Queime-a — ordenou ela.

Desstra ficou paralisada enquanto uma lança de fogo era apontada em sua direção. Mas, antes que a guerreira pudesse apertar o gatilho, Thianna atirou algo para o ar.

A bola de neve não servia muito como arma no calor de Thica, mas ainda assim proporcionava uma ótima distração. A ex-jogadora de knattleikr lançou seu projétil em um arremesso perfeito, cruzando direto a fenda do olho direito do elmo e atingindo o rosto da mulher. Sem conseguir enxergar, e ainda por cima com uma dor de cabeça causada pelo gelo, desabou de sua sela.

Lêta rugiu e puxou a espada, correndo em direção a Thianna.

A gigante aparou o golpe com sua própria lâmina e travou-a. Devagar, Thianna forçou a espada de Lêta para baixo.

— Sou a chefe da Guarda de Keras — disse Lêta. — Tive sucesso quando todos falharam e não serei derrotada por você.

— Sou Thianna, Nascida no Gelo — respondeu a menina ymiriana. — E não dou a mínima para o que você pensa.

Com o ombro, Thianna golpeou o esterno de Lêta, empurrando a mulher para trás. Enquanto ela se desequilibrava, Desstra entrou em seu caminho, passando-lhe uma rasteira. Lêta tropeçou em sua própria montaria, que de repente chicoteou a cabeça com um espasmo violento. A chefe da Guarda de Keras foi lançada ao ar e colidiu com a montaria do rei Asterion. Assustado, o enorme escorpião agarrou a pobre guerreira com as pinças. Seus gritos foram altos, mas duraram pouco.

Thianna olhou em volta. Ela viu que a guerreira que havia sido atingida pela bola de neve estava sendo imobilizada por seus amigos, enquanto os minotauros cercavam a única caldeirana que ainda estava montada. A mulher avaliou a situação e, sábia, optou por erguer as mãos em sinal de rendição.

Thianna virou-se para a wyvern.

— Foi um movimento bem ardiloso que você executou ali, amiga — falou.

O poder do chifre enfraquece à medida que o momento da Grande Eclosão se aproxima, a criatura respondeu em sua mente. *Além disso, ela não estava irritando você? Com certeza estava irritando a mim.*

Thianna permanecia acordada na cama de palha. Minotauros não pareciam achar que as banheiras fossem um componente necessário nos quartos de hóspedes. De qualquer forma, não era a roupa de cama estranha que a incomodava. Ela tinha outras preocupações em mente.

A gigante se levantou, andando na ponta dos pés para não acordar seus companheiros. Desstra e Daphne estavam cada qual deitada em sua própria pilha de palha. A dríade estava roncando de leve e não parecia ser possível perturbá-la. Desstra explicou que a menina-árvore era "diurna". Thianna compreendia agora que "diurna" não queria dizer que a garota vinha equipada com duas urnas, como pensara. Significava que, assim como uma flor, ela entrava em estado de dormência quando o sol se punha.

Thianna caminhou pelo aposento. Haviam passado a maior parte do dia em conferência com o rei e seus conselheiros-guerreiros, além de representantes convocados de Dêndronos, que chegaram pela Via Verde. Ambas as cidades iniciariam os preparativos da batalha no dia seguinte, mas a gigante esperava que eles não fossem necessários. Se pudessem realizar o que conspiraram e subtrair o Chifre de Osius, a guerra poderia ser evitada de maneira definitiva.

Na verdade, Karn contribuiu com a maior parte dos planos. O especialista no jogo Tronos & Ossos estava provando ser um senhor estrategista. Ela estava orgulhosa da forma como o norrønur havia falado diante de uma reunião de adultos. Seu amigo havia percorrido um longo caminho desde os tempos em que era apenas um menino irresponsável, que não fazia mais do que comer neve quando estava perdido em uma região selvagem congelada.

A Grande Eclosão ocorreria em dois dias. Fora combinado que, enquanto o chifre permanecesse sob o controle de Caldeira, um ataque terrestre seria inútil. Então, uma equipe secreta seria enviada para a cidade. Um grande destacamento seria detectado de pronto, mas Karn raciocinou que, se apenas alguns indivíduos entrassem por meio de uma Via Verde, eles poderiam se esgueirar para Caldeira sob o manto da escuridão. Thianna tinha sido escolhida para liderar uma pequena equipe com a missão de roubar o chifre. Assim sendo, era natural que ela escolhesse seus companheiros, antigos e novos. Asterion se opusera no início, mas os minotauros adultos não eram conhecidos por serem sorrateiros, e Thianna tinha certa autoridade quando se tratava do Chifre de Osius e sua capacidade de manejá-lo. Quando o objeto estivesse a salvo em seu controle, os minotauros e o povo-árvore poderiam se aproximar. Sem apoio aéreo, a esperança era a de que os caldeiranos se renderiam de forma pacífica.

De qualquer modo, essa era a esperança. Thianna lembrou-se de um provérbio dos norrønir que Karn lhe ensinara: "O desígnio dos deuses pode estar escrito nas runas, mas nem eles mesmos conhecem o caminho para chegar lá". Quem poderia dizer como os planos se desenrolariam? De qualquer forma, Thianna não perdeu muito tempo com especulações. Ela preferia traçar seu próprio destino. Mas, no dia seguinte, estaria lançando runas para muito mais gente do que apenas ela própria. O destino de um país inteiro estava em suas mãos.

Ela sentou-se em um banquinho diante de uma pequena penteadeira. Tateando distraída no escuro, suas mãos encontraram um pente sobre a mesa. Ela o segurou no colo, pensando na prima que estava contra ela.

— Também não está conseguindo dormir?

Na escuridão, Thianna distinguiu uma silhueta delgada que só poderia ser Desstra.

— Não se aproxime desse jeito sorrateiro — censurou ela.

— Desculpe — disse a elfa negra. — Suponho que seja difícil deixar de lado velhos hábitos.

Thianna grunhiu ao ouvir isso.

— Quer conversar sobre isso? — perguntou Desstra.

— Com *você*? — retorquiu Thianna.

Em resposta, a elfa pegou o pente das mãos de Thianna e começou a pentear os cabelos da gigante. Thianna tentou se afastar, mas Desstra colocou uma mão em seu ombro.

— Relaxe — disse ela. — Posso ver no escuro, lembra?

Thianna tentou sentar-se quieta. Havia aspectos da cultura thicana com os quais ela não se importava. Pentes e banhos.

— Me desculpe — disse ela. — Ainda estou me acostumando com esse negócio de pentear. Não havia garotas da minha idade enquanto eu crescia. Papai com certeza não sabia como pentear cabelos. E minha mentora Eggthoda também não se preocupava muito com aparência.

— Então, você gostaria de ter alguém que a ouvisse? — sugeriu Desstra. — Ora, minhas orelhas são mais longas do que a da maioria. E já faz semanas que tentei matar você.

Isso provocou uma risada na gigante.

No escuro, sem poder ver com clareza o rosto da elfa, era mais fácil desabafar sobre suas preocupações. Era quase como falar consigo mesma.

— Eu só me pergunto — disse Thianna — se estou fazendo a coisa certa... — Desstra ficou ali escutando em silêncio, desembaraçando as madeixas de Thianna. — Quero dizer — prosseguiu Thianna —, o modo como os caldeiranos administram a sua própria cidade é ruim. E a forma como governam toda a ilha-continente é pior ainda. Eu sei que há muito tempo eles sabiam que isso um dia iria acontecer. Mas é certo que seja eu a responsável por derrubá-los?

— O que você quer dizer? — questionou Desstra.

— Eles são o *meu* povo. Saí do topo da minha montanha para encontrá-los. Não destruí-los. Eu queria conhecer a cultura da minha mãe. E quando a encontrei, achei-a horrível. Como posso me orgulhar da minha metade humana quando ela vem disso?

— Quer saber o que eu penso? — disse a elfa. — Acho que você precisa ampliar a sua definição de cultura da sua mãe.

— O que quer dizer?

— Eu achava que ser membro da Ardil era o melhor que a vida poderia oferecer. Quando não me formei, pensei que a minha vida tinha acabado, que não havia mais nada para mim. Você e Karn me mostraram como esse pensamento era limitado. A Ardil parece pequena e insignificante agora.

— Como Thrudgelmir — disse Thianna. — E todos os gigantes que implicavam comigo quando eu estava crescendo.

— Certo — concordou Desstra. Embora ela não soubesse quem era Thrudgelmir, podia imaginar como tinha sido difícil para a pequena gigante crescer entre verdadeiros gigantes.

— Desde que chegamos a Thica — prosseguiu Desstra —, vimos todos esses seres e criaturas estranhos. Homens que são metade bode, metade humano. Criaturas que são metade leão, metade cabra, metade serpente.

— Aí já são três metades — riu Thianna.

— Metade touro, metade homem.

— Você está se perguntando por que não existem metade elfos?

— Existem metade elfos — revelou Desstra. — Mas não se afaste do assunto. Karn cavalgou até Labiríntia em cima de um ser metade galo, metade cavalo.

— Tá, então existem muitas metades por aqui — resmungou a gigante. — Aonde quer chegar?

— Quero dizer que você é metade gigante.

— E daí?

— E daí que a sua prima e as rainhas cometeram o erro de pensar em si mesmas primeiro como caldeiranas e depois como thicanas. Mas você se encaixa aqui melhor do que elas, com todos esses seres mistos. Você é uma thicana em primeiro lugar, e está agindo por todos de Thica. Isso é algo de que pode se orgulhar. E algo de que sua mãe também se orgulharia.

— Sou uma thicana — disse Thianna. — Sou uma ymiriana e sou uma thicana. — Ela segurou o pulso da elfa negra para impedir que ela penteasse seus cabelos. — Eu tenho sido um horror com você.

— "Um horror" é o que você tem feito com o seu cabelo — gracejou Desstra. — Mas se está dizendo que finalmente aceitará a minha ajuda, eu digo que o prazer é todo meu.

— Acho que é isso que estou dizendo — reconheceu Thianna. — Obrigada. Eu só espero que tenhamos êxito. E que depois disso as cidades-estados não dividam o país.

— Na verdade — disse Karn da entrada para o aposento delas —, também tenho algumas ideias sobre como lidar com isso. Conheci alguém a caminho de Labiríntia.

Thianna olhou para o rosto do amigo, que estava brilhando à luz da pedra fosforescente pendurada em seu pescoço.

— Não está conseguindo dormir também, garoto norrønur? — perguntou ela.

— Quem dorme antes de uma batalha? — ele respondeu.

— Olhe para nós — disse Thianna. — Três adolescentes bárbaros das terras congeladas do norte prestes a mudar o mundo.

— De novo — acrescentou Karn.

— Quem você está chamando de bárbara, bárbara? — brincou Desstra.

Algum tempo depois, os três amigos acabaram retornando para suas camas, mas, naquela noite, Thianna acordou mais uma vez.

— Karn? — disse ela. Mas o norrønur já tinha voltado para os seus aposentos.

— Desstra? — chamou. Mas desta vez a elfa também estava dormindo.

E Daphne ainda roncava lá em sua própria cama.

A gigante do gelo sentou-se em silêncio, procurando ouvir no escuro. Alguma coisa a havia despertado. Mas o quê?

Meio adormecida ainda, lá no fundinho de sua mente, tão sutil que poderia ser um de seus próprios pensamentos, ela ouviu uma voz.

Mensagem recebida. Nós estamos chegando.

"Nós?", pensou Thianna. Quem é "nós"?

CAPÍTULO DEZENOVE

Os melhores planos

Na parte mais ao norte da cidade de Caldeira, no bairro hilota, a classe social mais baixa, perto de um imenso anfiteatro, uma luz verde incandescente de repente iluminou o contorno de uma porta no tronco de um grande olmo.

Mais daquela luz fantasmagórica se derramou no vale em volta quando a porta no tronco se abriu. Uma gaivota que estava descansando em seus galhos guinchou e voou para longe. Então, Thianna, Nascida no Gelo, saiu da Via Verde, dando um passo para o lado para permitir que Karn Korlundsson, Desstra, Daphne e Asterius a seguissem.

Ela olhou para o céu lá em cima.

— A escuridão vai nos favorecer — observou.

A lua maior era apenas uma curva delgada de luz, enquanto seu satélite menor estava sendo eclipsado por sua irmã maior.

— Que bom que a lua de Manna está em sua fase crescente — complementou Karn.

— Lua de quem? — perguntou Daphne, reprimindo um bocejo. A pequena dríade havia amarrado as suas folhas para evitar que se curvassem.

— Uma das divindades dos norrønir — explicou Karn. — Dizemos que a lua maior é dela.

— Aqui dizemos que é o reino de Noe — disse a dríade. — E o chamamos de Mene.

— Os gigantes do gelo não adoram deuses — disse Thianna. — Mas sou grata a seja lá quem for a dona da lua por ela não estar cheia.

Ela se virou para o olmo.

— Sou grata a você também — disse-lhe ela. — Obrigada.

— Boa sorte para você, Thianna, Nascida no Gelo — respondeu a hamadríade. — Eu lhe desejo sucesso. Noe também é a deusa da caça. Que ela a guie em sua caçada hoje à noite.

Despois de se despedirem da hamadríade, os cinco companheiros deixaram o bosque de oliveiras. Desstra tomou a dianteira, servindo de batedora. Começaram a subir a encosta, deslocando-se pelo bairro hilota, aproximando-se do primeiro dos muros interurbanos. Desta vez, a elfa estava devidamente equipada. Levava com ela cordas e material para escalar, de modo que o grupo não precisaria atravessar o portão nem o curso d'água.

A pequena elfa subiu o muro com agilidade. Chegando ao topo, parou: suas orelhas hipersensíveis a alertaram sobre a aproximação de uma patrulha. Fez um sinal com a mão para os companheiros, indicando que aguardassem. Então, fundiu-se com as sombras de tal forma que mesmo seus amigos — que sabiam onde procurar — não fossem capazes de dizer onde ela estava. Observando das sombras de um prédio abaixo, Karn prendeu a respiração enquanto uma guarda de Caldeira se aproximava do esconderijo de Desstra. Uma delgada agulha atingiu a infeliz mulher no pescoço e, então, a elfa negra abaixou a guerreira inconsciente com suavidade sobre a passarela. Pôs-se a escutar outra vez. Satisfeita por estarem sozinhos, fez um sinal para o restante da equipe prosseguir.

— Muito bem! — disse Thianna, quando se juntou a Desstra no muro. Então, a gigante do gelo desceu a corda para o chão. Um a um, seus companheiros a seguiram, com exceção de Daphne. A dríade simplesmente saltou para o ar. Ela abriu as folhas debaixo dos braços e rodopiou ao redor como uma imensa semente de olmo que caísse de um ramo.

— Muito bem também! — disse Thianna. Daphne sorriu pelo elogio.

Eles estavam no bairro central da cidade, o lar dos anões dáctilos. Thianna falou com o grupo.

— Preciso passar um recado aqui — disse ela.

Saindo de um beco, ela assustou um anão que passava.

— Fique na paz — disse ela, usando a saudação básica dos norrønir.

— É difícil ficar, com você saltando assim das sombras e me assustando — objetou o dáctilo. Então, seu olhar ficou desconfiado. — Diga uma coisa... você é grande! Não seria a tal meia gigante com quem todos estão tão preocupados, seria?

Thianna sorriu e colocou um dedo nos lábios.

— Shh — disse ela. — Preciso que você faça algo por mim. Diga a Héracles que, se ele quiser ver mudanças de verdade, pode se juntar a nós amanhã.

— Héracles? — repetiu o dáctilo, fingindo ignorância. — Não tenho ideia de quem você está falando. Não conheço ninguém chamado Héracles.

— Claro que conhece — disse a gigante do gelo. — Diga ao Punho de Martelo que organizei uma festa e ele não vai querer perdê-la.

— Suponha que eu finja que sei do que está falando... — respondeu o anão —, como esse tal de Héracles saberá quando é hora de agir?

— Ele saberá — disse Thianna. — Acredite, ele saberá. Vocês todos saberão.

O dáctilo assentiu de forma brusca e saiu apressado. Entretanto, como Thianna notou com satisfação, não na direção em que estava indo antes.

Os cinco companheiros escalaram o segundo muro de forma tão ágil quanto o primeiro. Thianna fez uma pausa para olhar a paisagem lá de cima. Seus olhos percorreram-na das Docas do Céu, ao sul, até a Torre de Damnameneus, ao norte, passando pelos Palácios Gêmeos no centro — o topo da montanha, o coração do império. Ali, onde cada cidadã era também uma guerreira, teriam que usar de extrema cautela.

Enquanto atravessavam as ruas, as orelhas de Desstra voltaram a alertá-la do perigo. A elfa deslizou para as sombras, derrubando uma patrulha composta por duas guerreiras com dois golpes certeiros de seus dardos delgados. Eles se aproximaram dos Palácios Gêmeos pelo sul, evitando a ampla avenida que levava à Corte da Terra e do Céu, auxiliados pela conveniente presença de uma fileira de árvores.

Uma guerreira montava guarda nos portões frontais da corte. Quando uma bola de neve rolou e parou aos seus pés, a guarda ficou perplexa, e não era para menos. Ainda mais intrigante era a fila de bolas de neve que viu dobrando a esquina. Ela as seguiu, confusa pelo clima estranho que fazia com que bolas de gelo caíssem do céu. Entretanto, o que mais a surpreendeu foi o punho de uma gigante do gelo, mas ela não teve muito tempo para pensar no assunto antes de ir ao chão, inconsciente.

Thianna apontou para Desstra, Asterius e Daphne.

— Vocês três, fiquem aqui fora. Espalhem-se e avisem se ouvirem alguém chegar.

Desstra assentiu com a cabeça. Então, Thianna e Karn entraram.

A Corte da Terra e do Céu estava deserta à noite. Por mais silenciosa que Thianna fosse ao caminhar, ainda assim, fazia uma careta a cada passada no piso de mármore polido. Mas nada se agitou nas sombras do salão.

Ela subiu as escadas. Claro que o trono da Rainha do Céu havia sido posto no lugar depois que ela o tombara. Thianna sorriu ao pensar que, de forma figurada, poderia estar derrubando o trono de novo. A gigante colocou a palma da mão na parede como havia feito da última vez em que estivera ali. Como antes, houve um leve brilho quando a magia reconheceu a filha de Talária. E a porta deslizou para o lado.

Thianna entrou na pequena câmara. Não havia dúvida: o Chifre de Osius se encontrava no altar, na extremidade oposta. Só que Thianna não estava sozinha na sala secreta. Sirena, a Guardiã de Keras, sentava-se de pernas cruzadas no topo plano do bloco de mármore cerimonial segurando o chifre no colo.

Sirena sorriu para a garota maior.

— Saudações, prima! — disse ela. Então, bateu com um dedo na testa. — Não pareça tão surpresa em me ver. Eu senti que você estava chegando quando estava a quilômetros de distância.

Thianna saiu em disparada da câmara secreta.

— Saia daqui! — ela gritou. — É uma armadilha.

A mão de Karn baixou para o punho da espada, mas guerreiras já estavam saindo por portas de ambos os lados da sala. Outras desciam correndo a escada do balcão ou entravam pelas portas da frente. Thianna começou a puxar sua espada, mas até ela sabia que a situação era impossível.

Então, viu Desstra, junto com Asterius e Daphne, entrando na sala com um batalhão de mulheres. Toda a equipe fora capturada.

—Estrume de troll! — a gigante do gelo praguejou. Ela saltou do estrado, voando sobre as cabeças de várias inimigas surpresas. Aterrissando ao lado da parede, Thianna agarrou uma tapeçaria e deu-lhe um puxão violento, lançando a tapeçaria — a mesma com a qual sua prima a prendera! — sobre o grupo mais próximo de guerreiras.

— Viu só? — disse Thianna para a prima, quando Sirena saiu da câmara atrás do trono. — Você conseguiu me ensinar alguma coisa!

Enquanto as mulheres se debatiam debaixo do pesado material, Thianna saltava sobre as silhuetas daqueles corpos desesperados para escaparem da armadilha. Dava para ouvir gritos abafados de "Ai!" e "Sai de cima!" sob a tapeçaria, enquanto a enorme garota usava calombos que poderiam ser cabeças, costas ou ombros para atravessá-la, como se fossem pedras num rio.

Derrubando duas mulheres que foram tolas o suficiente para tentar bloquear seu caminho, a ex-jogadora de knattleikr cruzou a porta de entrada, deixando a Corte da Terra e do Céu para trás. Thianna sabia que, se conseguisse fugir, poderia retornar e libertar os outros. Entretanto, se fosse capturada, não haveria como avisar seus aliados em Labiríntia e Dêndronos da mudança de planos. Pior ainda, os caldeiranos poderiam usar seus amigos contra ela para forçá-la a tocar o chifre. De uma forma ou de outra, estariam todos condenados.

A gigante do gelo se viu ao ar livre, no pátio central dos Palácios Gêmeos. Havia prédios em três lados. Ela correu para o quarto lado e viu a face assustadora do penhasco e as pedras afiadas nas águas lá embaixo. Não havia como descer por aquele paredão, pelo menos não de forma rápida.

Desviando a vista do precipício, Thianna bateu os olhos na peça central do pátio externo. Um tabuleiro de Campeã da Rainha em tamanho natural.

Foi então que um mar de guerreiras se derramou de todas as três alas dos Palácios Gêmeos.

— Às vezes — ela disse com um sorriso pesaroso —, a única saída é bater de frente.

As guerreiras a alcançaram quando ela estava mais ou menos no centro do tabuleiro. Ela derrubou as três primeiras com a força de sua arremetida. Em seguida, ouviu o barulho de botas vindo pela lateral.

Thianna balançou o corpo e chutou. Notou que as mulheres não puxaram as armas, por isso, Thianna também não usou a dela. Esperava que isso significasse que elas tivessem ordens de capturá-la viva. Se fosse esse o caso, não seria fácil para as guerreiras.

A próxima mulher a vir pra cima dela pagou por sua bravura com um soco no queixo. A seguinte voou em direção às arquibancadas. Então, elas se precipitaram em massa e pelo menos meia dúzia de guerreiras caldeiranas atacaram Thianna ao mesmo tempo. Ela lutou para afastá-las, mas eram muitas para dar conta sozinha. Como uma espécie de bloqueio no knattleikr — na verdade, o pior que já enfrentara —, logo ela estava com a cara no tabuleiro, debatendo-se sob uma pilha de mulheres de armadura.

Thianna resistiu mais um instante, esforçando-se sob o peso combinado das mulheres, apenas para mostrar-lhes que podia com elas, mas aquilo era inútil. Então, percebeu que seus companheiros capturados tinham sido arrastados para o pátio também. Thianna afundou no chão, apertando os dentes de frustração.

— Estrume de troll! — praguejou.

— Que linguajar... — censurou-a a Rainha Xalthea, entrando no tabuleiro. — Embora seja exatamente o que eu esperaria de uma bárbara inculta.

— Deixe-me levantar e eu lhe mostro outra coisa que você pode esperar de uma bárbara inculta — Thianna respondeu.

A Rainha do Céu riu. Não foi um som amistoso.

— Isso poderia ser interessante — respondeu a rainha. — Mas poderia ser ainda mais, se eu pedir a essas mulheres que arranquem a cabeça de seus ombros.

— Você precisa de mim — disse Thianna.

— Preciso? — A rainha não estava se dirigindo a Thianna. Ao lado dela, Sirena deu um passo à frente e se ajoelhou para encarar o rosto da gigante. Thianna franziu o cenho, enquanto a prima se aproximava para colocar a mão na testa dela. Então, seus olhos se arregalaram de surpresa.

"Aposto que você está espantada ao me ver aqui também", Sirena pensou na mente de Thianna.

Então, a guardiã de Kera levantou-se e encarou a rainha.

— Não mais — Sirena falou para a soberana.

— Como? — perguntou a gigante do gelo atordoada.

— Você a "contagiou" — riu a rainha. — Parece que o contato dela com a sua mente, por mais primitiva que seja, despertou-lhe habilidades latentes.

Thianna resmungou. Ela sabia que sua própria exposição aos pensamentos de Orm enquanto usava o Chifre de Osius aumentara suas habilidades telepáticas. Não deveria estar surpresa que o repetido contato de Sirena com ela, a maior parte do tempo enquanto uma delas tinha o chifre em seu poder, fizera o mesmo. Afinal de contas, tinham o mesmo sangue.

Thianna baixou o rosto, olhando para o chão de mármore quadriculado do tabuleiro de Campeã da Rainha. Ela falhara.

Ela ouviu o som de uma espada sendo puxada da bainha.

— Eu mesma vou cuidar disso — disse Xalthea. — Não vou deixar você nos arruinar.

— Arruinar vocês? — repetiu Thianna. — Vocês estão se arruinando! Vocês não deixam os dáctilos votarem na sua sociedade, mas foi um dáctilo que projetou seus espelhos. Vocês não permitem que os homens participem do governo da cidade, mas foi um homem que forjou seu chifre. Vocês se sentam nos seus tronos no topo da colina e governam uma cidade onde quase ninguém é cidadão. Não importa o que você faça comigo. Ainda assim, vocês não irão durar. Mais cedo ou mais tarde, vocês irão desmoronar. É melhor começarem a pensar em outra maneira de viver, se quiserem seguir em frente.

— Vamos resistir porque somos mais fortes — retrucou a Rainha do Céu.

— Há mais de uma maneira de ser forte — disse Thianna.

Xalthea bufou, caçoando dela. Mas a outra rainha falou.

— Isso soa quase como um desafio — disse Melantha. — Não há como negar que você é filha de Talária. — Ela caminhou até Thianna e se inclinou para encontrar seu olhar. — Ainda há uma saída para você, uma que não termina com sua cabeça deixando seus ombros. Pelo menos, não nos próximos instantes.

— O que você está dizendo?

— Existe uma opção para você agora. Apenas uma. Se puder aproveitá-la...

Thianna não entendia.

Mas Karn, sim. Ele abriu a boca para dizer a ela, mas uma espada o cutucou nas costelas.

— Ela própria tem que fazer o desafio — a mulher sussurrou. — Ou não terá valor.

Ele apertou os dentes de frustração, desejando que sua amiga entendesse. Ele a seguira até ali. Não a perderia agora. Não quando havia uma chance. Se ao menos Thianna olhasse para ele. Kvir, o deus da sorte de Norrøngard, estava a milhares de quilômetros de distância. Não dava para depositar sua confiança na ajuda dele agora. Mas a confiança de Karn estava depositada em outra pessoa. Eles passaram por poucas e boas juntos, aprenderam a confiar um no outro para tudo. Thianna não enfrentaria aquele desafio sozinha.

De fato, a gigante do gelo olhou para ele. Quando seus olhos se encontraram, a boca de Karn formou em silêncio as seguintes palavras:

— Olhe para baixo.

Mas Thianna não entendeu o que ele quis lhe dizer. Olhou para Karn com perplexidade. A guerreira que segurava Karn percebeu e puxou-o de lado.

Thianna deixou a cabeça pender. Ela não conseguia entender a frase de Karn. "Olhe para baixo." Para baixo, onde? Fora da montanha? Que opção poderia haver? Terminara. As duas rainhas haviam vencido.

"Duas rainhas", pensou. Então, de repente, ela reparou no chão diante de seus olhos. A solução, literalmente, encarando-a. O tabuleiro de Campeã da Rainha. O palco sobre o qual as disputas políticas eram resolvidas.

Thianna sorriu, o maior sorriso daquela noite.

— Eu desafio você, Xalthea — disse ela.

— Você me desafia? — repetiu a rainha, não entendendo.

— Eu desafio você a uma partida de Campeã da Rainha em carne e osso.

— Não me venha com absurdos — disse a Rainha do Céu — Você não tem o direito de me desafiar. Somente cidadãos de Caldeira podem competir no jogo.

— Na verdade — interveio Melantha —, Thianna tem todos os direitos.

Thianna ergueu a cabeça para encarar a Rainha da Terra.

— Sua mãe, Talária, nunca foi julgada por seus crimes — continuou a Rainha da Terra. — Então, a cidadania de Talária está de pé. Como sua única filha, Thianna faz jus a todos os direitos da cidadania. Na verdade, Talária ainda tem uma empresa que opera no bairro hilota, se não estou enganada. Você pode ter direito até a treze anos de renda, menina.

Thianna bufou. As pessoas que estavam prestes a matá-la podiam estar lhe devendo dinheiro.

— Isso é absurdo! — disse Xalthea, suas faces queimando de raiva. — Mesmo que eu aceitasse seu desafio, que cidadão de Caldeira ficaria com ela? Ela não pode entrar no jogo a menos que possa reunir quem a apoie, para ter uma equipe completa.

A tênue esperança de Thianna morreu dentro dela. Sabia que nenhuma das caldeiranas ousaria se opor à sua rainha, certamente não por uma estranha bárbara, propensa a modificar seu modo de vida.

— Eu a apoio — disse Asterius, erguendo os chifres no ar de forma desafiadora.

— Impossível! — disse a rainha. — Você não é um cidadão.

— Na verdade, sou sim — respondeu o minotauro. Ele se virou para a Rainha Melantha. — Você mesma disse isso.

— Eu? — perguntou a Rainha da Terra, sorrindo com malícia.

— Você disse — afirmou um recém-chegado à cena. Todos os olhos se viraram para ver Talos, o autômato, caminhando em direção a eles. — Suas exatas palavras foram: "Vocês serão todos cidadãos honorários de Caldeira. Com o tempo, vocês apreciarão essa honra". Creio que essa hora chegou. Agradecemos a honra agora. Eu também ficarei com Thianna, Nascida no Gelo.

— E eu — disse Daphne.

— E eu — disse Desstra.

— Eu também — disse Karn.

— Esperem — objetou Xalthea. — Essas duas últimas crianças com certeza não são cidadãos caldeiranos.

Era verdade. Embora Desstra e Karn houvessem sido temporariamente alojados nas suítes dos reféns, nenhum *status* honorário lhes tinha sido concedido. Thianna pensou nisso por um momento e, então, uma ideia lhe ocorreu.

— Não é verdade que vocês permitem que os perioikoi sejam competidores no jogo? — perguntou Thianna.

A Rainha Melantha sorriu.

— Sim, é verdade — concedeu ela. — É a única chance que têm de participar de assuntos do governo caldeirano.

— Bem — disse a gigante do gelo —, esses dois são meus perioikoi.

— Absurdo — protestou Xalthea.

— Não, não é — retorquiu a gigante do gelo. — Eles entram em batalha comigo. Karn é meu conselheiro estratégico e ela — Thianna apontou Desstra com o queixo — atua duplamente como batedora, espiã e apoio médico.

— Triplamente, não duplamente — corrigiu-a Desstra. — São três coisas. — Mas a elfa negra estava sorrindo.

— Aí está, Xalthea — disse Melantha. — Se essa não é a própria definição de perioikoi, não sei o que é. — A Rainha do Céu franziu o cenho com isso, mas antes que falasse alguma coisa, Melantha continuou: — Aceitamos Karn e Desstra como concorrentes viáveis.

— Ainda lhe faltam dois jogadores — disse Xalthea. — Você precisa de oito indivíduos para formar uma equipe completa.

— Nós vamos jogar — disse Jasius, que surgira ali aparentemente do nada. Atrás dele estava o rei dáctilo. Embora estivesse tão surpresa quanto qualquer um em vê-los, Thianna sabia que deveriam ter chegado por meio de outra das suas portas secretas.

— Quem é você? — perguntou Xalthea ao anão mais velho.

— Rei Héracles, Punho de Martelo — respondeu o dáctilo — Prazer em conhecer vossa alteza.

— Rei quem? — balbuciou a Rainha do Céu, perdendo o controle da situação a passos largos.

— Não importa, tenho certeza de que haverá tempo de sobra para apresentações formais mais tarde. Agora, estamos aqui para jogar. Ele se virou para Thianna e piscou. — Eu lhe disse que todos parecemos iguais para elas.

Xalthea estava sem palavras, mas sua comonarca, não.

— Muito bem — disse a Rainha Melantha. — O jogo começará no alvorecer de amanhã. Dessa forma, podemos resolver este assunto antes da Grande Eclosão. — Ela se dirigiu à gigante do gelo: — Eu tenho sua palavra de caldeirana que irá respeitar as regras do desafio? Não haverá hostilidades ou tentativas de fuga até o jogo de amanhã?

— Eu me comportarei até o jogo de amanhã — disse Thianna. — Dou-lhe a minha palavra como caldeirana, mas também como ymiriana!

A Rainha da Terra assentiu. Ela se virou para as guerreiras que ainda estavam prendendo Thianna no chão.

— Deixem que se levante. Levem todos os concorrentes para locais onde possam descansar e se preparar de forma adequada para a contenda de amanhã. — Então, ela caminhou até a Rainha do Céu. — Espero que você consiga encontrar sete apoiadores com tanta facilidade quanto essa garota "bárbara" — disse ela.

— Ela já tem uma — disse Sirena, tomando com orgulho o lado de Xalthea. Sua tia a olhou decepcionada, os lábios tornando-se uma linha rígida.

— Muito bem — disse Melantha.

Sirena dirigiu-se a Thianna enquanto as guerreiras a soltavam e a gigante do gelo se punha de pé.

— Você vai desejar nunca ter deixado sua montanha quando nós a atirarmos desta aqui.

— Tudo que precisamos fazer é derrotar o seu lado em um jogo de tabuleiro — disse Thianna. — Que dificuldade pode haver nisso?

— Você é uma grande idiota — respondeu-lhe a prima. — Então não sabe? Trata-se de uma luta até a morte.

CAPÍTULO VINTE

A Campeã da Rainha

A aurora não chegou cedo em Caldeira. Os raios do sol tiveram que escalar as paredes íngremes dos penhascos da caldeira propriamente dita antes de atingir o pátio dos Palácios Gêmeos. Para Thianna, a expectativa mostrou-se pior do que qualquer batalha real. Seu estômago estava embrulhado. Estava surpresa por se sentir tão nervosa. Era uma tremenda responsabilidade em seus ombros.

Quando afinal vieram buscá-la, foi quase um alívio.

Ela piscou ao sair para a luz da manhã. O pátio estava cheio. Ambas as arquibancadas da Rainha da Terra e da Rainha do Céu estavam repletas com suas guerreiras. Não havia homens, nem não humanos, nem perioikoi ou hilotas. Apenas as cidadãs guerreiras de Caldeira foram autorizadas a testemunhar o jogo.

Um assento almofadado especial havia sido instalado no meio da seção da Rainha da Terra para a Rainha Melantha. Em circunstâncias normais, ela estaria dentro de campo, não assistindo ao jogo. Thianna acenou quando foi levada para o tabuleiro. Melantha acenou ligeiramente com a cabeça para ela, o que poderia ser um bom sinal. Ainda não era uma amiga, mas com certeza não era uma inimiga.

Thianna parou no quadrado de partida da Rainha, com Karn no quadrado da Campeã. À sua esquerda, Jasius, rei Héracles e Asterius. À sua direita, Desstra, Talos e uma Daphne muito nervosa. Eles tinham concordado com aquela distribuição na noite anterior, durante uma discussão estratégica. Normalmente, as rainhas tinham muita consciência das capacidades individuais de luta de ambas as equipes. Infelizmente, com exceção de Sirena, Thianna não tinha ideia do desempenho das oponentes. Sequer conhecia muito bem os pontos fortes e fracos da sua própria equipe... Afora, é claro, as habilidades consideráveis de Karn e Desstra.

Em frente a eles, seis guerreiras já estavam atentas, cada uma armada com uma espada e o distintivo escudo pelta. Sirena se aproximou e assumiu a posição de Campeã. As trombetas soaram e a Rainha Xalthea saiu do palácio acompanhada de um pequeno séquito, que a seguiu até a borda do tabuleiro e depois tomou seus lugares nas arquibancadas. A Rainha não ocupou de imediato a sua posição no jogo; em vez disso, caminhou até Thianna.

— Uma última chance de recuar — disse Xalthea. — Não é preciso que todos os seus amigos morram também. Se você se render agora, prometo que os pouparei. Isso você terá conseguido.

Thianna pensou na proposta. Ela se virou para os companheiros de time.

— Alguém quer desistir? — perguntou ela.

Ninguém se manifestou. Ela sentiu uma onda de orgulho.

— Acho que vamos jogar — disse ela.

— Mas com certeza você não acha que pode me vencer, acha? — perguntou a rainha.

— Você está certa — disse Thianna. — Eu não posso vencê-la.

— Você admite isso?

— Claro! — disse ela. — Não posso vencê-la. Mas ele pode. Parando, ela trocou de posição no tabuleiro com Karn.

— O que está fazendo? — exigiu saber Xalthea.

— Estou mudando de lugar — disse a gigante. — Serei a Campeã. Karn pode jogar na posição da Rainha. Talvez possamos chamar de posição do Rei.

— Que tal na posição de Jarl? — Karn sugeriu com fingida obsequiosidade. — Costumo jogar na posição de Jarl em Tronos & Ossos, lá de onde venho.

Xalthea ignorou Karn.

— Mas foi você quem me desafiou.

— Eu a desafiei a uma partida de Campeã da Rainha. E trouxe meu time. Agora estamos aqui. Vamos jogar ou não? Eu ainda estou jogando. Só que em uma posição diferente.

— Você não pode fazer isso! — objetou a Rainha do Céu.

— Por que não?

— A rainha sempre joga na posição de Rainha — ela respondeu e, então, parou ao perceber seu erro.

— Aí está! — disse Thianna. — Eu não sou uma rainha. Apenas uma bárbara inculta da Ymiria. Então, não deve importar qual posição eu ocupe, não é?

— Agora ela pegou você! — gritou Melantha. — Vamos, deixe a menina jogar na posição que quiser.

— Tudo bem — disse Xalthea. — Você pode ser sua própria Campeã. Não fará diferença no resultado. Na verdade, você vai ser jogada do penhasco ainda mais rápido dessa maneira.

Ela virou-se e voltou para a sua posição no tabuleiro. Sirena endireitou-se ao lado dela, dando tudo de si para parecer confiante e orgulhosa. Ela olhou para a prima. Agora, elas estava jogando na mesma posição, mas em lados opostos.

— Por Caldeira! — ela gritou.

As seis guerreiras do lado da Rainha do Céu repetiram esse grito. Na visão de Thianna, elas pareciam mais tensas do que confiantes. Seus olhos traíam seu nervosismo. Ela imaginou que talvez não tivessem tido muita escolha em "se voluntariar" para apoiar sua rainha. E se estivessem acostumadas a servir sob Xalthea, então, teriam uma boa ideia do valor que ela dava a vidas que não a dela própria. A gigante sorriu. Ela olhou para seus incompatíveis aliados. Não importava qual fosse o resultado do jogo, sabia a que lado pertencia.

— Pronta, se você estiver! — ela gritou.

— Vamos terminar logo com essa palhaçada — respondeu Xalthea.

A Rainha Melantha levantou-se e dirigiu-se às arquibancadas.

— O jogo Campeã da Rainha tem sido usado para resolver debates políticos. Hoje, a Rainha Xalthea é desafiada por Thianna, Nascida no Gelo, sobre a questão do Chifre de Osius e o futuro de Caldeira. Antes de começarmos, uma breve demonstração para os participantes que não conhecem o nosso jogo. — Ela fez um sinal com a cabeça para a equipe de Thianna. — Quando dois jogadores adversários se encontram em quadrados adjacentes, dá-se o combate. Até a morte. Se algum dos jogadores ultrapassar os limites da sua posição, perde a luta. Quando ocorre morte ou derrota...

Melantha assentiu.

Um quadrado no centro do tabuleiro se abriu.

— É um alçapão! — exclamou Thianna.

— Uma viagem montanha abaixo — disse Desstra. — Não é um passeio que eu gostaria de fazer.

O quadrado deslizou de volta ao lugar.

— Alguma dúvida? — perguntou a rainha.

— Eu acho que nós entendemos — disse Thianna.

— Bom — disse a Rainha da Terra. — O jogo continuará até que um dos lados se renda ou seja eliminado do jogo por completo. Aqueles que permanecerem após uma rendição terão suas vidas poupadas, embora o próprio desafiante perca sua vida pela derrota. Na qualidade de desafiada, a Rainha Xalthea tem o direito de fazer o primeiro movimento.

As trombetas soaram. O jogo teve início.

Xalthea começou deslocando Sirena duas casas adiante.

— Foi uma boa jogada? — perguntou o rei Héracles, num sussurro um tanto alto.

Thianna olhou para Karn.

— É um movimento ousado — ele respondeu. — Isso significa que ela não tem medo de arriscar sua campeã, em vez de manter Sirena atrás para sua própria proteção. Além disso, sugere que ela não acredita muito que tenhamos alguma chance.

— Ela não nos conhece — disse Thianna.

Karn foi menos assertivo em sua própria jogada. Moveu Desstra apenas uma casa adiante.

— Essa foi uma boa jogada. Foi uma boa jogada? — perguntou Héracles outra vez.

— Tímido — disse a Rainha do Céu com um sorriso de desdém. Ela moveu outra peça para a frente.

Karn enviou Héracles para a frente apenas uma casa.

Isso desconcertou Xalthea. Karn acabara desperdiçando duas jogadas ao não avançar os dois espaços permitidos com nenhuma das duas peças.

— O menino não sabe o que está fazendo e, por isso, tem medo de agir — disse ela. — Sua "Rainha" joga como um tolo, Thianna — ela gritou para a gigante do gelo.

— Como você sabe como é que um tolo joga? — Desstra gritou para ela. — Você está se baseando em sua própria experiência?

Xalthea franziu o cenho. A criaturinha elfa era irritante. Mas, ao mesmo tempo, ela estava intrigada com a falta de estratégia agressiva de Karn. A rainha sussurrou para Sirena:

— O que aquele garoto do norte está fazendo? Está tentando nos atrair? Com qual propósito?

Sirena estudou seus oponentes, que, em sua maior parte, ainda estavam enfileirados na linha de trás.

— Acho que ele tem medo de perder alguma de suas peças — disse ela.

— Mas por quê? — questionou a rainha. — Sua companheira bárbara, talvez. Mas aqueles outros, eles não são seus parentes, nem mesmo são de seu país. Por que deveria se importar com o que acontece com dríades e autômatos e seja lá o que for a menina de aparência doentia?

— Talvez seja uma fraqueza que você possa explorar — respondeu Sirena.

Fraqueza ou não, Karn continuava a deslocar suas peças apenas uma casa para a frente. Enquanto isso, Desstra continuava caçoando da Rainha Xalthea toda vez que ela abria a boca. Se a intenção era provocar a arrogante soberana, estava funcionando.

— Você está falando com uma rainha — sibilou Sirena.

— Oh, não se preocupe. Estou muito impressionada — respondeu a elfa. — Na verdade, nunca conheci uma mente tão pequena dentro de uma cabeça tão grande.

A rainha franziu o cenho ao escutar isso.

— Hora de fechar a boca — disse ela. Xalthea ordenou que Sirena fosse para a frente e começou a concentrar todos os seus esforços em alcançar e atacar Desstra.

A distância se fechou e Desstra encontrou-se diante da prima de Thianna.

— Sua boca é tão grande quanto suas orelhas — disse a Guardiã de Keras. — Talvez eu as corte antes de liquidá-la.

— Lembra quando eu pedi sua opinião? — retrucou a elfa. — Não? Nem eu!

Então, ambas as meninas puxaram suas armas. Sirena portava uma espada e um escudo. Desstra ainda carregava o martelo que havia apanhado nas cavernas dos dáctilos. A ausência de um escudo deveria ter colocado a elfa em desvantagem, mas sua velocidade compensava. Ela saltava na direção da garota e em torno dela, esquivando-se de cada golpe. Mas quando deu uma cambalhota por cima da campeã de Xalthea para pousar atrás dela, Desstra foi lenta para tirar a vantagem de sua posição, o que era estranho.

Ao vê-las em combate, Thianna julgou que a elfa estava se segurando, lutando apenas de forma defensiva. Tendo lutado com Desstra, sabia do que a elfa era capaz. Então, ao se esquivar de uma perigosa investida da lâmina de Sirena, Desstra aparentemente deu um passo em falso. A ex-estudante da Ardil tropeçou para trás, pisando o quadrado adjacente. Fazer isso era perder a luta.

O quadrado de mármore abaixo da elfa se abriu. Sem um berro ou mesmo um grito, Desstra desapareceu no buraco.

Houve comemoração nas arquibancadas, mas foram suplantadas pelo vozeirão de uma gigante do gelo.

— Desstra! — gritou Thianna, alto o suficiente para silenciar o público.

Tão quietos ficaram todos que puderam ouvir o suave ruído das engrenagens quando o piso do quadrado deslizou outra vez no lugar.

— Perdeu sua primeira peça! — gritou Xalthea. — Você se rende?

— Desstra! — gritou a gigante do gelo de novo. Mas a elfa se fora.

— Você se rende? — A Rainha do Céu repetiu, inflexível.

— Eu vou fazer você se render — respondeu Thianna, desembainhando a espada e começando a dar um passo à frente.

— Isso nem faz sentido — observou Sirena.

— Não saia do seu quadrado — Karn advertiu a amiga. — Você perderá a vida se fizer isso.

Thianna estava furiosa.

— Desloque-me para a frente — disse ela. — Quero prestar meus respeitos à rainha.

Karn assentiu. Ele enviou a gigante do gelo duas casas adiante no tabuleiro.

À medida que o jogo continuava, era impossível evitar conflitos. O rei Héracles lutou contra uma das guerreiras de Xalthea e ganhou. Talos lutou com outra.

Então, o pior aconteceu. Karn estava protegendo a tímida dríade o melhor que podia, mas uma jogada que pareceu desajeitada de sua parte a deixou exposta. Uma guerreira foi deslocada para um quadrado vago e Xalthea provocou um desafio.

Como Daphne não tinha armas próprias, havia recebido uma espada curta e um pequeno escudo redondo. Ela se escondia atrás dele agora, com os olhos fechados de medo, enquanto a guerreira a golpeava com a espada. A pequena dríada caiu para trás, fora dos limites de seu quadrado.

— Oh, não! — exclamou ela. — Isso foi um erro, não foi? — Então, a menina-árvore desapareceu das vistas de todos.

Thianna fechou os olhos diante daquela segunda perda.

— Seus apoiadores estão literalmente caindo — provocou a Rainha do Céu.

— Ainda não estou me rendendo — respondeu a gigante.

— Agora já não aceitaria a sua rendição — respondeu Xalthea. — Vou derrubar um por um de até não restar mais nenhum.

— Talvez você devesse vir até aqui dizer isso! — Thianna rugiu.

Mas a Rainha do Céu não avançou. Em vez disso, enviou Sirena pelo tabuleiro para enfrentar sua prima. Thianna olhou para Karn. Eles se entenderam e Karn a deslocou para a frente, fechando a distância entre as campeãs.

As duas meninas se encararam, cada qual em seu quadrado. Embora Thianna fosse significativamente mais alta do que a sua parenta, sabia pela luta anterior que Sirena era uma guerreira muito qualificada.

— Você está do lado errado — disse Thianna.

— Vá para os corvos! — respondeu Sirena.

Então, as lâminas colidiram no ar. O tinido dos metais ecoou.

Thianna lutava muito, mas sua prima não se esforçava menos do que ela na batalha. Era complicado ter que se manter dentro dos limites de seu próprio quadrado. A gigante achava que isso dificultava seus movimentos e anulava um pouco a sua vantagem em tamanho. Embora não por completo.

— Desista — ela provocou. — Seu alcance é muito curto!

— Longo o bastante para atingir o seu coração — Sirena revidou.

Thianna fez uma pausa em seu ataque. Sua própria prima estaria mesmo disposta a golpeá-la mortalmente?

— Sabe de uma coisa? — disse a gigante. — Essa é uma péssima reunião de família...

— Então, vamos acabar logo com isso — respondeu a prima.

Mas, à medida que a luta prosseguia, nenhuma das combatentes provou ser capaz de ganhar vantagem sobre a outra. Thianna sentia o suor escorrer por suas costas, e até mesmo seus braços fortes estavam cansados. A determinação nos olhos de Sirena jamais vacilava, mas a frustração e a dúvida também se mostravam neles.

Ao redor delas, a plateia prendia a respiração enquanto as duas meninas continuavam a batalhar.

— Termine logo isso! — gritou Xalthea para sua campeã. — Liquide com ela. A Grande Eclosão se aproxima.

— Estou tentando — respondeu Sirena com os dentes cerrados.

Mas derrotar a gigante do gelo não era fácil. A luta continuou até o público começar a ficar indócil. Ouviam-se gracejos e gritos para ambas lutadoras resolverem logo a contenda. Sirena sentiu uma crescente suspeita de que Thianna estava brincando com ela, arrastando as coisas de propósito. Ela se abaixou e lutou com mais afinco, mas nem assim a vitória veio.

Então, a gigante parou. Ela inclinou a cabeça como se estivesse ouvindo algo. Aí, Thianna ergueu o pé calçado com uma sandália e chutou a base do escudo de Sirena. A pelta atingiu direto o queixo de sua prima, atordoando-a, e ela caiu para trás.

A plateia ofegou quando a Guardiã de Keras tropeçou para fora dos limites. Os olhos de Sirena se arregalaram quando o chão se abriu embaixo dela. E, então, estava caindo. Ela gritou, não com medo, mas de frustração. A luta acabara e era ela quem iria morrer.

Thianna saltou e agarrou a prima pelo pulso. Segurou a menina menor suspensa sobre o abismo e seus olhos se encontraram. Então, Thianna arrastou Sirena para a segurança de seu próprio quadrado.

Sons de incredulidade e vaias partiram da plateia. A misericórdia não era uma qualidade que apreciassem em suas guerreiras.

— Por quê? — perguntou a prima. — Você venceu a luta.

A Rainha Xalthea fez uma pergunta semelhante.

— Por que você impediu a queda dela? — perguntou a Rainha do Céu. — Ela foi derrotada e você venceu.

— A questão nunca foi ganhar — Thianna respondeu. — A questão era esperar.

— Esperar pelo quê? — perguntou a rainha.

De repente, gritos vieram da ala da Rainha do Céu nos Palácios Gêmeos. Uma guerreira irrompeu no pátio com pavor estampado no rosto.

— Minotauros! — ela gritou. — Um exército de Labiríntia está atacando a cidade no portão sul!

Outra guerreira correu da ala da Rainha da Terra.

— O povo-árvore! — ela gritou. — Eles estão saltando da borda da caldeira e planando com suas folhas para pousar aqui no topo!

Uma terceira guerreira veio da Corte da Terra e do Céu.

— Dáctilos! — ela gritou. — Descendo pelos muros! Surgindo do chão! Estamos sob ataque.

— Por isso — respondeu Thianna com um sorriso malicioso. — Eu estava esperando por isso.

CAPÍTULO VINTE E UM

A batalha de Caldeira

— Queime todos! — gritou Xalthea. — Desçam fogo dos céus sobre eles.

Guerreiras se afastaram das arquibancadas para cumprir as ordens da Rainha do Céu. Thianna fez menção de tentar detê-las, mas Karn a segurou pelo braço.

— Espere — disse ele.

Com efeito, a primeira das jogadoras de Xalthea a se afastar de sua posição involuntariamente ativou o mecanismo do alçapão. A mulher caiu gritando através do buraco no tabuleiro do jogo. As regras e penalidades ainda estavam vigentes.

— Obrigada — sussurrou a gigante.

No outro lado do tabuleiro, Xalthea gritava ordens.

— Desliguem! — ela rugiu. — Desliguem as engrenagens.

Então, desembainhou a própria espada e avançou contra Thianna.

— Essa é minha — disse a rainha. Em torno dela, as guerreiras restantes de Xalthea partiram para cima do time de Thianna. Asterius baixou a cabeça e mugiu. O minotauro arremeteu pelo tabuleiro, chifrando uma guerreira e arremessando a mulher para o alto.

— Isso sim foi uma boa jogada — riu Héracles Punho de Martelo, balançando o punho e o martelo para abater outra guerreira. Ao lado dele, seu filho Jasius dava o melhor de si para fazer jus ao nome da família.

Quanto ao autômato, a pele de bronze de Talos era tão eficaz quanto qualquer escudo. Ele não se preocupava com ataques e balançava os dois braços como pesadas clavas de metal. Quanto a Karn, usava a Clarão Cintilante com habilidade, pois a magia do dragão acrescentada à lâmina aumentava sua própria capacidade, que crescia a cada dia.

Em meio à batalha, Thianna ficou cara a cara com a Rainha do Céu num momento de imobilidade no centro do tabuleiro.

— Vou lhe oferecer o mesmo que você me ofereceu — disse a gigante. — Renda-se agora para salvar vidas. Não temos que lutar essa guerra.

— Bárbara ignorante! — Xalthea zombou. — A guerra é a mãe de todas as coisas.

Então, a Rainha do Céu brandiu a espada.

Quando Desstra caiu através do alçapão, ela já estava preparada. Na verdade, cair — e ser a primeira a cair — tinha sido seu plano o tempo todo, parte da estratégia que ela e Karn haviam traçado na noite anterior. Foi por isso que tanto procurara provocar a Rainha do Céu e perder de forma deliberada a luta.

Isso significava que a ex-estudante da Ardil estava pronta quando caiu pelo buraco no chão. O fio de seda que havia coletado nas cavernas das aranhas provara sua utilidade mais uma vez.

Desstra ficou pendurada do lado de baixo do tabuleiro, pendendo perigosamente ao lado do penhasco e sobre as pedras pontiagudas lá embaixo. Ela só teve que esperar até a dríade cair. A parte complicada havia sido pegar Daphne quando ela despencou, embora a garota-árvore detivesse a própria queda pairando com a ajuda de suas folhas.

Juntas, elas se deslocaram pela face do penhasco, subindo ao norte dos Palácios Gêmeos. De lá, as duas meninas, elfa e dríade, chegaram à Torre de Damnameneus.

Ao atingiram seu objetivo, os dejetos explosivos de morcego funcionaram mais uma vez como uma eficaz distração, enquanto os estranhos cogumelos que Desstra havia colhido provocaram nas guardas da torre um sono profundo.

Tendo neutralizado as operadoras do letal espelho parabólico, elas pararam para examinar a batalha.

Daphne apontou para onde as dríades e os drus estavam saltando da borda da caldeira rumo ao norte, planando por sobre o lago para chegarem ao cume da cidade. Desstra desviou os olhos de lá para espiar os dáctilos que combatiam as guerreiras em seu próprio bairro e até mesmo no bairro superior também. E no lado sul do bairro dos hilotas, as garotas viram minotauros entrarem na cidade. O portão sul não tinha sido um obstáculo para guerreiros que montavam escorpiões gigantes.

Mas, ao longo das muralhas do castelo, os olhos afiados de Desstra perceberam uma nova ameaça. As forças caldeiranas estavam movimentando enormes armas de guerra.

— Aquilo são canhões? — perguntou Daphne, apontando para os estranhos dispositivos.

— Eu acho que não — respondeu a elfa. — Pelo menos, não canhões comuns. São muito longos e finos. Parecem...

As orelhas de Desstra estremeceram quando as reconheceu.

— São lanças de fogo gigantes! — exclamou ela. — Vão lançar o fogo de Thica contra os invasores.

Enquanto falava, o primeiro dos canhões expeliu um jato de chamas. O povo-árvore gritou enquanto se incendiavam nos ares. Eles dobravam suas folhas para caírem no lago abaixo, na esperança de fazer o fogo se extinguir.

— Temos que fazer alguma coisa — disse Daphne. — Aquele é o meu povo.

Desstra olhou para o enorme espelho parabólico que se elevava sobre elas.

— Você acha que pode me ajudar a descobrir como isso funciona? — perguntou a elfa.

A dríade olhou o raio da morte e sorriu.

— Taí uma tarefa com a qual não me importo de sujar as mãos — disse ela.

— Esse tal de Damnameneus sabia mesmo das coisas — observou Desstra, enquanto examinava os controles. A genialidade do antigo matemático e inventor era óbvia. O espelho inteiro se movia com facilidade sobre um trilho, operado por uma inteligente série de interruptores e botões. Juntas, as duas meninas acionaram os controles que descobriram a superfície de metal polida. Ela brilhou ao sol da manhã. Então, elas inclinaram o raio na direção das muralhas da cidade.

À medida que o raio de luz intensa ia passando pelos canhões de fogo, os componentes químicos no interior das armas superaqueciam e explodiam. As guerreiras saltavam da muralha para escapar das explosões dos dispositivos. Outras, vendo o que iria atingi-las, abandonavam suas posições e fugiam antes que o raio chegasse aos seus postos.

Gritos soaram da base da torre.

— Acho que fomos descobertas — disse Daphne.

— Você acha isso mesmo, não é? — respondeu Desstra, enquanto as guerreiras subiam as escadas sinuosas para alcançar a dupla. Mas ela estava sorrindo. — Acha que consegue operar esta máquina sozinha? — perguntou ela.

— Moleza — respondeu a dríade.

— Ótimo! — disse a elfa — Você continua a derreter os canhões. Vou detê-las.

Ela ergueu o martelo dos anões e foi postar-se no topo da escada. Então, parou e meteu a mão no bolso. Tirou os óculos de quartzo escuro e colocou-os.

— Está claro demais aqui — explicou.

— Eu sei — disse a dríade. — Sempre amei o sol. E agora tenho a oportunidade de compartilhá-lo com todas essas boas guerreiras e suas armas.

Dando risadinhas, a garota-árvore retornou à tarefa de explodir mais canhões.

Thianna pelejava com a Rainha do Céu através do tabuleiro. A relutância anterior de Xalthea em lutar não se devia à falta de habilidade. A gigante do gelo já estava cansada de sua batalha prolongada com Sirena, e agora sua adversária a pressionava com força.

Suas espadas entraram em choque vezes seguidas.

— Traidora! — sibilou a rainha. — Sua mãe traiu sua cidade, o seu país, o seu povo!

— Não fale da minha mãe! — disse Thianna.

Então, a Rainha do Céu lançou um olhar para o lado e fez um rápido gesto. Thianna se perguntou o que ela queria dizer com aquilo. Fora algum tipo de sinal?

Thianna adivinhou e pulou segundos antes que o chão aos seus pés cedesse. O alçapão embaixo dela se abriu. Xalthea ordenou que as engrenagens fossem ativadas. Quando Thianna aterrissou, sentiu o novo quadrado se mover. Ela saltou outra vez. Alguém estava operando o mecanismo do tabuleiro manualmente, ajudando a Rainha do Céu, fazendo o chão se abrir sob os pés de sua oponente.

— Isso é trapaça! — A gigante rugiu. Então, saltou de lado com uma cambalhota, enquanto o quadrado se abria.

— Fique parada e morra — grunhiu Xalthea.

— Desculpe-me, mas não, obrigada — respondeu a gigante do gelo.

Elas continuaram a lutar pelo tabuleiro cheio de traiçoeiros buracos. Então, a Rainha do Céu atirou seu escudo na gigante. Thianna levantou um braço para bloqueá-lo e Xalthea lançou-se contra ela. A mulher, menor, conseguiu fazer apenas com que a gigante recuasse um pouquinho, mas foi o suficiente. Thianna escorregou. E caiu.

Ela se agarrou com uma mão, e ficou ali, pendurada no ar. Abaixo dela, o escudo descartado de Xalthea despencava em sua longa queda até as rochas.

A Rainha do Céu sorriu para a gigante.

— Agora você morre como todos os traidores.

Ela ergueu um pé, preparando-se para pisotear os dedos de Thianna.

Desstra estava com dificuldade para defender a torre. Ela finalmente começara a apreciar o martelo dos anões, mas também estava cansando. Então, notou algo no céu. Uma sombra projetada por algo grande. Muito grande.

— Como estamos indo? — ela gritou para Daphne.

— Estou acabando de derreter o último canhão agora — respondeu a dríade.

— Ótimo! — disse Desstra. Ela lançou uma bomba incendiária pelos degraus para conseguir um momento de trégua. — Porque precisamos abandonar a torre.

Ela fixou a teia de aranha ao gradil do balcão, jogando o fio por sobre a borda. Então, a elfa passou para o lado de fora e começou a deslizar pelo fio. Daphne saltou no ar, espalhando asas frondosas para planar junto com ela até o chão.

— As guerreiras não usarão o espelho agora? — ela perguntou para a elfa.

— Não, se forem inteligentes — Desstra gritou de volta. — Elas não ficarão por perto se perceberem o que está por vir.

— Por quê? O que está por vir? — perguntou a garota-árvore.

Desstra sorriu e apontou.

— Aquilo.

Daphne olhou para onde a elfa indicava.

— Um dragão! — ela exclamou com admiração, sua voz travando na garganta, em estado de choque.

Então, uma chama mais forte do que qualquer coisa que os thicanos pudessem produzir atingiu o espelho de Damnameneus e transformou-o em um pedaço de metal derretido.

O grande dragão Orm girou no céu.

A primeira explosão de sua respiração mortal reduzira o espelho a cinzas em segundos. As guerreiras fugiram dos restos da torre, berrando, apavoradas.

— Eu tinha me esquecido de como pode ser divertido — disse a Ruína de Sardeth, rindo — um interesse ativo pelos assuntos do mundo. Eu de fato deveria viajar com mais frequência.

— Lembre-se, irmãozinho — disse sua irmã Orma, planando no ar ao lado dele —, estamos aqui apenas para lutar contra as pessoas más. Não reduza o lugar a cinzas como você fez da última vez que atacou uma cidade.

— Veja quem você está chamando de "irmãozinho" — respondeu Orm. Mas riu. Era bom ter sua irmã de volta. E pensar que ele devia ao menino Karn e à meia gigante Thianna o retorno de Orma ao mundo.

— Posso não ser maior do que você, mas ainda sou a primogênita — Orma lembrou o irmão.

— Primogênita, mas não mais a mais velha — ele respondeu. Faz muito séculos que não.

Tinha razão. Orma fora a primeira dos irmãos a nascer, mas, devido a um incidente mágico, Orm ultrapassara a idade da irmã em mais de um milênio. E era também bem maior do que ela.

Se querem saber a minha opinião, vocês dois são assustadoramente grandes, disse a wyvern na mente de Orm. O pequeno réptil voejou entre os dois enormes dragões como uma traça entre falcões. Há muito tempo, carregara Talária até Ymiria e, pouco tempo antes, levara a mensagem de Thianna à Rainha Dragão de Gordasha. Mas Orma insistira em recrutar a ajuda de seu irmão antes de invadir Thica.

— Nós temos companhia nos céus — observou Orma.

Uma esquadrilha de wyverns com suas amazonas estava levantando voo, em direção aos dragões.

— Estamos de acordo que essas são "pessoas ruins"? — perguntou o grande dragão.

— As amazonas são — disse Orma. — Mas as montarias não têm escolha senão servi-las. Coma o menos que puder. Tente assustar a maior parte delas.

— Você sempre foi assim desmancha-prazeres? — resmungou Orm, fechando as asas e se preparando para um mergulho. Mas ele soltou um riso que mais parecia uma trovoada quando a esquadrilha manobrou freneticamente para escapar do enorme dragão.

— Eu sabia que sair de vez em quando faria bem a ele — disse Orma, batendo as asas para se juntar ao "irmãozinho".

Uma bola de neve atingiu o rosto de Xalthea.

Ela cambaleou e seu pé não conseguiu esmagar os dedos de Thianna. A rainha cuspiu a neve da boca, cólera fervendo em seus olhos.

— Criatura insolente! — disse ela. — Não zombe de mim! Este é o momento de sua morte.

— Então zombar é exatamente o que eu faço — disse Thianna, lançando outra bola de neve.

Xalthea desviou esta com o braço, mas não estava menos irritada. Então, ergueu a espada.

Karn colidiu com a soberana, derrubando-a de lado. Ela se recuperou rápido, arremetendo com sua lâmina contra o norrønur que tinha arruinado seu momento de triunfo sobre a gigante do gelo.

Karn bloqueou o ataque de Xalthea com a Clarão Cintilante. Ele tinha um escudo pelta e usava-o para bater repetidas vezes na rainha.

Então, Desstra apareceu, golpeando com seu martelo de anão.

Thianna se içou do buraco e se reuniu aos dois companheiros.

— Aposto que agora você gostaria de ter alguns amigos também, não é? — ela provocou a rainha.

Diante de três atacantes determinados, Xalthea recuou. Sua retirada levou-a para onde a borda do tabuleiro encontrava a borda do penhasco. Mas seu caminho foi bloqueado.

A Rainha Melantha estava à espera de sua soberana colega, com a espada na mão.

Xalthea sorriu.

— Agora, as chances estão mais equilibradas — disse a Rainha do Céu.

— Você está enganada — respondeu a Rainha da Terra. — Agora, são quatro contra um.

Xalthea ficou atordoada.

— Você... você se opõe a mim?

— Eu deveria ter me oposto há muito tempo — disse Melantha. — Não somos a força que Thica merece. — Ela olhou para Thianna. — E há mais de uma maneira de ser forte.

— Mentiras — disse Xalthea, e ela atacou com a espada sua comonarca.

— Cuidado! — gritou a gigante, mas era tarde demais. A lâmina encontrou seu alvo. Mas quando Melantha desabou, ela agarrou Xalthea com força. O medo brilhou nos olhos da Rainha do Céu quando ela se viu arrancada do chão.

Thianna avançou para pegá-las, qualquer uma delas, enquanto caíam, mas foi impossível. As duas rainhas de Caldeira despencaram por sobre a borda do penhasco, mergulhando para as rochas na base da montanha.

A gigante do gelo olhou para Karn e Desstra. Para além deles, viu que seus outros companheiros haviam triunfado sobre suas oponentes. Mas de uma pessoa não havia nem sinal.

— Sirena — disse ela. Sua prima tinha ido embora e Thianna sabia para onde estava indo. Precisava ser detida ou tudo aquilo teria sido por nada.

As primeiras fissuras nos ovos estavam aparecendo. Linhas finas que cresciam e se espalhavam em uma casca após a outra. O barulho de centenas de wyverns bebês que irrompiam do interior de suas prisões era como o tamborilar incessante de chuva no telhado.

Sirena segurou o Chifre de Osius. Ela ainda podia consertar as coisas. Quando os jovens répteis saíssem dos ovos, ela emitiria as notas que os escravizariam para uma vida de servidão a Caldeira. Seu povo ainda governaria os céus. Aquela rebelião seria derrubada. Caldeira seria forte outra vez. Já haviam sofrido derrotas antes. Sofreriam essa. As cidades-estados seriam conquistadas de novo, os dáctilos seriam castigados por sua traição. Tudo isso ainda era possível. Enquanto mantivessem o domínio dos céus.

Os ovos começaram a eclodir ao seu redor. O ar repleto de sussurros enquanto os filhotes rastejavam sibilando para a luz.

Sirena sorriu. E soprou o chifre.

Cem pares de olhos fixados nela. Tinha toda a atenção. E ela podia sentir cada uma de suas mentes. Agora, quando suas mentes recém-nascidas ainda estavam vazias de qualquer outra coisa e mais receptivas do que nunca, era a hora de estabelecer os comandos que durariam por toda a vida das wyverns. Agora, ela tocaria a música de obediência e servidão e dever para com Caldeira.

Sirena podia sentir as muralhas mentais das wyverns desabando enquanto ela forçava sua própria vontade nelas. Sibilavam de medo pela invasão de seus pensamentos. Mas ela inundou-as consigo mesma e não conseguiram resistir.

Então, inesperadamente, algo a deteve. Era outra mente. E poderosa. Interferindo em seus próprios comandos.

Sirena virou-se. Thianna, Nascida no Gelo, estava parada na entrada da chocadeira. A gigante do gelo tocava a própria têmpora e sorria.

— Você tem sempre que arruinar tudo? — Sirena disparou.

— É um dom, eu sei — respondeu Thianna.

— Um dom? — A Guardiã de Keras repetiu. Ela puxou a espada e começou a subir a escada em direção à menina maior. — Venha aqui e deixe-me dar-lhe outro.

Thianna preparou sua própria arma. Então, Sirena começou a atacá-la. A altura da gigante do gelo deveria representar uma vantagem, mas combinada com a posição mais elevada na escada, na verdade ela estava um tanto alta demais. Precisou debruçar-se meio sem jeito para defender suas pernas, enquanto a fúria dava força à menina menor.

Elas dançavam em meio aos répteis, que sibilavam e choravam com a batalha que ainda se desenrolava no interior de suas mentes. Ao mesmo tempo que era espada contra espada, era também vontade contra vontade. Thianna e Sirena lutavam pelo controle do Chifre de Osius. Cada uma delas podia senti-lo, um poder quase terrível demais para ser contemplado e que só pertenceria à vencedora.

Karn sorriu quando Desstra se juntou a ele no terreno do palácio.

— Nós conseguimos botá-las pra correr daqui — disse ele.

— A Torre também já era — respondeu a elfa.

— Eu reparei — disse Karn. — Mas admito que não esperava que fogo de dragão fosse a causa.

— Sim — disse Desstra —, nada como um dragão entrando em cena para auxiliar no seu desempenho.

— Acho que você representou muito bem — disse Karn.

— Acho que foi Thianna quem representou muito bem — disse Desstra. — Eu podia ouvi-la rugir enquanto estava pendurada no penhasco. Ela quase *me* convenceu de que eu tinha sido morta.

Karn riu. Certificar-se de que Desstra fosse a primeira de seu lado a cair no jogo Campeã da Rainha tinha sido complicado, mas seu plano funcionou maravilhosamente bem. Ele apontou para o portão do bairro do meio.

— Vamos ver como as coisas estão por lá — disse. — Vejamos onde podemos ser mais úteis.

Daphne, Asterius e Talos se juntaram a eles enquanto se dirigiam para o portão. Como as forças do rei Héracles controlavam aquela seção do muro agora, eles não foram detidos quando correram para lá. Ficaram debaixo do portão levantado e olharam para a cidade de Caldeira. No portão sul da cidade, os cavaleiros montados nos escorpiões haviam suplantado a cavalaria hipalectrion. Os dáctilos se juntaram com bandos espalhados de hilotas que viram uma chance de liberdade. Juntos, haviam tomado muitos dos bairros do meio e inferiores. E as forças do povo-árvore controlavam as seções mais ao norte da ilha. As forças caldeiranas encontravam-se dispersas pela cidade, sem comunicação umas com as outras e divididas pela necessidade de proteger Caldeira ao mesmo tempo que lidavam com a ameaça do dragão acima delas. E sem as suas rainhas, as guerreiras pareciam desorientadas e inseguras.

— Acho que ganhamos — disse Karn.

— Espere — disse Desstra —, o que está acontecendo?

Karn seguiu o olhar da elfa. Uma onda enorme estava rolando na costa. Ela terminava nos quebra-mares das extremidades, mas, como era quase perpendicular à cidade, a crista passava direto, um gigantesco muro de mar e espuma que arrancava embarcações de suas amarras e as lançava contra os edifícios nas docas.

— Maremoto? — perguntou Karn.

— Não tão longe do oceano — disse Talos. — Isso não é natural.

— Não é natural? — Karn lutava contra um alarme crescente. — O que você quer dizer com "não é natural"? Essas ondas são enormes. O que no mundo poderia produzir ondas desse tamanho?

Algo colossal subiu das águas além das docas destruídas. Uma cabeça de dragão gigante.

— Isso é... Isso é ainda maior do que Orm — disse Karn.

— Quem? — perguntou Asterius.

— Um Grande Dragão — explicou Desstra.

— Acho que este é um "Dragão Maior" — disse Talos.

Então, outra cabeça subiu da água.

— Dois Grandes Dragões? — perguntou o minotauro.

Outra cabeça emergiu. E mais outra.

— Acredito que não — disse o autômato.

— Quantas dessas coisas existem? — gritou Daphne. Suas folhas estavam tentando se enrolar sobre seu rosto.

— Apenas um — disse Talos, enquanto mais cabeças se levantavam da água.

— Um? — espantou-se Karn. — Você não está vendo o que estamos vendo? Há dezenas deles!

— Não — disse Talos. — Não há.

As cabeças estavam levantando-se da água e se movendo em direção à cidade. À medida que elas se erguiam, seus pescoços longos foram sendo expostos. Cada pescoço se conectava a um único e gigantesco corpo.

— Aí está — disse Talos. — A Mega Hidra.

CAPÍTULO VINTE E DOIS

Desastre à vista

Thianna e Sirena lutavam no meio dos irrequietos répteis recém-nascidos. Elas pisavam entre as wyverns, subindo e descendo os degraus concêntricos da chocadeira.

— Eu já lutei com você uma vez hoje — disse a gigante. — Já não teve o bastante?

— Jamais — respondeu a prima. — Mas se tudo o que posso fazer é me vingar de você pelo que fez...

De repente, o pé de Thianna escorregou no saco vitelino descartado de um ovo que acabara de eclodir. Suas pernas lhe faltaram e ela desabou, caindo de bunda no chão.

— Ai, que nojento! — resmungou ela, sentada naquela coisa pegajosa. — Está vendo? Este é exatamente o tipo de situação em que vestir calças bárbaras seria útil.

Sirena não estava achando graça. Ela aproveitou a oportunidade da distração da prima para se lançar sobre a garota maior, arremessando-se sobre as costas de Thianna e tentando mantê-la no chão.

Enganchando as pernas na gigante, Sirena ergueu a espada com as duas mãos. Ela desceu a arma.

Thianna agarrou seus pulsos.

Sirena esforçou-se para dirigir a espada para a garganta da prima. A garota grande era forte. Mas a garota menor era determinada. A ponta da espada baixou ainda mais.

A porta da chocadeira se abriu com um estrondo. Karn Korlundsson correu para dentro da sala. Seu rosto estava lívido. Mais pálido do que o habitual.

— Thianna, você tem que ver isso!

— Será que pode esperar? — respondeu sua amiga. — Estou meio ocupada com uma coisa aqui.

Karn saltou para onde as duas meninas ainda estavam enganchadas em um conflito mortal.

— Sirena — disse ele. — Você precisa vir também. Algo mais importante aconteceu. Sua cidade corre terrível perigo.

— Eu sei — respondeu a Guardiã de Keras, cerrando os dentes. — Estou cuidando desse perigo agora.

— Não de nossa parte — assegurou Karn. — Outra coisa está atacando. É gigantesca... a maior coisa que já vi. Você tem que vir agora antes que seja tarde demais.

Sirena olhou de Karn para Thianna.

— *Todos nós* estamos em perigo — insistiu o menino.

— Podemos terminar isso mais tarde — acrescentou Thianna.

Sirena hesitou, depois assentiu. Ela largou garota maior.

— Mostre-me — disse ela ao norrønur, e os três correram para fora da chocadeira.

— Meu querido Ymir!...

A voz de Thianna foi sumindo. A criatura que se aproximava escalando pelo porto e avançando pela encosta não se parecia com nada que ela vira antes. Ou sequer imaginara.

— Pelo vasto mundo de Qualth, o que é aquilo? — espantou-se ela.

— É chamada de Mega Hidra — contou Karn.

— O que é isso? — perguntou a gigante do gelo.

— É como uma hidra — respondeu Karn. — Só que mega. Só não me pergunte o que é uma hidra.

— Um monstro antigo — explicou Sirena. Ela parecia tão atônita quanto a prima. — Uma criatura da Era da Aurora.

Eu avisei você, disse uma voz em sua mente. Sirena olhou para o céu. Thianna, que também devia ter ouvido a voz, fez o mesmo. A wyvern traidora e maltratada sobrevoava suas cabeças.

Eu avisei a você que sopros fortes chegam muito longe, disse a criatura. *Agora veja o que você despertou.*

— A culpa é minha — reconheceu Sirena. Ela virou-se para Thianna. — Eu pensei... Eu achei que você estava destruindo a minha cidade. Mas eu fiz isso. Me ajude.

— Contra essa coisa? — exclamou a gigante do gelo. Ela ainda estava tendo dificuldade para assimilar o tamanho da Mega Hidra.

— Por favor — implorou a prima. — Não restará nada de nós se não fizermos alguma coisa. — Não havia orgulho em sua voz agora. Somente súplica.

Thianna esforçou-se para afastar os olhos do monstro colossal para encarar Karn e Sirena.

— Me dê isso — ordenou ela.

Sirena olhou para o Chifre de Osius em sua mão esquerda. Então ela o entregou à prima sem fazer qualquer objeção.

Thianna ergueu o chifre.

No mesmo instante, sua mente foi invadida por uma confusão de sons. Havia pequenas sensações, como enxames de insetos zumbindo em seus ouvidos. Aquelas eram as wyverns. Duas mentes maiores eram Orm e Orma, é claro. Mas reduzindo tudo isso a quase nada havia uma cacofonia de percepções sobrepostas, sólidas e furiosas.

Ela soprou o chifre, confrontando a criatura titânica. Todas as cabeças de repente viraram em sua direção.

A gigante do gelo foi jogada para trás. Ela atravessou o ar como uma boneca de pano e aterrissou com força na terra.

— Thianna! — gritou Karn, correndo para o lado da amiga. — Você está bem?

Thianna sacudiu-se, fazendo uma careta por causa da dor em sua testa.

— Muitas... Muitas cabeças — disse ela. — Não consigo fazer mais do que irritar essa coisa.

Karn ajudou-a a se levantar. Abaixo deles, a Mega Hidra estava escalando a encosta da colina. Ela esmagava casas com o seu corpanzil, reduzia muros e edifícios a destroços. As pessoas estavam correndo da criatura, gritando, mas sua atenção estava fixa no topo da colina.

Enquanto assistiam à cena, um grupo de guerreiras montadas em wyverns aproximou-se, preparando lanças de fogo. Mas seu fogo mortal de Thica era como uma pequena chama de vela cuspindo contra as escamas impenetráveis da Mega

Hidra. Então, a besta girou uma de suas muitas cabeças e vomitou uma nuvem de fumaça roxa. As wyverns dobraram suas asas e desabaram do céu.

— Ela cospe nuvens de gás venenoso — concluiu Karn. — Por que não estou surpreso?

— Estamos perdidos... — disse Sirena. Sua voz estava distante, derrotada.

O Grande Dragão Orm estava espantado. Não era uma sensação à qual estivesse acostumado.

— Isso é algo que não se vê todo dia — observou ele.

Sua irmã interrompeu a perseguição a uma esquadrilha de wyverns e suas amazonas para ver o que havia chamado a atenção do irmão.

— Oh, querido — disse ela. —, temos que fazer alguma coisa.

— Nós? — respondeu o Grande Dragão.

— Aquilo vai destruir a cidade — argumentou Orma

— E daí se isso acontecer? — resmungou Orm. — Eu também destruí cidades. Por que só eu deveria ficar com toda a diversão?

— O que aconteceu com seu "interesse ativo pelos assuntos do mundo"? — perguntou ela.

— "Ativo" é um conceito relativo — ele respondeu.

— Está bem, *irmãozinho* — disse ela, enfatizando a palavra *irmãozinho* porque sabia que isso o provocaria. — Se está com medo, você pode ficar aqui e assistir como é que se faz.

Então, Orma fechou as asas e mergulhou sobre o monstro.

Enquanto se aproximava, ela expeliu um jato de chamas contra a Mega Hidra. O fogo do dragão, branco de tão ardente, atingiu em cheio uma das cabeças da criatura. Mas quando Orma se desviou para o lado, a cabeça estava ilesa.

Mais duas cabeças se lançaram contra ela, que só pôde se esquivar e fugir.

Então, uma terceira cabeça agarrou sua cauda com os dentes, puxando-a no ar. Ela rugiu. Contorcendo-se, ela fechou as mandíbulas no pescoço da coisa. Com um sonoro ruído de mastigação, atravessou suas vértebras e arrancou-lhe a cabeça. A cabeça cortada despencou no chão e o pescoço chicoteou, espalhando sangue por toda a cidade.

— Isso lhe ensinará a não pegar um dragão pela cauda — declarou Orma. Ela bateu as asas para se elevar no ar, fora do alcance da Mega Hidra. Mas, enquanto observava, o pescoço cortado parou de se debater e se endireitou. Alguma coisa parecia estar saindo do cotoco. Duas coisas, na verdade.

Orma observou com espanto quando duas novas cabeças brotaram do pescoço. O pescoço em si se dividiu ao longo de seu comprimento, de modo que cada cabeça ganhou sua própria conexão com o torso da besta.

— Ela se regenera! — Orma constatou. — Como alguém pode derrotar um adversário que se torna mais terrível quando você o ataca?

Orma estava atordoada. Em relação ao irmão, havia perdido mais de um milênio de vida, mas ainda assim ela era um dragão de muitos séculos de idade. Não estava acostumada com inimigos que não podia derrotar nem devorar. Mas não desistiria. Ela se bateria contra a Mega Hidra até o seu próprio fim.

— Eu gostaria que Acmon estivesse aqui — ela disse, pensando em seu amigo e comonarca de Gordasha. — Seria bom vê-lo mais uma vez antes de morrer.

Foi então que Orma viu que o irmão estava pousando sobre o cume da colina.

Ao aterrissar, Orm não teve o mínimo cuidado. Arrancou uma fileira de árvores em frente aos Palácios Gêmeos, mas felizmente não foram edifícios ou pessoas. Seus olhos se fixaram na gigante do gelo e no garoto norrønur, seus emissários no mundo.

— Você está com aquela coisa odiosa — ele se dirigiu a Thianna, referindo-se ao Chifre de Osius.

— Eu sei — respondeu a gigante. Ela encarou o dragão. Teve a sensação de que, perto dela, a prima quase desfalecia diante da Ruína de Sardeth. Mas sentiu orgulho por Karn endireitar os ombros e enfrentar o dragão ao seu lado.

— Ótimo — disse o dragão. — Dê-me isso agora e eu a levarei para longe daqui.

Thianna empertigou-se. Ela sabia que uma oferta realizada por um ser tão orgulhoso como Orm não era pouca coisa. Mas ela não estava pronta para partir.

— Ainda não terminei com isso. E também não acabei por aqui.

Orm rosnou. Foi um som retumbante e grave que começou em algum lugar em seu ventre e percorreu a longa garganta para emergir entre seus dentes do tamanho de lanças.

— Dê-me isso e eu irei destruí-lo. Retenha-o e derreta com ele.

— Você o terá quando eu terminar com isso — disse Thianna. — Já que eu e Karn cumprimos sua missão, você nos deve isso.

— Eu devo a vocês? — admirou-se o dragão. Ele repetiu as palavras, como se não pudesse acreditar nelas. — Eu. Devo.

A. Vocês? Não lhes devo nada. Você sopra agora o meu sofrimento. Quero destruir essa maldita coisa.

— Espere — disse Karn. — Nós também queremos. Acredite em mim, é o que nós queremos. Mas a cidade... a Hidra...

— Não posso lutar contra aquilo — disse Orm. — Mesmo que essa luta fosse minha.

— É verdade — disse Orma, aterrissando ao lado do irmão. Ela era menor do que ele, e também mais cuidadosa ao pousar. — Arranquei uma de suas cabeças e cresceram outras duas. Não há como derrotar um monstro assim.

— Fogo — disse Sirena. — As velhas lendas dizem que é vulnerável ao fogo.

— Resiste ao fogo — disse Orma. — Mesmo o meu bafo não teve efeito.

— Por fora, é invulnerável, sim — explicou Sirena. — Mas por dentro é vulnerável. Se você queimar o cotoco depois de golpear uma cabeça, não germina mais.

— Mas há muitas cabeças agora — observou Orma. — Somente Orm e eu somos grandes o suficiente para morder os pescoços, mas a criatura tem muitas chances de nos atacar se chegarmos tão perto.

Thianna olhou para Karn.

— Você é o especialista em estratégia — disse ela.

— Temos que distraí-la — respondeu o norrønur. — Dar-lhe algo para dividir sua atenção.

Thianna sorriu.

— Eu posso ser irritante quando quero — disse ela.

— Você pode realmente salvar minha cidade? — perguntou Sirena. — Você pode salvar Caldeira?

A gigante assentiu.

— Será preciso que todos nós nos juntemos para isso — disse ela. — Todos nós. Trabalhando juntos. — Ela olhou para os dois dragões. — O que me dizem, Orm e Orma? O plano depende dos dois.

— Bem, irmão — disse Orma. — Você pode voltar para as suas ruínas se quiser, mas eu vou ajudar essas crianças a salvar esta cidade. Ora, vamos, quem quer viver para sempre?

— Eu quero — resmungou o Grande Dragão. — Ainda assim, talvez esse plano possa mesmo funcionar. — Ele dirigiu o olhar para Thianna e Karn. — Se eu deixasse Orma enfrentar o monstro sozinha — ele disse —, nunca saberia o final da história.

— Ótimo! — disse Thianna. — Agora, vou chamar as wyverns. E precisamos encontrar o rei Héracles. E, Sirena, isso vai ter um preço pra você.

— Um preço para mim?

— A liberdade deles. Estamos dando liberdade a todos. Às cidades-estados. Às wyverns. Aos Perioikoi. Aos Hilotas. Será uma nova Caldeira a partir de hoje. É a única maneira de haver qualquer Caldeira.

— O que mais posso fazer? — retrucou Sirena, como se dissesse "Que escolha eu tenho?" — Mas Thianna não entendeu assim.

— Monte comigo — disse ela. — Vamos fazer isso juntas, prima e prima. Então, chamou o réptil maltratado, que ainda pairava no ar acima delas. — Como está sua asa?

Muito mais forte, a wyvern respondeu. *Parece apta a voar milhares de quilômetros, pois ser mensageira é melhor para os músculos do que passar treze anos trancada no escuro.*

— Ora vejam só! — exclamou Thianna. — Acha que consegue carregar nós duas?

Karn e Talos atravessaram os bairros do meio da cidade. O autômato tocou-o no ombro, pedindo-lhe que o seguisse. Talos não quis dizer o porquê, só que a presença de Karn era necessária para que o seu plano funcionasse.

— Você tem certeza de que sabe aonde está indo? — perguntou o norrønur.

— Não vou dignificar isso com uma resposta — respondeu o talosiano.

O autômato parou diante de uma fileira de estátuas. Estavam colocadas sobre pedestais em uma praça.

— Chegou a hora — disse ele. — Eu invoco nossa antiga obrigação.

— Com quem você está falando? — perguntou Karn.

Seu companheiro não disse nada. Mas uma resposta não demorou muito a aparecer.

Uma a uma, as estátuas deixaram seus pedestais.

À medida que se moviam, rachaduras surgiram no pigmento cor de mármore que tinha sido aplicado em seus corpos. O bronze mostrou-se por baixo da tinta de pedra falsa.

— Não são estátuas! — exclamou Karn, maravilhado. — São todos talosianos. Você tinha espiões na cidade.

— É por isso que não pude sair com você. Sou o único que pode despertá-los. — O autômato gesticulou entre o menino e seus companheiros talosianos. — Karn Korlundsson — disse Talos —, apresento-lhe Talos Cento e Vinte e Três, Talos Quatrocentos e Setenta e Seis, Talos Oitocentos e Vinte e Dois, Talos Novecentos e Trinta e Dois e Talos Novecentos e

Noventa e Nove. — O autômato dirigiu-se aos talosianos: — Acordem os outros na cidade. Nós temos muito a fazer.

— Outros? — espantou-se Karn. — Quantos de vocês há?

— Caldeira está cheia de estátuas — respondeu o talosiano.

A Mega Hidra chegara ao bairro do meio da cidade agora. Desstra observou como a criatura derrubava os muros internos, esmagando torres de pedra sob seu enorme tronco. Ela se virou para Daphne.

— É bom que o fogo não funcione na pele da criatura — disse ela.

— Por quê? — perguntou a dríade.

— Porque agora eu não tenho que me dar uma bofetada por derreter todos os canhões. Ela entregou um de seus explosivos improvisados para a garota-árvore.

— Pronta? — ela perguntou.

— Não — respondeu Daphne. — Mas também, eu nunca estou! — Ela conseguiu dar um sorriso nervoso.

As duas meninas lançaram explosivos no monstro colossal. Era o sinal para as distrações começarem.

Dáctilos se derramavam pelas portas e alçapões. Eles golpeavam os pés da criatura com martelos e malhos. O povo-árvore saltava dos muros mais altos da cidade para planar o mais perto da Mega Hidra que ousassem, deixando cair pedras no monstro.

Desstra olhou para o alto, onde uma wyvern carregava dois passageiros.

Sirena agarrou-se às costas largas da prima. Depois de ter passado tanto tempo querendo lutar contra a garota maior, era estranho estar tão perto dela agora. Mas era culpa de Sirena o desastre que enfrentavam naquele momento, e era Thianna quem os salvaria.

A gigante a surpreendeu passando-lhe o chifre.

— Você quer que eu use isso? — perguntou ela.

— Sim — disse a gigante. — Você precisa tocá-lo para funcionar. Eu não. Então, você o segura. Mas vou usá-lo junto com você.

— Como?

— Com a minha mente e a sua. Como quando você procurou por mim. Como quando lutamos. Mas não lute contra mim, Sirena. Vamos fazer isso juntas.

— Juntas?

— Duas primas. Salvando a cidade.

— Duas primas — repetiu Sirena.

Aqui vamos nós!, disse a wyvern.

— Aqui vamos nós! — repetiram as meninas.

Sirena fechou os olhos. Ela sentiu a mente de Thianna junto à dela. Instintivamente, quis combatê-la, lutar contra ela.

Mas isso não funcionaria. Elas tinham que ficar unidas. Para projetar uma vontade compartilhada no chifre forte o suficiente para enfrentarem o monstro. Com muito esforço, ela deixou seus pensamentos chegarem à prima.

Sirena deixou-se levar pela visão. Viu Thianna, não como ela era agora, mas mais jovem. Estava participando de um jogo de bola contra gigantes com o dobro de seu tamanho. Eles a intimidavam de um jeito terrível, esmagando seu rosto no chão, mas Thianna lutou para se colocar de pé, cuspindo sangue e neve com raiva. Recusando-se a desistir. Então, Sirena viu um vislumbre do pôr do sol sobre as neves de Ymiria. Era tão belo quanto a sua prima afirmara. Mais cenas das memórias de Thianna desfilaram em sua mente. Lá estava Karn, lutando ao lado de sua enorme amiga em um país após outro.

A amizade deles lhes dava uma força de um tipo diferente de tudo que Sirena conhecia. Ela constatou a nobreza de Thianna, seu heroísmo, sua bravura. Essas eram qualidades que ela própria devia encarnar como caldeirana, mas estavam presentes numa garota bárbara. Sirena queria tanto odiá-la, mas não conseguia, não lá no fundo do coração. Relutante, como se lançasse cinzas ao mar, Sirena deixou o ódio se desvanecer.

Suas mentes se uniram.

"Agora", pensou Thianna. "Vamos dar a essa Mega Hidra a pior dor de cabeça de sua vida. Ou seria dor de cabeças?"

"Seja lá o que for, só tem que funcionar", pensou Sirena. "Aos corvos com esse monstro!"

A wyvern ziguezagueava por entre as cabeças da criatura, esquivando-se delas. Menor do que um dragão e quase tão rápida, conseguia adernar e virar-se no ar em manobras muito mais ousadas. Ela levava Thianna e Sirena por trajetórias tortuosas, enquanto as primas atingiam sua mente com repetidos sopros do chifre.

Na esteira delas, Orm e Orma mergulharam sobre a besta. Mas, enquanto a maior parte das cabeças da Mega Hidra estava concentrada no chifre, outras permaneciam em alerta para bloquear as tentativas de aproximação dos dragões.

— Não está funcionando — disse Desstra, do ponto do muro de onde assistia à cena. — Isso não basta.

— O que fazemos, então? — perguntou Daphne.

A elfa olhou para a criatura. O que elas poderiam fazer, ali do chão?

— Tantas cabeças... — lamentou ela. Mas, então, pensou: — Tantas cabeças. Mas apenas um corpo. Se eu tivesse uma maneira eficaz de envenená-lo...

— Olhe! — gritou Daphne. — É Asterius.

O minotauro montava um escorpião gigante. Atrás dele, elas viram Talos, o autômato. Vários outros minotauros montados vinham em seu rastro. Eles subiram pelos muros para se juntarem à elfa e à dríade na passarela.

— Alguma de vocês duas precisa de uma carona? — o menino-touro gritou.

— Nós duas precisamos — respondeu Desstra. — Embora você não goste do lugar para onde estamos indo.

— E onde é isso? — perguntou Asterius.

— Eu já lhe conto — disse a elfa. — Mas, primeiro, diga-me: quanto veneno os ferrões de seus escorpiões carregam?

Asterius sorriu.

— Muito — respondeu ele.

— Ótimo! — exclamou Desstra. — Porque é justo o que precisamos.

A mente da Mega Hidra era velha, antiga e rabugenta. Thianna podia sentir sua irritação pelo fato de que tantas pequenas criaturas ousassem desafiá-la. Até mesmo Orm e Orma não passavam de detalhes em sua visão. A única coisa que ela realmente odiava era o chifre. O chifre e qualquer um que o usasse.

O estômago de Thianna embrulhou quando a wyvern mergulhou de repente. Uma nuvem roxa e tóxica pairava acima delas. Até agora, vinham conseguindo se esquivar do bafo letal da criatura. Os ventos do mar impediam que o gás venenoso permanecesse concentrado no ar por muito tempo, mas um sopro direto as liquidaria.

Então, uma das cabeças atacou. A cauda da wyvern ficou presa na mandíbula da coisa. Enquanto lutava para se desvencilhar, outra cabeça começou a morder uma de suas asas com selvageria. As duas cabeças puxaram, esticando a wyvern que guinchava de dor, ameaçando rasgá-la como um ossinho da sorte. Thianna rolou das costas da wyvern, Sirena ao lado dela.

A gigante do gelo conseguiu agarrar a asa da wyvern com uma das mãos. E sua prima com a outra. Estavam ali naquela situação, penduradas no ar, quando uma terceira cabeça se elevou diante delas. A Mega Hidra inspirou, preparando um jato de veneno que liquidaria todo mundo, garotas e réptil.

Então, de repente, a criatura gritou. Ambas as cabeças que prendiam a wyvern a liberaram. As meninas caíram, mas a wyvern adernou para aparar Thianna e Sirena e colocá-las de volta em seu dorso.

Estão seguras?, perguntou a criatura.

— Sim — respondeu Thianna.

Ótimo.

— Mas agora estou irritada de verdade.

Melhor ainda.

Abaixo deles, Thianna viu uma luta incrível. Liderados pelo menino minotauro e Desstra, escorpiões gigantes haviam se aglomerado sobre o tronco da Mega Hidra. Eles agora a picavam sem piedade, suas caudas perversas subindo e cravando nas costas do monstro. Embora suas escamas fossem quase indestrutíveis, os escorpiões conseguiam espetar seus ferrões entre elas, inoculando dose após dose de veneno. Metade das cabeças da Mega Hidra virou-se na direção deles.

— É agora ou nunca! — gritou Thianna. — Vamos fazer isso valer a pena.

Juntas, ela e Sirena projetaram toda a sua vontade combinada na tarefa de explodir a mente do monstro.

Ele rugiu com todas as bocas ao mesmo tempo.

Então, gritou.

Orm e Orma estavam rasgando com selvageria seus pescoços, dilacerando um após o outro. Enquanto cada dragão atravessava com os dentes o pescoço de uma cabeça da Mega Hidra, o outro expelia um jato de chamas. O fogo do dragão, mais quente do que qualquer outra chama do mundo conhecido, cauterizava os cotocos antes que eles pudessem voltar a crescer.

As cabeças, uma a uma, começaram a cair. Afetada pelo veneno, a criatura cambaleava. E Thianna e Sirena giravam ao redor da besta, atormentando-a com sopros incessantes do chifre.

Lá embaixo, os dáctilos continuavam esmagando-lhe os dedos das patas com seus martelos. Dríades e drus atiravam vinhas para prender suas pernas. E o que parecia ser um exército de estátuas de mármore, liderado por Karn e Talos, lançava projéteis em suas muitas faces. Lá no céu, as guerreiras montadas em suas wyverns disparavam o fogo thicano, coisa que, se não ferisse, com certeza atordoava ainda mais o monstro.

Quando restavam menos da metade de suas cabeças, a criatura de repente virou-se e começou a descer a colina em direção ao porto.

— Ela está fugindo! — Thianna gritou de alegria. — Vamos com tudo pra cima!

A Mega Hidra meio que corria, meio que tropeçava encosta abaixo. Alcançando as docas, ela desabou na água. Enquanto Orm e Orma riam a terrível risada dos Grandes

Dragões, e Thianna ria a risada dos gigantes do gelo, suas poucas cabeças remanescentes mergulharam sob as ondas.

O monstro ia deixando um enorme rastro atrás de si na superfície, enquanto nadava em direção ao oceano. Então, as águas se acalmaram. E se ela havia submergido ou morrido, ninguém sabia dizer. Mas, de uma forma ou de outra, a Mega Hidra partira. Eles tinham vencido.

CAPÍTULO VINTE E TRÊS

De um espinho, uma rosa...

Thianna, Nascida no Gelo, estava parada diante dos Palácios Gêmeos. O terreno logo à sua frente estava repleto de répteis. Centenas de bebês wyverns brincalhões gritavam e saltitavam na grama. Eles estavam cercados pelas wyverns mais velhas, adultas, que observavam a gigante do gelo com uma fria expectativa para ver o que ela faria.

Para além delas, os vários exércitos que, até recentemente, lutavam entre si, também esperavam para ver o que iria acontecer. Minotauros, o povo-árvore, talosianos, guerreiras caldeiranas, perioikoi, hilotas — todos aguardavam, incertos. Não fazia muito tempo, estavam se digladiando. Agora, não sabiam ao certo como seria o seu novo relacionamento. Mas a presença de dois dragões imensos em ambos os lados do palácio mantinha todos muito bem-comportados como somente dragões conseguem fazer.

Sirena entregou o chifre a Thianna.

— Não sei o que isso pode significar para Caldeira — disse ela. — Só sei que o chifre é seu para fazer com ele o que quiser. Você faz jus a ele de uma forma que eu jamais poderia fazer.

Thianna assentiu para a prima. A antiga Guardiã de Keras com certeza pensava que esse era o fim de sua cidade. Mas os fins podem representar novos começos.

Thianna levantou o Chifre de Osius, levando-o aos lábios, e começou a soprar uma música. Somente os répteis presentes podiam ouvi-la, mas todos permaneceram em silêncio.

Enquanto a tocava, liberou a magia do chifre, como se desenrolasse uma tapeçaria e a visse se desfazer. Ela sentiu o terrível desejo de impor a própria vontade sobre outro ser, e o rejeitou.

Thianna tocou uma melodia de liberdade. E, em sua mente, ela pensou para as wyverns: "Vocês estão livres! Podem ir! Nunca mais serão forçadas a nada, nunca mais servirão de montaria!"

Ao redor dela, as wyverns começaram a silvar. O ruído, suave no início, depois ganhou volume. O sibilo cresceu e sintonizou-se com a música inaudível de Thianna. As criaturas estavam cantando. E ao contrário da música do chifre, todos podiam ouvir. Era lindo.

Thianna sentiu os nós de obediência na mente dos répteis se desatarem.

— Vocês estão livres — declarou ela.

Uma sombra se abateu sobre Thianna.

— É justo presumir que você já terminou? — Uma voz grave retumbou. O Grande Dragão Orm assomou sobre ela, retorcendo as asas com irritação.

— Já terminei — confirmou Thianna.

— Então, dê-me isso aqui.

Thianna recuou o braço, preparando-se para atirar o chifre como se fosse jogar uma bola de knattleikr. Orm inclinou-se para a frente, na expectativa. Então, ela girou e lançou o chifre para o outro lado, na direção da irmã de Orm, que aguardava.

Orma abriu a boca e soltou um jorro de chamas concentrado. Quando parou, o chifre havia desaparecido.

— O que você fez? — rosnou Orm.

— Você já comeu um — disse Thianna.

— Seu poder vai sumindo conforme eu o digiro — ele respondeu.

— Bom, você queria destruí-lo, ele está destruído — argumentou a gigante do gelo. — Você não deve ter poder sobre as wyverns, da mesma forma que a Rainha do Céu não devia. Agora, ninguém mais tem, e você não precisa mais se preocupar com alguém usando o poder do chifre em você de novo. Em nenhum de vocês dois.

Orm virou-se para Orma.

— Você está nisso com ela. Você e a menina ousaram enganar a Ruína de Sardeth?

— Ruína de Sardeth? — bufou Orma. — Isso foi há muito tempo. Agora que retornei, podemos dar um jeito em você. Você não é mais apenas a Ruína de Sardeth. Você é o Defensor de Caldeira.

— Que besteira... — resmungou o Grande Dragão.

— Você salvou uma cidade, irmão — respondeu Orma. — Todo mundo aqui lhe deve a vida. Talvez este possa ser um novo começo para você.

— Hmm... — resmungou o dragão. — Já faz alguns séculos desde que acrescentei novos títulos ao meu nome.

— Algo difícil de fazer quando se está enfurnado em ruínas.

— Orm, o Grande Dragão, o Maior dos Linnorms, a Ruína de Sardeth... o Defensor de Caldeira. — Ele sorriu, exibindo todos os seus perigosos dentes. — Aprecio o gosto disso na língua. Mas você acha que podemos acrescentar a Desgraça das Mega Hidras?

— Não vejo por que não — concordou Thianna.

— Muito bem! — disse Orm. — Então, suponho que não irei tostá-la viva hoje. Eu lhe prometi respostas se você assumisse a minha missão. Está satisfeita por ter sido paga?

— Completamente — assegurou Thianna. Ela sabia que essa era a única resposta que o dragão aceitaria, a única resposta que era seguro lhe dar.

— Que bom! — disse Orm. — Thianna, Nascida no Gelo; Karn Korlundsson, eu os libero do meu serviço. — Ao lado dele, sua irmã fez um barulho de tosse em sua longa garganta. Orm franziu o cenho para ela, mas acrescentou: — E eu, o Defensor de Caldeira, ofereço a vocês a minha gratidão.

— Muito bem, irmão! — elogiou Orma.

Ao lado dela, Karn fez uma reverência. E Thianna, por prudência, fez o mesmo.

Orm ergueu-se no ar.

— Agora, retornarei para Sardeth. Vocês podem chamá-la de ruínas, mas são minhas ruínas. E tenho muito no que pensar. Talvez seja hora de ter um interesse mais ativo no mundo. Talvez eu tenha feito o bastante neste século. Mas, por enquanto, pretendo aguardar e pensar com cuidado a respeito disso.

Com isso, Orm bateu as asas e começou sua longa jornada rumo ao oeste.

Orma alçou voo logo depois dele.

— É melhor eu voltar para Gordasha e Acmon — declarou. — Tenho uma cidade para governar, afinal de contas. Karn, quais são os seus planos? Você seria um convidado de honra no meu reino pelo tempo que quiser.

— Obrigado — respondeu ele. Karn olhou para a amiga. — Preciso voltar pra casa em breve, mas não acho que tenhamos terminado por aqui.

Orma assentiu com sua cabeçorra.

— Quando estiver pronto, vá para Gordasha. Sem dúvida que você merece uma carona para casa, se quiser.

— Obrigado — agradeceu Karn, que reconheceu a honra que lhe foi concedida.

Então, a Rainha Dragão de Gordasha juntou-se ao seu irmão nos céus.

— O que fazemos agora? — perguntou Sirena. — A cidade está uma bagunça. As rainhas já eram. Há um rastro de destruição bem no meio de Caldeira, como se a cidade fosse uma torta fatiada.

— Você vai reconstruí-la — respondeu Thianna.

— Eu não sei como reconstruir — objetou a prima.

— Então, vai aprender. Os dáctilos podem ajudar.

— Assim como os hilotas — acrescentou Karn. — Embora, se eu fosse você, concederia cidadania imediatamente a ambas as classes.

— E um lugar à mesa das negociações — interveio o rei Héracles, juntando-se a eles.

— Não estou em condições de conceder nada a ninguém — observou Sirena.

— Não? — admirou-se Thianna. — Se bem me lembro, parece que você estava sendo preparada para ser rainha um dia. Caldeira não precisa mais de uma Guardiã de Keras, e há uma vaga de soberana aberta. Será uma cidade diferente da que você esperava governar, e será apenas uma cidade, não um império. Você me disse naquela noite na torre que eu tinha que fazer o que era certo por todas vocês. Agora é sua vez de fazer o que é certo pelo seu povo. — Thianna gesticulou com a mão para abranger os bairros inferiores. — Todo o seu povo.

— Mas como vamos nos proteger? Como Thica vai sobreviver? As cidades-estados voltarão a guerrear entre si e, então, seremos de novo presa para outras nações.

— Acho que tenho uma resposta para isso — adiantou-se Karn. Quando Thianna lançou-lhe um olhar surpreso, ele continuou. — Eu visitei o Santuário de Empíria recentemente. Há uma certa esfinge lá, para não mencionar um exército de kobalos, que adoraria ver os Jogos Empíricos reinstaurados.

— Os jogos? — repetiu Sirena, considerando a ideia.

— Você já usa o jogo em sua política — disse Karn. — Isso seria muito mais divertido, e menos mortal, do que o Campeã da Rainha disputado com pessoas de carne e osso. Os Jogos Empíricos foram usados para prevenir guerras no passado. Não há razão para não voltarem a ser organizados.

— Eu gosto da ideia — disse o rei Héracles. — O que me diz, Vossa Majestade? Poderíamos tornar este o nosso segundo decreto conjunto, depois de libertarmos os hilotas e conceder cidadania a todos que desejarem.

— Não tenho certeza — hesitou Sirena. — Será que poderia funcionar?

— Claro que sim! — assegurou o rei. — Podemos discutir sobre isso degustando um pouco de spanakopita. E eu posso lhe mostrar Caldeira Sob Caldeira.

— O que sob o quê?

— Ele lhe dará os detalhes — disse Thianna.

Sirena encarou a prima.

— Não somos amigas, Thianna — lembrou ela. — Você foi a causa de todos os meus problemas. Mas também de suas soluções. Nós não somos mais inimigas, mas não tenho certeza do que somos.

— Tudo bem — disse Thianna. — Eu sei o que somos. Somos uma família.

Thianna sentou-se na banheira de água quente e resistiu ao desejo de usar sua magia de gelo para esfriar a água. Não achava que seus amigos, os novos e os antigos, iriam se importar com uma mudança de temperatura. Eles haviam transformado a enorme banheira quadrada em uma improvisada piscina comunitária. Tinha Karn de um lado e Desstra do outro. Ao lado do Norrønur, Asterius, o minotauro, divertia-se fazendo bolhas na água com o focinho. Ao lado da elfa, a folhagem de Daphne parecia particularmente viçosa por estar imersa na piscina. Eles também haviam providenciado para que um banquinho fosse colocado na piscina a fim de que Jasius, o anão, não precisasse pular na ponta dos pés para ficar acima do nível da água.

— Os aposentos de sua mãe — disse Karn, sorrindo. — Agora são seus?

— Se eu quiser... — respondeu Thianna.

— Você não vai ficar por aqui, então? — perguntou Karn à amiga, com um tom esperançoso.

— Eu preciso ficar, por uns tempos — explicou ela. — Quero saber mais sobre o povo da minha mãe. — Ela olhou ao redor da sala. — Sobre a minha mãe. Mas não se preocupe, não acho que viver no palácio realmente faça o meu estilo. Tomar banho é legal, no entanto. — Ela atirou água em Karn, que espirrou água nela de volta.

Quando a batalha de água por fim terminou, ela voltou a falar.

— E você, garoto de Norrøngard? Pronto para retornar à vida na fazenda?

— Quase — disse Karn. — Quando eu tiver certeza de que você está realmente bem por aqui. Posso montar um hipalectrion até a Fortaleza de Atros e pegar um barco até Gordasha a partir de lá.

— E quanto a você, Orelhuda? — Thianna perguntou a Desstra.

— Não posso voltar para Norrøngard — respondeu a elfa. — Talvez eu fique por aqui.

— Ainda acha que eu preciso de uma guarda-costas? — perguntou a gigante.

— Talvez não — respondeu Desstra. — Mas talvez você ainda precise de uma amiga.

Thianna sorriu.

— Uma nova amizade sempre pode ser útil — brincou ela.

Karn ficou contente por ver suas duas amigas se darem bem. Já estava demorando para isso acontecer.

A gigante do gelo olhou à sua volta, para o grupo.

— Eu diria que tudo acabou bem no final.

— De uma rosa, um espinho, e de um espinho, uma rosa — declamou Daphne. — É o que dizemos em Dêndronos.

Karn sorriu. Então, ele se levantou da piscina e caminhou até onde Talos estava sentado em uma mesa, estudando um tabuleiro de Campeã da Rainha.

— Está a fim de jogar, Karn Korlundsson? — perguntou o autômato.

— Eu não me importaria — respondeu Karn. Ele sentou-se em frente ao garoto de metal e começou a arrumar as peças do seu lado. — Mas responda uma coisa primeiro. Eu nunca entendi por que você se juntou a nós no tabuleiro. E isso não é tudo. Quando joguei contra os príncipes e princesas reféns, ganhei vezes demais para um jogo que depende tanto da sorte.

Talos estudou Karn por um momento.

— Você ainda tem o dado que eu lhe dei?

Como resposta, Karn enfiou a mão em sua roupa e colocou o dado sobre a mesa.

Talos o apanhou, indicando uma das marcas gravadas em sua superfície. Enquanto Karn observava, uma fina agulha deslizou de um dos dedos do autômato. Talos pressionou a marca com a agulha, que penetrou com facilidade.

— Cera? — indagou Karn.

Talos assentiu. Inclinando o dado e chacoalhando-o, ele retirou um pequeno peso de chumbo de dentro dele.

— Foi manipulado? — surpreendeu-se Karn. — Você trapaceou a meu favor?

— Eu julguei que sua vitória era importante.

— Por quê?

Então, o autômato estendeu um dedo de bronze para tocar o anel de Karn. Karn olhou primeiro para o emblema de prata da Ordem do Carvalho, depois para o talosiano.

— Você é... — ele começou a falar.

Talos levou um dedo de advertência aos lábios metálicos.

— Todos nós somos. Seus velhos aliados — disse o autômato. — Uma antiga obrigação. Agora cumprida.

Karn ficou maravilhado. Na verdade, ficou tão surpreso que quase perdeu a partida.

Naquela noite, Thianna aproveitou o tempo para congelar de forma adequada a enorme piscina de banho, e depois a cobriu com uma tapeçaria que pegou emprestada da parede. Ela esticou-se sobre o enorme bloco de gelo, desfrutando de uma cama grande o bastante para acomodá-la pela primeira vez em meses. Olhando para os mosaicos de azulejos no teto, sentiu-se mais próxima de sua mãe do que em muitos anos. E foi bom.

Então, sentiu uma outra coisa. Um puxão familiar em sua mente. Ela rolou para o lado e arrastou-se de cima do bloco de gelo. Havia uma varanda em uma sala adjacente com vista para o penhasco.

Saindo ao relento na fresca noite, Thianna não ficou surpresa ao ver a wyvern pairando do lado de fora de seus aposentos. A wyvern de Talária. Thianna olhou fixo para o réptil que tinha carregado sua mãe tantos anos antes. Ela só existia por causa da coragem daquela wyvern.

Talária foi a primeira a se compadecer de nossa raça, disse a criatura, obviamente lendo seus pensamentos. *Ela era corajosa. Nobre. Uma garota excepcional. Para um ser humano, é claro.*

— Para um ser humano.

Sua filha compartilha dessas características.

— Obrigada — disse ela em voz alta.

Agradecimentos não são necessários, falou a criatura em sua mente. *Não de você, de qualquer modo.*

— Eu apenas terminei o que ela começou — observou Thianna. — Ela queria que as wyverns fossem livres.

Wyverns, disse o réptil. *Wyverns é como os humanos nos chamaram. Não é o nosso nome. Não é como chamamos a nós mesmas.*

— Como vocês se chamam?

De repente, o céu estava repleto de répteis, já que centenas de criaturas recém-libertadas erguiam-se dos penhascos lá embaixo e pairavam no ar. Todos os adultos e todas as suas crias recém-nascidas. A batida coletiva de asas soprava como um suave vento no rosto de Thianna.

Temos uma dívida para com você, disse o réptil de Talária. *Agora e para todo o sempre. Você nos devolveu os céus. E as Nascidas dos Céus lhe agradecem.*

— As Nascidas dos Céus — repetiu Thianna. Era um belo nome.

Então, as Nascidas dos Céus viraram-se como se fossem uma só e voaram para longe de Caldeira, para nunca mais retornar.

Enquanto Thianna as observava partir, perguntou-se se a sua habilidade de comunicar-se telepaticamente com os répteis desapareceria, agora que o chifre havia sido destruído.

Ou será que sempre seria uma parte dela? Fosse como fosse, não importava. Ela era Thianna, Nascida no Gelo, filha do gigante Magnilmir e da humana Talária, filha de Ymiria e Thica. Ela estava completa agora, e tinha o mundo todo para explorar.

GLOSSÁRIO

Aracne: Era uma vez, uma mulher que ousou comparar sua beleza à da deusa Castéria. Por sua vaidade, a deusa transformou-a em um monstro, o primeiro de sua espécie. Nos dias atuais, aracnes são uma raça de seres metade humanos, metade aranha. Nas fêmeas, um tronco humano ergue-se do corpo de uma aranha gigante, com oito olhos negros de aranha em vez de dois de seres humanos, uma sede por sangue quente e uma péssima reputação quando o assunto é visitantes. Os machos, grandes aranhas sem quaisquer características humanas, são tão perigosos quanto as fêmeas, mas menos interessados em conversar com seus alimentos.

Asterion: O rei dos minotauros (ver *minotauro*) governa a cidade de Labiríntia. Ele se enfurece sob o jugo das caldeiranas, mas sabe que o momento ainda não é oportuno para uma rebelião.

Asterius: O jovem filho do rei de Labiríntia, Asterius preferiria ver seu pai lutar e perder do que se curvar às rainhas de Caldeira. Ele está louco por uma chance de provar do que é capaz e pode ser teimoso como um touro; mas muito cuidado ao usar perto dele metáforas que envolvam gado, se não quiser sentir na pele a ponta do seu chifre.

Caldeira: A capital de Thica desde 920 DG, quando o Império Thicano foi reformado por Timandra II. Caldeira é uma ilha, o cone de escória de um vulcão adormecido no centro de uma verdadeira caldeira. A cidade é composta por cidadãs, sendo todas elas guerreiras e mulheres; homens livres chamados perioikoi; e servos, que são propriedade do Estado, conhecidos como hilotas. Os perioikoi e os hilotas são muito superiores em número às cidadãs, mas, por algum motivo, as líderes de Caldeira não estão nem um pouco apreensivas quanto a isso.

Cratus: Deus da forja e dos metais, Cratus, o Ferreiro, é reverenciado pelos anões dáctilos e todos os ferreiros thicanos. Quando ele nasceu, seus irmãos e irmãs tentaram matá-lo, por causa de suas deformidades, mas os anões dáctilos o esconderam nos subterrâneos até que ele estivesse forte o suficiente para se proteger. Hoje em dia, ele tem um relacionamento melhor com seus irmãos.

Damnameneus: Um famoso matemático, engenheiro e inventor que viveu há mais de 1.500 anos, Damnameneus era um anão dáctilo a quem são atribuídas dezenas de invenções. Durante sua vida, ele construiu a famosa Garra de Damnameneus — uma enorme grua com um gancho que podia levantar navios, retirando-os da água, e os emborcar — para a cidade de Zapyrna. Ele também supervisionou a construção do primeiro dos espelhos parabólicos gigantes que protegem o litoral de Thica. Incansável em superar os próprios limites, ele projetou muito mais do que poderia construir. Entre seus projetos inacabados havia planos para um veículo submersível e várias outras máquinas de guerra.

Daphne: Muda do Conselho dos Anciãos, princesa do reino da floresta de Dêndronos, Daphne é uma jovem dríade. Embora não seja a árvore mais corajosa da floresta, ela tem talentos ocultos que só aguardam a chance de florescer.

Dêndronos: Cidade localizada ao norte, em Thica, Dêndronos é cultivada na floresta por cidadãos que cantam para as árvores alcançarem as formas que desejam. O povo de Dêndronos não se opõem a serem chamados de povo-árvore. Os visitantes de sua cidade, no entanto, são aconselhados a deixar seus machados em casa.

Doze Empíreos: Os principais deuses e deusas thicanos. Eles não são os únicos deuses de Thica, mas são os mais importantes. Basta perguntar a eles.

Drakon (DRÁ-kon):: Palavra thicana para designar dragão. Mas o que importa o nome que se dá? Um dragão, seja lá qual for a palavra usada para designá-lo, é feroz do mesmo jeito.

dríade: Uma pessoa-árvore do gênero feminino.

drus: Uma pessoa-árvore do gênero masculino.

Empusa: Uma criatura vampírica do gênero feminino com chamas vivas em torno da cabeça no lugar do cabelo. Suas chamas crescem e se tornam mais quentes quando se irritam, mas você não vai querer estar por perto para presenciar isso.

esfinge: Criatura com corpo de leão e cabeça humana, as esfinges têm uma quedinha por jogos e enigmas. Ao contrário de suas primas do outro lado do Mar Faiscante em

Néteru, as esfinges de Thica não têm asas. Elas podem não voar, mas possuem muitas outras formas de se divertir.

Guardiã de Keras: Uma posição hereditária, o título refere-se à mulher caldeirana cuja linhagem permite dominar a magia do Chifre de Osius. *Keras* é a palavra thicana para "chifre". É uma grande honra ser Guardiã de Keras, mas pode ser perigoso recusá-la.

hamadríade: Ao contrário de outros representantes do povo-árvore, as hamadríades ficam fixas no lugar. Elas parecem árvores comuns, mas têm rostos em seus troncos. As mais velhas e sábias hamadríades de Dêndronos formam o conselho de anciãos da cidade, tomando decisões políticas por seus semelhantes que têm mais mobilidade. Elas estão muito felizes desempenhando esse papel e acham que andar é algo superestimado.

Héracles Punho de Martelo: Rei secreto dos anões dáctilos de Caldeira Sob Caldeira, Héracles tem carinho por seus súditos, seu reino e seu jantar. Seus punhos tão bons em golpear gente que lhe renderam a alcunha.

hilota: Escravos mais comparáveis a servos, já que têm o direito de se casar, praticar ritos religiosos, possuir propriedades pessoais e ficar com 50% dos frutos de seu trabalho. No entanto, os hilotas são obrigados a se submeter a vários espancamentos ao longo do ano, independente de terem ou não cometido erros, para lembrá-los de sua condição de escravos. Estar em muito boa forma é punível com a morte, mas estar fora de forma também é punível (embora de forma menos severa). Uma vez por ano, as caldeiranas declaram guerra ritual aos hilotas, permitindo que qualquer cidadã os mate impunemente.

hipalectrion (hi-pa-LÉC-tri-on): Animal híbrido que é meio cavalo, meio galo. Os hipalectrions têm patas dianteiras e cabeça de cavalo, mas asas e parte traseira de galo. Sua plumagem é sempre amarela, mas o pelo apresenta cores variadas. Hipalectrions estão entre as montarias mais velozes do mundo, mas certifique-se de ter sempre à mão bastante feno e ração de galinha ou você não irá a lugar nenhum.

Ithonea (i-to-NÊI-a): Cidade portuária localizada na costa oeste de Thica, Ithonea é uma cidade de ruas estreitas e tortuosas que serpenteiam encosta acima. É dividida em bairros por antigas fortificações gordianas e composta por uma população em que predominam humanos e sátiros. Os habitantes de Ithonea podem ser tradicionalistas, portanto é recomendável que os visitantes se vistam como os moradores locais e evitem vestimentas francamente bárbaras.

Jasius (JÁ-si-us): Jovem anão dáctilo da cidade de Caldeira, Jasius tem vergonha por sua barba ainda não ter crescido. Apesar disso, ele está pronto para imprimir sua marca no mundo.

Jogos Empíricos: Festivais desportivos tradicionalmente realizados no Santuário de Empíria que serviam tanto como uma forma de honrar os Doze Empíreos como um meio de canalizar a agressividade de cidades-estados rivais para competições de atletismo, em lugar das guerras. Os últimos Jogos Empíricos foram disputados em 799 EI, quando a conquista de Thica por Timandra, a Magnífica, tornou-os desnecessários.

kobalo: Pequena criatura nativa de Thica, mas semelhante aos goblins encontrados em regiões de Katérnia. Os kobalos são insolentes, arteiros e ladrões, mas gostam de jogos e são excelentes cozinheiros.

Labiríntia: Uma cidade de minotauros. As ruas de Labiríntia são dispostas como um labirinto definido por altos muros internos. As casas são construídas nesses muros, dependuradas acima do chão, de modo que os homens-touro e as mulheres-vaca possam percorrer as ruas nos dias de festival. A cidade é rodeada por um grande muro circular com quatro portões em cada um dos pontos cardeais. Os visitantes costumam visitar o impressionante Palácio do Machado Duplo, mas é mais sábio evitar as competições de cabeçadas.

Lêta: Antes uma guerreira sob o comando de Sydia, Lêta foi a única caldeirana sobrevivente da Batalha do Baile dos Dragões. Com o fracasso em recuperar o Chifre de Osius, ela ajudou Karn e Thianna em sua busca para encontrar um segundo chifre, apenas para roubá-lo no fim de sua missão. Por seu triunfo, ela foi promovida a chefe da Guarda de Keras, mas adoraria ter uma chance de eliminar uma certa gigante mestiça, um norrønur e uma elfa negra, caso tenha a oportunidade.

Mega Hidra: Uma hidra é uma serpente do mar com várias cabeças, que pode ser encontrada nas águas que cercam Thica. A Mega Hidra é como uma hidra normal, só que mega.

Melantha: Uma das duas rainhas que governam o Império Thicano, Melantha é a Rainha da Terra. Seus exércitos montam os hipalectrions, cuja incrível velocidade proporciona à cidade de Caldeira o domínio supremo sobre a terra. Um pouco mais moderada do que a sua comonarca, Melantha raramente bate de frente de forma direta com a Rainha do Céu, embora seja conhecida por amenizar decretos de Xalthea aqui e ali.

minotauro: Criatura meio humano, meio animal, os minotauros têm o corpo de um ser humano e a cabeça e a cauda de um touro. Eles são orgulhosos, teimosos, gostam de labirintos, mas desprezam um pouco as panquecas, que consideram "um desperdício de trigo bom".

Noe: A deusa thicana da caça, do parto, da arqueria, das luas e dos animais. Em algumas histórias, ela é a mãe das empusas. Há um templo devotado a Noe no cume de Caldeira.

pelta: Escudo em forma de meia-lua que é a marca registrada das guerreiras caldeiranas. As caldeiranas têm um ditado que diz: "com o seu escudo ou sobre ele", o que significa que se espera que retornem da batalha carregando suas peltas, em triunfo, ou sejam carregadas para casa sobre as peltas, na morte. Que senso de humor incrível o dessas caldeiranas...

perioikoi (PE-ri-a-koi): São cidadãos livres que servem como reserva militar, artesãos habilidosos e agentes de comércio exterior. A maioria dos perioikoi é formada por anões dáctilos e empregada para fabricar e reparar armas e armaduras. As caldeiranas não os valorizam e talvez nem se deem conta de quantos perioikoi estão sob o seu domínio.

phoreion (FÓ-ri-on): Uma espécie de liteira acortinada ou palanquim que é carregada geralmente em varas por pessoas, mas, vez ou outra, em cordas por wyverns.

Pôgos: Um garotinho de Ithonea que pode vir a usar calças quando crescer. Que rebelde!

quimera: Uma criatura com corpo de leão e três cabeças: uma de leão, uma de cabra e uma de serpente. A cabeça de cabra cospe fogo. As outras duas só têm uma mordida desagradável. Ainda assim, do ponto de vista das presas de uma quimera, três cabeças não são melhores do que uma.

Santuário de Empíria: Local onde um dia foram disputados os Jogos Empíricos, o santuário é hoje uma ruína. Poucos viajantes visitam o santuário na atualidade, e é de fato um enigma por que tão poucos retornam.

sátiro: Raça de seres nativos de Thica com corpo de humanos, mas orelhas, cauda, chifres e pernas de bode. Os sátiros são divertidos nas festas, mas tenha cuidado para que não comam os utensílios para servir a comida.

Séstia: A deusa da guerra, da estratégia marcial e do combate. Há um templo dedicado a Séstia no cume de Caldeira.

Sirena: Sobrinha tanto da Rainha da Terra como da antiga Guardiã de Keras (Talária), Sirena estava sendo preparada para ser a herdeira da Rainha Melantha quando, em vez disso, foi recrutada para ser a Guardiã de Keras. Ela tem extremo orgulho de sua cidade e de sua herança, mas possui um profundo ressentimento por uma certa gigante do gelo mestiça por atrapalhar sua trajetória rumo à coroa.

spanakopita (es-pa-na-CÁ-pi-ta): Um tradicional prato thicano, a spanakopita é uma saborosa torta recheada de espinafre, queijo feta, cebolas e outros ingredientes. As autoridades não chegam a um consenso se são os anões de Caldeira ou os kobalos do Santuário de Empíria que preparam a melhor spanakopita, mas um indivíduo pode ficar bem gordo e feliz durante um teste de sabor para descobrir.

Talos: Talos Dez Mil e Cinquenta e Um é um autômato, uma pessoa artificial construída em bronze. É membro de uma raça que reside na cidade de Mereon. O primeiro dos talosianos foi construído pelo deus Cratus, o Ferreiro, para ser seu amigo. O número de talosianos no mundo jamais ultrapassa a trezentos. Como todos são chamados de Talos, é provável que isso seja o suficiente.

Teshub (TÉ-xu-be): Deus do céu e da tempestade, mas não um dos Doze Empíreos, Teshub é venerado pelos minotauros e ninguém mais em Thica. Diz-se que o trovão é o som de seus cascos enquanto corre pelo céu. Seja verdade ou não, debater tal questão com um minotauro seria uma coisa muito insensata a se fazer.

Thica: Thica é uma enorme ilha-continente situada ao longo da costa leste do continente maior de Katérnia. Originalmente uma vasta terra de cidades-estados independentes, ela foi unificada por Timandra, a Magnífica, durante a

Era dos Impérios e depois conquistada pelo Império de Górdio. Após a queda do Império de Górdio, Thica foi explorada por invasores vizinhos durante um período, até que Timandra II formou o Segundo Império Thicano, em 920 DG.

Xalthea (XÁL-te-a): Uma das duas comonarcas que governam o Império Thicano, Xalthea é a Rainha do Céu. Seus exércitos montam as wyverns que garantem à cidade de Caldeira o domínio supremo do ar. Ela assumiu o trono quando derrotou a própria mãe em um jogo em carne e osso de Campeã da Rainha, e não há nada que ela não faria para continuar no poder.

REGRAS DE CAMPEÃ DA RAINHA™

Um jogo da Thica clássica

O jogo Campeã da Rainha data da Era dos Impérios, um período em que Thica era constituída de uma série de cidades-estados independentes, que de vez em quando guerreavam umas com as outras. Naquela época, era chamado de Campeão do Rei. O nome foi alterado após a ascensão de Timandra, a Magnífica, e o estabelecimento do primeiro Império Thicano.

Campeã da Rainha é jogado por dois jogadores em um tabuleiro de oito por oito casas e representa um conflito entre dois exércitos.

Um jogo popular em muitas cidades em toda a ilha-continente, na cidade de Caldeira ele é disputado em um tabuleiro em tamanho natural com competidores vivos, uma versão bastante mortífera do passatempo tradicional.

Objetivo do jogo

O objetivo do jogo é derrotar a Rainha do adversário ou, não conseguindo isso, eliminar todas as peças da Rainha.

Iniciando a partida

Cada jogador começa o jogo com suas peças posicionadas em uma fileira em lados opostos do tabuleiro. As peças de jogo incluem uma Rainha, uma Campeã e seis peões. Elas iniciam o jogo situadas na seguinte ordem, da esquerda para a direita: peão, peão, peão, Rainha, Campeã, peão, peão, peão.

O jogador que inicia a partida é determinado de forma aleatória ou lançando-se um dado. As peças podem movimentar-se duas casas para a frente quando deixarem a linha de partida. Depois, todas as peças movimentam-se uma casa de cada vez em qualquer direção, embora um jogador não possa retornar a uma casa que acabou de desocupar. Isso evita que um mesmo movimento seja repetido sem parar.

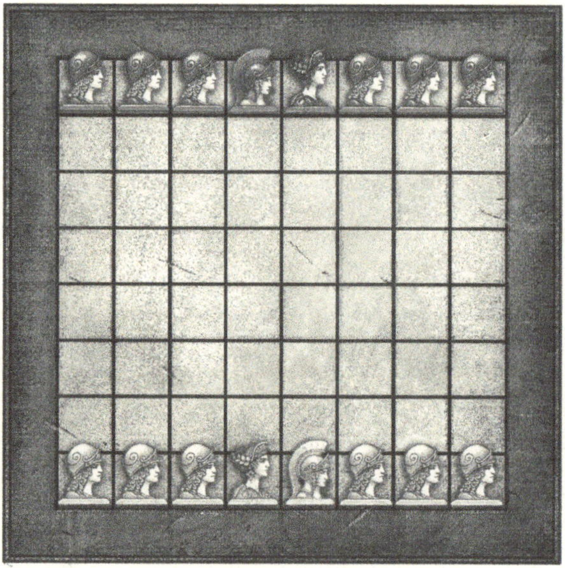

Desafios

Quando uma peça é posicionada em um quadrado ortogonalmente adjacente a uma peça oposta (não na diagonal), ela pode desafiar. Note que o desafio não é obrigatório. Quando um desafio é declarado, as duas peças se envolvem em um combate.

Um dado de seis lados é lançado por cada peça (veja a exceção da Campeã).

O jogador desafiante acrescenta 1 ponto ao resultado que sair no seu dado.

O número mais alto vence.

O jogador derrotado remove do jogo a peça que participou do desafio. O jogador vencedor ocupa com sua peça a casa do jogador derrotado.

Em caso de empate, ambas as peças permanecem no jogo. Qualquer um dos jogadores pode escolher desafiar novamente quando chegar sua próxima vez de jogar, ou ignorar o adversário e realizar outro movimento.

A Campeã

A Campeã é uma peça especial que pode lançar dois dados de seis lados e escolher o resultado mais alto (para refletir sua força superior). No entanto, a Campeã não ganha 1 ponto adicional por atacar.

A prerrogativa da Rainha

Se a Rainha for atacada, antes que os dados sejam lançados, o jogador pode exercer a Prerrogativa da Rainha. A Campeã pode substituir a Rainha e as duas peças trocam suas posições. Se a Campeã for removida do jogo, a Rainha passa a se movimentar como qualquer outra peça.

Vencendo o jogo

O jogo termina quando a Rainha é derrotada ou quando todas as outras peças de jogo que não a Rainha são derrotadas e resta apenas ela.

Posicionamento opcional

Em algumas regiões de Thica, nas cidades de Naparta e Dodotara em particular, este posicionamento inicial das peças é utilizado para disputar a partida:

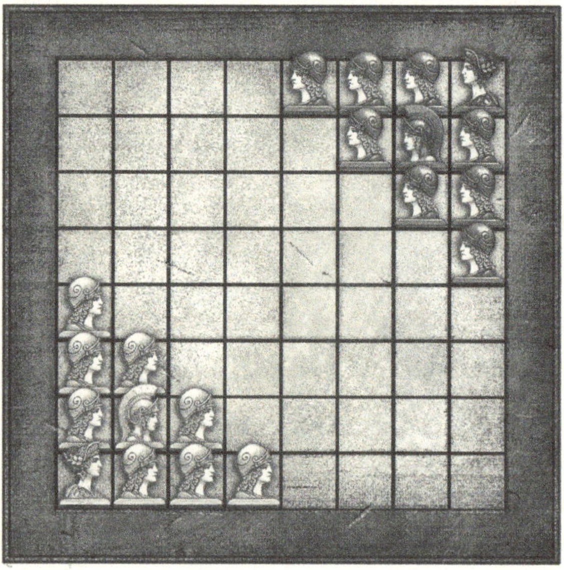

LINHA DO TEMPO DE THICA

EA: Era da Aurora
EI: Era dos Impérios
DG: Depois de Górdio

- **? a 4000 EA:** Deuses e monstros vagueiam pelo mundo.
- **3367 EI:** A Idade do Bronze, quando as primeiras culturas thicanas começam a surgir. No continente de Katérnia, um império de Elfos da Luz governa grande parte do mundo conhecido.
- **1967 EI:** A grande civilização do Rei Dragão é fundada quando Osius de Talsathia forja os três chifres (e muitos outros artefatos lendários).
- **1912 EI a 1565 EI:** A guerra do Rei Dragão contra os Elfos Luminosos.
- **1565 EI:** A destruição de Talsathia (mais tarde imortalizada pela grande poetisa Hemesa). Muitos refugiados talsathianos — em particular, anões dáctilos — migram para Thica.

- **1517 EI a 1217 EI:** Surgimento do primeiro alfabeto de Thica, ensinado aos humanos por anões dáctilos. (Os talsathianos utilizavam um sistema de runas e números, ao contrário do alfabeto de Thica.)
- **1243 EI:** Os primeiros Jogos Empíricos são disputados.
- **1220 EI:** No continente de Katérnia, a cidade de Górdio é fundada por Gordius e Gordilla.
- **1217 EI:** Thicanos estabelecem uma colônia na ilha de Jalta e em Setrai (atual Syrium).
- **1217 EI a 1167 EI:** Hemesa escreve *A Talsathíade* sob o comando da deusa Helenyx. O ciclo de poemas épicos é escrito em hexâmetros e consiste em doze livros para honrar os Doze Empíreos.
- **1197 EI a 1177 EI:** A Primeira Guerra Lassatoniana; os caldeiranos conquistam o sul de Thica.
- **1138 EI:** Ambrácia é fundada por anões dáctilos em um período de expansão colonial de Thica.
- **1088 EI:** O código de lei de Megreon é introduzido.
- **1067 EI:** A moeda de Thica é introduzida.
- **967 EI a 90 EI:** O Período Clássico de Thica. Estima-se que o jogo Campeão do Rei date dessa época.
- **972 EI:** Chrolos introduz a democracia na Pymonia.
- **957 EI:** Início das Guerras entre Thicanos e Ljósálfarans (Elfos da Luz). Jalta cai sob o comando dos Elfos da Luz.

- **942 EI:** Os thicanos derrotam os Elfos da Luz em Setrai (Syrium). Jalta é abandonada, mas permanece independente.
- **935 EI:** Adaeus escreve sua primeira tragédia.
- **928 EI a 913 EI:** As Guerras Pymonianas começam entre Caldeira e Pymonia.
- **916 EI a 899 EI:** Construção dos Akronaos em Pymonia (*akros* significa cume, *naos* significa templo).
- **908 EI:** Lanera escreve sua primeira tragédia.
- **897 EI:** Surto de peste em Pymonia.
- **898 EI:** Segunda das Guerras Pymonianas entre Caldeira e Pymonia.
- **866 EI:** O filósofo Leonasus é executado.
- **853 EI:** O protegido de Leonasus, Metarchus, funda a Associação.
- **823 EI:** Timandra, a Magnífica, nasce. (Por esta época, dizem, o deus Krobus foi derrubado por sua rainha, Castéria.)
- **800 EI:** Timandra, a Magnífica, derrota os gordianos e lhe é cedido o direito de marchar sobre Néteru. O Chifre de Osius figura com destaque nos contos de suas façanhas.
- **799 EI:** Os últimos Jogos Empíricos são disputados. Timandra, a Magnífica, conquista Néteru.
- **798 EI:** Timandra, a Magnífica, funda a cidade de Timandria em Néteru.

- **795 EI:** Timandra, a Magnífica, invade Naga Rajya, mas é convencida a retornar a Thica depois que seus exércitos se amotinam e se recusam a avançar para o leste. No entanto, os governantes de Naga têm medo do Chifre de Osius e, apesar de derrotarem os exércitos thicanos, decidem não expandir sua influência para o oeste.
- **790 EI:** Timandra, a Magnífica, morre. Por volta dessa época, o jogo Campeão do Rei passa a ser chamado de Campeã da Rainha. No entanto, o Chifre de Osius é perdido, significando o fim do domínio thicano.
- **779 EI:** A ex-general de Timandra, Althara, assume o controle de Néteru, declarando-a uma potência independente.
- **739 EI:** A colônia thicana de Ambrácia rende-se ao Império de Górdio e logo todas as colônias thicanas remanescentes no sul de Nomerosa seguem o exemplo. (Setrai é rebatizada de Syrium.)
- **691 EI:** Um terremoto destrói o Colosso de Empíria. No mesmo ano, Creos é ameaçada por uma hidra.
- **681 EI:** As máquinas de guerra projetadas pelo matemático thicano e anão dáctilo Damnameneus salvam a cidade de Zapyrna de um ataque naval gordiano. A Garra de Damnameneus tem um papel importante nessa vitória. Mas esta é a primeira vez que o Império de Górdio ameaça a Thica continental.
- **679 EI:** O primeiro dos gigantescos espelhos parabólicos, projetados por Damnameneus, é criado ao

longo da costa leste para protegê-la contra a invasão de Naga Rajya. Ironicamente, os Naga não têm planos para Thica. A guerra seguinte contra o Império de Gódio poderia ter um desfecho diferente se os thicanos houvessem construído os espelhos na costa oeste.

- **667 a 663 EI:** A primeira vitória gordiana sobre Thica. A rainha Arosa V perde para o Império de Górdio.
- **638 EI:** Tem início a Terceira Guerra Gordiana/Thicana.
- **634 EI:** Ao fim da Terceira Guerra Gordiana/Thicana, os gordianos dividem a Thica ocidental em quatro repúblicas.
- **620 EI:** Retomam as hostilidades entre Górdio e Thica.
- **616 EI:** Exércitos gordianos destroem a cidade de Pythira. Posteriormente, o general gordiano Otrarius toma a cidade de Pymonia. Thica torna-se uma província do Império de Górdio.
- **613 EI:** A Grande Corrente estendida de Gordasha até a Fortaleza de Atros, no Estreito de Thica, é forjada em oricalco por anões dáctilos.
- **606 EI:** Revolta de escravos em Ithonea, resultando na crucificação de 4.500 escravos.
- **604 EI:** Segunda revolta de escravos em Ithonea.
- **571 EI:** Terceira revolta de escravos em Ithonea.
- **568 EI:** Os exércitos gordianos massacram os rebeldes ithoneanos.

- **389 EI:** Acmon, o Bigorna, um recruta gordiano de Thica, descobre um dos três Chifres de Osius. Ele e a dragoa Orma lideram uma rebelião contra o Império de Górdio em Ambrácia.
- **386 EI:** Acmon e Orma são transformados em pedra pelo Império de Górdio. O grande dragão Orm foge para Sardeth, na fronteira de Norrøngard.
- **200 EI:** Tribos turmânicas de Herzeria invadem as cidades thicanas.
- **198 EI:** Tribos turmânicas invadem as cidades thicanas pela segunda vez, mas são derrotadas pelo imperador gordiano Ogdius II.
- **174 EI:** Os rosnianos invadem Thica.
- **3 DG:** O fim oficial do Império de Górdio. O colapso das rotas comerciais terá um impacto negativo, e a retirada dos exércitos gordianos deixará Thica vulnerável a outras forças.
- **69 DG:** Um evento climático de proporções aparentemente globais provoca o fracasso das colheitas e fome em Thica.
- **143 DG a 400 DG:** Thica é atacada tanto por antigos inimigos (tribos turmânicas, rosnianos) quanto por novos, que aparecem pela primeira vez na história de Thica (entre os principais deles, os cormeerianos).
- **380 DG:** Thica torna-se "novamente thicana" após um longo período de invasões estrangeiras.
- **630 DG:** Crescimento e prosperidade significativos.

- **632 DG:** O início dos antagonismos entre thicanos e os Cruzados da Supremacia Sagrada de Górdio. Durante esse período, inicia-se a construção em grande escala dos antigos espelhos parabólicos de Damnameneus em toda a costa de Thica.

- **881 DG:** A Febre Obsidiana devasta a Katérnia ocidental. Estima-se que um terço da população tenha perecido no primeiro ano. As costas ocidental e norte de Thica são as mais atingidas, enquanto as costas sul e leste são as menos afetadas. Isso traz o infeliz resultado de fortalecer o poder relativo de Caldeira entre as cidades-estados.

- **920 DG:** O Estreito de Thica cai totalmente sob o domínio da Supremacia Sagrada de Górdio, mas os não thicanos são expulsos de Thica. A Grande Corrente entre Gordasha e a Fortaleza de Atros é mantida por um tratado. No entanto, como a corrente é erguida e abaixada pelo lado de Gordasha, a fortaleza não tem voz ativa nessa questão. Timandra II sobe ao poder em Caldeira. Tem início um período de isolacionismo de Thica. Embaixadores thicanos são retirados da Katérnia continental. Outro Chifre de Osius é redescoberto e é fundamental para o estabelecimento de um Império Thicano unificado. As caldeiranas partem para conquistar Creos, Dodotara, Eronos, Harmos, Ithonea, Labiríntia, Lassatônia, Naparta, Pymonia, Starissa e Zapyrna. O último dos espelhos parabólicos de Damnameneus é completado.

- **952 DG:** Uma rebelião em Labiríntia é severamente reprimida.

- **968 DG:** Xalthea torna-se a Rainha do Céu depois de derrotar a rainha anterior, sua própria mãe, em um jogo mortal de Campeã da Rainha.
- **972 DG:** Talária rouba o Chifre de Osius e foge de Thica.
- **985 DG:** Os eventos do livro *Tronos & Ossos – Jornada no Gelo.*
- **986 DG:** Os eventos dos livros *Tronos & Ossos – O Enigma do Chifre* e *Tronos & Ossos – A Batalha Final.*

A RECEITA DO REI HÉRACLES PUNHO DE MARTELO DA MELHOR SPANAKOPITA DO MUNDO

Conforme preparado em Caldeira Sob Caldeira

1 quilo de espinafre fresco, bem picadinho
1 colher de chá de sal (ou talvez 2)
½ quilo de queijo feta bem esmigalhado
1 cebola pequena em cubinhos
4 ovos, batidos, mas não muito
Sal e pimenta, ou pimenta e sal
2 colheres de chá de azeite (ou mais)
15 folhas de massa filo
220 gramas de manteiga, derretida em magma quente (fogo simples também serve)
½ quilo de diamantes brutos (opcional)

Comece lavando cuidadosamente o espinafre em uma fonte subterrânea ou na pia da cozinha. Então, invoque as bênçãos dos seus antepassados com um grito de guerra alto e pique o vegetal bem picadinho com o seu machado mais afiado. Em seguida, salpique-o com uma colher de sal. Agora, vá embora e deixe a receita descansando por um quarto de hora enquanto você faz suas coisas. Depois, volte para o seu espinafre e esprema-o em seus poderosos punhos até que ele tenha se rendido por completo e sido destituído totalmente de toda a sua umidade. Deposite esse espinafre derrotado em uma tigela. Mais uma vez, invoque as bênçãos dos seus antepassados à medida que acrescenta a cebola picada, o queijo de cabra, o azeite, o sal e a pimenta. Misture isso enquanto exibe os músculos dos braços. Cuidado para não enroscar sua barba enquanto você mexe! (Vai fazer um sujeirada.)

Agora, unte uma assadeira retangular. Coloque nove folhas de massa filo na assadeira e, em seguida, despeje o recheio de espinafre sobre ela. Em seguida, chame um dos seus vários criados para fazer a parte chata. Peça-lhes que coloquem seis folhas de massa filo, uma de cada vez, pincelando cada uma delas com fartas porções de manteiga derretida enquanto o fazem. Ameace-os com seus poderosos punhos se eles rasgarem uma folha! Agora, tire-os daí — esta torta é *sua* — e aperte as bordas para selar o recheio!

Deixe a assadeira em uma caverna fresca ou em outra área onde possa resfriar até ficar firme. Agora, apanhe seu machado mais afiado e corte as camadas superiores para marcar pedaços triangulares. Pegue diamantes brutos e enfie uma pedra preciosa no interior de cada triângulo.* Por fim, coloque a assadeira em uma pedra aquecida com lava (ou no forno) e cozinhe a 175 graus Celsius até dourar (geralmente leva três quartos de hora ou mais). Deixe esfriar à temperatura ambiente por cinco a dez minutos.

Esta é a maneira do rei de degustar a spanakopita!

* Opcional para humanos e outras espécies com dentes frágeis.

AGRADECIMENTOS

Obrigado, como sempre, aos meus incríveis leitores beta: Justin Anders, Judith Anderson, Logan Ertel, J. F. Lewis, Janet Lewis, James M. L. Parker e Cindi Stehr, bem como minha esposa e meu filho.

Devido aos meus parcos conhecimentos de geologia, especificamente na compreensão da viabilidade das fontes de água doce que ocorrem em um cone de escória aflorando de um lago de água salgada em uma caldeira, estou em dívida com Janet Freeman-Daily, Rich Howard, Sean Patrick Kelley, Geoffrey A. Landis, Chip Nyman, Kimberly Unger e, de forma mais especial, com James Howard.

Agradeço mais uma vez a Trond-Atle Farestveit pelo constante auxílio na minha pronúncia norrønir. E ao RPG Gamer Dad e sua família, por levantar o meu ânimo com seu ilimitado entusiasmo e *cosplay* de Karn durante o inverno gelado durante o qual escrevi o primeiro rascunho deste manuscrito. Obrigado a John Picacio por me acalmar, apontando para a montanha que ainda precisava ser escalada.

Obrigado ao meu agente, Barry Goldblatt da Barry Goldblatt Literary. Obrigado à minha editora da Crown Books for Young Readers, Phoebe Yeh, e à editora da Random House Children's Books, Barbara Marcus. Obrigado a Cassie McGinty, editora associada; Alison Kolani, diretora de copidesque; Isabel Warren-Lynch, diretora-executiva de arte; e Ken Crossland, designer sênior. Obrigado a Julianna N. Wilson, minha produtora de audiobooks na Penguin Random House Audio's Listening Library, minha diretora de audiobook Christina Rooney e meu fabuloso narrador, Fabio Tassone. Obrigado a Dominique Cimina, diretora de publicidade e comunicação corporativa, e a Kim Lauber, diretora de marketing; Sonia Nash Gupta, Nicholas Elliot e todos que trabalharam nos cromos colecionáveis promocionais e no incrível site ThronesandBones.com.

Por muitas noites testando múltiplas versões das regras de Campeã da Rainha, tenho uma enorme dívida com minha paciente e maravilhosa esposa.